Emine Şenlikoğlu

MEKTUP YAYINLARI ♦

Yay. Yönetmeni : Recep Özkan
Kapak-Dizgi-İç Düzen : İrfan Kahramanoğlu
Tashih :
Dizgi : Çiğdem Kahramanoğlu
Montaj : Halil Erol 0535 290 08 63
Baskı : Karmat
Davutpaşa Cad. Kale İş Mrk.
No: 51-52 Topkapı-İSTANBUL
Cilt : Özener Ciltevi
D.Paşa Cad. Kale İş Mrk.
No: 201-202 Topkapı-İST

İlk Baskı Tarihi : EKİM 1996 İSTANBUL
Yeniden Yazılış Tarihi : EYLÜL 2008 İSTANBUL

ISBN : 978-975-6717-29-5

Mektup Adresimiz : MEKTUP YAYINLARI
Daruşşafaka Cad. Aksarıklı sk. No: 4/A
Malta - Fatih / İSTANBUL

Tel : 0212. 525 27 06
0212. 521 83 10

Faks: 0212. 534 18 71

www.eminesenlikoglu.org
www.radyomektup
e-mail: eminesenlikoglu@hotmail.com

Emine Şenlikoğlu

Sema İle
Mehmet'in Dramı

Çingene

Emine Şenlikoğlu Özkan: 1953'te Giresun'un Dereli ilçesine bağlı Ambaralan köyünde dünyaya geldi. Daha sonra sırasıyla; Adapazarı Sinanoğlu'na, son olarak da İstanbul'a yerleşti.

Gençlik yıllarında din arayışına girdi, İncil'i ve Tevrat'ı okudu. Daha sonra İslâmî ilimlerde eşi Recep Özkan ve özel hocalardan dersler aldı. Akâid, hadis, fıkıh gibi ilim dallarında kendini yetiştirmeye çalışıyor.

İlk kez 1978'de yazmaya başladı. *Bursa Marmara*, *Milli Gazete*, *Yeni Asya* gazetelerinde, *Sur* ve *Ribat* dergilerinde yazdı. 1985 Şubat'ında eşiyle beraber aylık *Mektup* dergisini çıkardı.

1984'te yazdığı *Gençliğin İmanını Sorularla Çaldılar* isimli eserinden dolayı 1985 Mayıs'ında "laikliğe aykırılıktan" iki yılı gözetim olmak üzere 8,5 yıla mahkûm oldu. İki buçuk yıl hapis yattıktan sonra infaz yasasından yararlanarak hapisten çıktı. 163. madde kalkınca kitap serbest bırakıldı.

Ceza evinde yedi kitap yazdı. O kitaplardan, *Burası Ceza Evi* kitabı toplatıldı. (Yazar, *Burası da Cezaevi* isimli yeni bir kitap daha yazdı.) *Biz Bu Vatanın Nesi Oluyoruz*, *Ben Kimin Kurbanıyım* isimli kitaplarına da dava açıldı ve bunlar da toplatıldı.

Yirmi kadar kitap yazdıktan sonra, Türkçe ve edebiyat dersleri aldı ve ilk kitaplarını gözden geçirdi. Gelecekteki yazarların aynı hatalara düşmemesi için yazar olmak isteyenlere *Beyaz Devrim Kalemle Başlar* isimli kitabı yazdı. Yazarın üç şiir kitabı var. Aynı dönemde çıkan şiir kitapları arasında *Mahkum Duygular* isimli şiir kitabı Türkiye rekoru kırdı. *Yeni Devir* gazetesinde bazı şiirleri yayınlandı.

Şenlikoğlu'nun yazdığı bir piyes sahneye kondu ve sahasında rekor sayılan izleyici kitlesine ulaştı.

Yazar, yirmi yaşından sonra ilkokulu, kırk yaşından sonra da ortaokulu ve İmam Hatip lisesini dışarıdan bitirdi. Kırk sekiz yaşından sonra üniversiteye gitmek istediğinde, başörtüsü yasağına takıldı. Fakat bu alandaki mücadelesine devam etti.

Çok kez yargılandı.

Çarşaflı olarak televizyona çıkışından, *İslâm'da Erkek* kitabından *Kadınları Kadınlar da Eziyor* romanına kadar birçok konuda hakarete varan eleştiriler almasına rağmen dik duruşunu korumaya devam etti.

Yurt içi ve yurt dışında birçok konferans verdi, radyo programları yaptı.

İki çocuk annesi olan Emine Şenlikoğlu'nun 1984 yılından itibaren yayınlanan eserleri şunlardır:

1. SERİ:

"GENÇLİĞE HATIRAMDIR"

1- Gençliğin İmanını Sorularla Çaldılar
2- Bize Nasıl Kıydınız
3- Mahkum Duygular
4- Burası Cezaevi *-Toplatıldı-*
5- Burası Da Cezaevi
6- İslam'da Erkek
7- Ne Olur İhanet Etme
8- Ülkemi Arıyorum
9- Biz Bu Vatanın Nesi Oluyoruz
10- Ruhumun Penceresi
11- Kelepçeli Kalemimden
12- Ağlatan Yollar
13- İnsanlar da Kayar
14- Telefonla Röportaj
15- Önce Soru Sorarlar
16- İsimsiz Kitap (Hiciv)
17- Vicdan Azabı
18- Maria
19- İdamlık Genç

2. SERİ:

"İNSANLIĞA ÇAĞRI"

1- İnsanlığın Belgeseli
2- Kıbrıs Sular İçinde Bir Yetim
3- Ben Kimin Kurbanıyım
4- Geri Tepen Kurşunlar
5- Radyo ve Basın Röportajları
6- Televizyon Röportajları
7- Uzaktaki Çığlıklar
8- Geçmişin İzleri
9- Sabıkalı ve Dul
10- Çingene
11- İmamın Manken Kızı
12- Son Pişmanlık Fayda Eder
13- Çin İşkencesi
14- Kadınları Kadınlar da Eziyor

3. SERİ:

"NESİLLERİN ÖYKÜSÜ"

(7'den Yetmişe Herkes İçin)

1- Şirin Köy
2- Küçük Kız
3- Küçük Kelebekler
4- Yılan Yavrusu
5- Kırmızı Elbiseli Kız
6- Satılık Çocuk
7- Topal karınca
8- Küçük Kızın Umudu
9- Hayâl Çocuk
10- Konuşan Serçe
11- Kardeş Sevgisi
12- Depremin Ardından
13- Ağlayan Köpek
14- Ali'nin Dünyası
15- Anne Büyüklere Bir Şey Söyle
16- Baba Sen de Bir Şeyler Söyle

Not: Nesillerin Öyküsü serisindeki öyküler birbirinin devamıdır.

4. SERİ:

"SEVGİNİN SESİ"

1- Hristiyan Gülü *Roman*

2- Harcandık *Roman*

3- Çağrı *Anılar, görüşler*

4- Bunalım *Fotoğraflarla Öykü*

5- Sevgide Hiç Vefa Yok mu? *Roman*

6- Esir Evliler *Roman*

7- Bir Adımlık Koşu *Şiir*

8- Beyaz Devrim Kalemle Başlar *Deneme*

5. SERİ:

"BİLGİ SERİSİ"

1- Kılavuz: İslâm'ı Doğru Anlamak 4 Cilt

6. SERİ:

"CİVCİV AİLESİ"

BEYAZ SERİ

1- Civciv Ailesini Tanıyalım

2- Özür Dileyen Civciv

3- Karşılık Beklemeyen Civciv

4- Soru Soran Civciv

5- Hastalanan Civciv Çimiçimi

6- Civcivin Rüyası

"CİVCİV AİLESİ"

BEYAZ SERİ

1- Civciv Ailesi Kır Gezisinde

2- Suya Dalan Civciv

3- Civciv Ailesi Yardım Ediyor

4- Eşyasını Kaybeden Civciv

5- Civciv Ailesi Dağılıyor

6- Çimi Çimi Meşuy Oluyo

بسم الله الرحمن الرحيم

Teşekkür

Her canlının bir hayat tarzı vardır. Hayvanların hayat tarzını, Allah Şanı Yüce, içgüdülerine proglamlamış. İnsanlara gelince, insanlar, ya Allah'ın tayin ettiği hayat tarzını benimserler ya da kendi kendilerine, Allah'ı dışlayan bir hayat tarzı uydururlar.

Yani, İslama göre yaşamayanlar, kendilerine göre bir hayat tarzı bulurlar. İslam'ı, İslâm'ın uslubuyla insanlığa sunmayanların, hiç kimsenin yaşantısına şaşırma hakkı yoktur. Hele de kınama hiç mi hiç sözkonusu olamaz!

İnsanların inancı değiştikçe, yaşantıları da değişir. İster yanlış olsun ister doğru, hiç kimsenin hayat tarzı doğumuyla ilgili değildir. Ve hiç kimse istediği ırktan doğma hakkına sahip olmamıştır.

O halde?

O halde, bir ırkın öteki ırkı kınamaması için gereken ne ise yapılmalıdır. Şahsım adına yapabildiğim bir kitap yazmaktı ve yazdım. Bu kitaptaki konu hakkında çok kişiden yardım aldım. Herkese teşekkür ediyorum, ama şu isimlere, teşekkürlerim çok özel.

Saygıdeğer mütefekkirlerimizden;

Prof. Mustafa Necati Özfatura'ya,

Prof. İhsan Süreyya Sırma'ya

Gazeteci yazar Ergun Hiçyılmaz'a

Tarih asistanı İsmail Altınöz'e

Kütüphanelerde bize yardım eden görevlilere ve bu araştırmalarım sırasında bana yardımcı olan dostlarıma çok teşekkür ediyor, herbirine iki cihan saadeti diliyorum. Allah yokmuş gibi yaşamamak dileğiyle.

Emine Şenlikoğlu

ÖNS ÖZ

Değerli dostlar, elinizde bulunan bu kitabı ayrı ayrı zamanlarda yaşanmış hikayelerden etkilenerek kaleme aldım. Kitabıma, tez hazırlayan bir asistanın gayreti ve heyecanıyla çalıştım.

Kitabın konusunu şöyle derledim. Birincisi âşık gençleri, Serpil'in arkadaşı gösterdim. Yaşadıklarımı, gördüklerimi, duyduklarımı Serpil'in ve Sema'nın hayatına ilave ederek, asırlık ve yosun tutmuş konuları işledim. Birçok baskıdan sonra gözden geçirdim, âdeta yeniden yazdım. Daha önce Serpil'e giydirdiğim elbiseyi bu defa Sema'ya giydirdim. Mehmet'le Sema'nın hayatına Serpil'in de onayıyla onun arkadaşları gibi gösterdim. Benim şahit olduğum, kızına ölü tırnağı yediren kadını bu defa Sema'da işledim. Çingene imam öyküsü de yaşayan şahsın bana anlattığı bir hikayedir.

* * *

Çağlar boyu hiçbir ırkın "Çingene" denilen insanlar kadar aşağılanmadığını hepimiz biliyoruz. Ne yazık ki bildiğimiz halde bu insanlığın onur katliamına seyirci kaldık. İşte bu kitapla Serpil ve Sema'ya hayalimdeki dik duruşu da ilave ederek kendi çapımda seyirci kalmadığımın belgesi olarak ilk adımı atmış bulunmaktayım.

Evet, karanlıkta kalmış büyük bir gerçek su yüzüne çıkıyor. Nasıl mı? Konu yoğunluğundan romanlaştıramadığım elinizdeki kitapla; tür olarak sizlere roman yerine, romanı aratmayacak olan elinizdeki kitapla. Evet, roman tadında hikaye yazdım, üstelik alışılagelmişin dışında araştırmalı bir hikaye. Bu da benim türüm.

* * *

Yaşanmış hayattan alıntılar yapmanın roman yada hikaye yazmanın zor yanları da var. Bazen istediğiniz şeyi istediğiniz gibi yazamıyorsunuz.

Gün geliyor kahramanlarıyla fikir ayrılığına düşüyorsunuz. Fakat artık hepimiz biliyoruz ki, romanı ya da hikayeyi güzelleştiren en önemli done, vurgu ve kurgudur. Kahramanlardan biri veya hepsi değişse bile kitapta verdiğimiz doğrular değişmez. Özellikle bu kitaptaki gibi, konu evrensel ise, evrensel doğrular hiç değişmez.

Gayet emin olarak şunu söylüyorum: ÇİNGENE'yi okuyan herkeste konuyla ilgili bir devrim olacaktır!

* * *

Betimlemeyi sizin hayallerinize bıraktım, isteyerek ve bilerek yaptım bunu. Fakat sebebini söylemiyorum. En azından şimdilik.

Siz kitabı okuduktan sonra, yaşıyorsam da, öteki âleme göç etmişsem de, sizlerden, bizi duanıza misafir etmenizi rica ediyorum.

Allah'a emanet olun dostlar.

Allah şanı yücenin emanet aldığı kul, ölüme gider, ama ebedi olarak kalmak üzere Cehenneme gitmez.

Emine ŞENLİKOĞLU
10. 8. 1996/ Fatih-İstanbul

Başka bir Adem baba yok ama...

Çingene İnsan Değil mi?

Serpil ile Sema aynı okulda okuyan iki arkadaştırlar. İkisi de Çingene çocuğu olduğundan okullarında aşağılanırlar. Tıpkı öteki Çingene çocuklar veya öteki dışlanmış azınlık ırklardakiler gibi.

Sema'nın babası ölmüş, Serpil'inki de cezaevindedir.

Sema'nın annesi, sessiz, sakin evinde oturan, iki oğlunun kazancıyla geçinen bir ev hanımıyken, Serpil'in annesi genelevde çalışan kadınların çocuklarına bakmakta, Serpil de ona yardım etmektedir.

Küçük evde yapılan çocuk bakımına ilaveten Serpil ve ağabeyleri de annelerinin bakımına muhtaçtır. Çilekeş kadın ömrünün en büyük darbesini ırkından dolayı yemiş, ama öğretilmiş acizlikle, suçluları görmeden, çalışmaktan suçlu görecek zaman da bulamadan şu dünya misafirhanesinde ömür tüketmektedir.

Hikayemize çocukların dünyasından başlayalım.

* * *

Serpil, elinden tuttuğu küçük Hakan'la konuşarak eve doğru yürüyordu.

Hakan beş altı yaşlarında hassas bir çocuktu, derdini sadece Serpil'e anlatırdı. Yine öyle yaptı:

— Serpil Abla! Ahmet'in babası hiç değişmiyor, benim babam neden sık sık değişiyor? Neden sık sık yeni baba alıyor annem?

Serpil, vahşi dünyanın dramını henüz kavrayamamıştı. Zaten o da küçüktü. Birkaç yaş vardı aralarında. Bu masum çocuğa ne cevap vereceğini bilemiyor, konuyu değiştirmek istiyordu.

— Hakan, seninle eve kadar koşalım mı?

Hakanın suratı asılmıştı:

— Hayır! Ben koşmak istemiyorum. Sen bana cevap vermedin. Neden her zaman babam değişiyor? Ben yeni babalar istemiyorum. Başka çocukların yeni babaları yok, hep bizim yeni babamız var!

Hakan'ın babasının sık sık değişmesine Serpil de akıl erdiremiyordu. Hakan siyah ve yaş dolu gözlerini Serpil'e çevirerek yine sordu:

— Serpil Abla! Ben de baba olacak mıyım?

— Tabi olacaksın. Neden sordun?

Hakan hüzün dolu bir ses tonuyla cevap verdi;

— Ben baba olunca, çocuklarımı yeni babaya bırakmayacağım. Onları bırakıp kaçmayacağım!

Serpil'in de şaşırdığı bir durumdu bu, o da bu işlere akıl erdiremiyor, bu yüzden de Hakan'a doyurucu bir cevap veremiyordu. Bir tuhaflık vardı; ama neydi bu tuhaflık, onu da bilmiyordu.

Hakan'a ve öteki çocuklara neden Serpil'in annesi bakıyordu? Hakan'ın annesine neden "Hayat kadını" diyorlardı?

Serpil Hakan'a ve öteki çocuklara acıyordu. Onların oyunları bile insanı ağlatacak durumdaydı; ama sebep neydi, bu çocukları kimler üzüyordu? İşte bunları bilemiyordu. Kendisi de mutlu değildi ki zaten. Babası devamlı hapishanedeydi ve neden çıkmadığını da bilmiyordu Serpil. Çilekeş anne sırtındaki, kendisinden kat kat daha ağır olan yük altında hiç durmadan, hiç dinlenmeden, hiç mutlu olmadan, hiçbir gün görmeden, hatta umudu da ölmüş olduğu halde çırpınıyordu.

İzmir Tepecik Mahallesi Paytoncular Sokak'ta oturan Özkasap ailesinin en küçük kızıydı Serpil. Çok sevdiği arkadaşlarıyla oynarken kendi derdini unutuyordu. Arkadaşı çoktu Serpil'in. Hepsini seviyordu ama özellikle Sema'yı çok seviyordu. Sema başka mahallede oturuyordu; ama Serpil'le aynı sınıfta okuyorlardı. Başka bir gün, Sema'nın ailesinden gizlice yine Sema ile oyuna dalmıştı ki, birden aklına gelen şeyi söyleyiverdi:

— Biliyor musun, Zelihaların sokakta bir hacı yemek dağıtıyormuş. Biz de gidelim mi? Etli etli yemekler yeriz.

Sema biraz duraklamıştı. Umutsuz bir ses tonuyla sordu:

— Peki, bize yemek verirler mi?

Serpil'in hiç şüphesi yoktu. Neden vermesinlerdi ki!

— Tabii verirler. Onlar hacı, hacı. Herkese verecekler de bize mi vermeyecekler? Öyle bir şey yapmazlar. Hatırlamıyor musun ölen hacı nineyi? O her zaman bize yemek verirdi, hadi geç kalmayalım.

— Peki gidelim.

İki arkadaş hacı yemeği yemeye giderken, bir yandan da Serpil iç dünyasında filizlenen coşkuları arkadaşına anlatıyordu:

— Ne güzel! Hacı olmuşlar... Peygamberimizi görmüşler midir?

Sema böyle bir soruyu beklemiyordu.

— Bilmem ki. Onu hocalar bilir.

Serpil Peygamberini öyle çok seviyordu ki, içinde Ona karşı sıcak bir duygu vardı. Hacı yemeği bile sanki Peygamberinden gelen hediyeymiş gibi hissediyordu.

Bu arada sesi çok güzel olduğu için öteki hayalini dile getirmeden de edemedi:

— Biliyor musun Sema, ben şarkıcı olup çok para biriktireceğim, sonra Hacca gideceğim.

Sema şaşırmıştı:

— Şarkıcı parası ile Hacc'a gidilir mi?

İslâmi bilgisi olmayan küçük Serpil üzüntüyle cevap verdi:

— Neden gidilmez? Eğer öyle gidemezsem başka türlü hiç gidemem ki. Ben onu görmek, elini öpmek, kucaklamak istiyorum.

"Kalbimin sahibi sensin
Orda yalnız sen varsın
Benim için sen her şeysin
Neş'esin, hayatsın."

Serpil birden durakladı; yanlış birşey yaptığını düşündü. Sema'ya sordu:

— Hacı evine gidiyoruz, hacı yemeği yiyeceğiz, ilahi okumamız lazım öyle değil mi?

Sema sakızını patlatarak cevap verdi:

— Hı hı, haklısın. Hacı evine gidiyoruz, ilahi söyleyelim.

Bu konuşmalardan sonra çocukluğun gereğini yapıyor, hoplayıp zıplayarak sokakta koşuyorlardı.

Bir yandan da Serpil, dilinden düşürmediği şarkıları yüksek sesle söylüyordu.

Serpil'de büyük bir mutluluk vardı. Sema'ya ısrar etti.

— Hadi, ilahiyi sen oku.

Serpil'in sözü daha bitmeden Sema itiraz ediyordu;

— Hayır, sen oku.

Okuyordu Serpil;

"Şol Cennetin ırmakları
Akar "Allah" deyu deyu
Çıkmış İslâm bülbülleri
Öter "Allah" deyu deyu.

Salınır Tûba dalları
Kur'an okur hem dilleri
Cennet bağının gülleri
Kokar "Allah" deyu deyu."

İki küçük kız çocukça hayallerle kâh şarkılarla, kâh ilahilerle oynaya zıplaya gidiyorlardı. Nihayet "hacı yemeği" dağıtılan eve geldiler.

Evin önü kalabalıktı. Kimi eve giriyor, kimi yemek yemiş çıkıyordu. Serpil ve Sema da bir kenarda durmuş davet bekliyorlardı.

Serpil haftalardır et yememişti. Merakla sordu:

— Bizi çağırırlar mı dersin?

Sema emin bir halde cevap verdi:

— Tabii çağırırlar, bunu söyleyen sendin.

Birden kapıda yaşlı bir kadın göründü. Misafirleri büyük bir gururla içeri davet etti. Bazı insanlar işte böyle hacılığı bile gösteriş aracı olarak kullanıyorlardı. Ama bunu bilmeyen iki çocuk köşede beklerken yaşlı kadın misafirlerini davet ediyordu:

— Buyurun buyurun... Beytullah'ı gören gözlere siz de bir kerre bakıp Hacı yemeğimizden yiyin.

İki çocuk bir kenarda sinmiş, hâlâ davet bekliyorlardı. Yaşlı kadın misafirlerini içeri alıp kapıyı kapattı. İki çocuk birbirinin yüzüne baktılar. Serpil arkadaşına fısıldadı:

— Bizi göremedi kadın. Gel şöyle kapının tam önünde duralım.

Sema da böyle düşünüyordu:

— Doğru. Burada bizi görmüyor.

Hemen yerlerinden kalkıp hacı teyzelerinin kendilerini göreceği bir yere gelerek orada durdular.

Bir saate yakındır bekledikleri halde, hâlâ onları gören yoktu.

Hava soğuktu, üşümüşlerdi. Serpil:

— Biz kapıya vursak...

Sonra hemen vazgeçti.

— Yoo... Ne diyeceğiz, bize yemek verin mi diyeceğiz? Olmaz. Annem duyarsa beni gebertir.

Bu arada kapı açılmış, yine hacı teyze görünmüştü. Sağa sola baktı başkaları var mı diye. Birden gözleri iki çocuğa takıldı. İki kız çocuğuna göz gezdirdikten sonra, Serpil'e dikti gözlerini.

Bir anda göz göze geldiler. Serpil'in kalbi heyecanla çarpıyordu... "Şimdi bizi davet edecek" diye düşündü.

Kadın Serpil'e dikkatlice baktıktan sonra suratını buruşturup bağırmaya başladı:

— Defolun!.. Pis Çingeneler... Size verecek yemeğimiz yok... Neden kedi gibi bekliyorsunuz?

Serpil, utancından sanki oraya çakılmış gibi duruyordu. Yaşlı kadın hızla kapıyı çarpıp içeri girdi.

Çocuklar yaşlı kadının bu yanlışının nereden geldiğini anlayacak yaşta ve bilgide değildiler.

Sema da Serpil de yüzlerine kapanan kapıya donuk gözlerle baka kaldılar.

Bir saat önce Cennet kapısı gibi gördüğü kapı, şimdi onlara kutuplardan daha soğuk geliyordu. Sanki bütün soğuklar ve çirkinlikler bu kapıya yapışmıştı.

Bir müddet durakladı...

Sonra hırçın tavırla arkadaşına sordu:

— Biz Çingene miyiz Serpil? Bu kadın neden bize Çingene dedi?

Serpil de çok üzgündü. Ağlamaklı sesiyle cevap verdi:

— Kendisi Çingene, biz Çingene değiliz. Biz gaciyiz. Pis kadın. Çingene kadın, ne olacak.

Gacı veya Gaco, Çingenelerin, Çingene olmayanlara taktıkları sıfat isimdi.

Sema yüksek sesle ağlayarak evine doğru koşmaya başladı:

— Ben Çingene değilim, ben Çingene değiliiim!

Gören herkes hayretle bu çocuğa bakıyordu.

Serpil'in gözü de hiçbir şey görmüyordu artık. Zelzeleler oluyordu kalbinde, beyninde; çocuksu adımlarla koşuyor, koşuyordu delicesine!

Serpil ona yetişemiyordu. Sema'nın dünyası allak bullak olmuştu. Zaten bir defasında öğretmeni ona "Çingeneliğini gösterme." demişti. Şimdi hacı teyzenin azarını da duyunca, deliye dönmüştü.

Annesine soracaktı Çingenenin ne olduğunu.

Gözleri ağlamaktan şişmiş olduğu halde evine doğru giderken Sema, Serpil de, Payton sokaktaki ahşap evlerine gelmişti bile. Serpil de annesine Çingene'nin ne demek olduğunu sormak istiyordu. Annesinin yine sinirli olduğunu görünce, cesaret edip sormak istediğini soramadı. Annesi de kızının yüzüne bakmadığı için, onun üzüntüsünü farketmemişti.

Çilekeş kadının yorgunluktan çocuklarının yüz hatlarında dolaşan kederi görmeye hali yoktu. Zaten zamanı da...

Annesi, bir sokak ötelerinde bulunan İzmir Genelevi'ndeki kadınların çocuklarına baktığından, yorgundu. Evin içinde çocuk kaynıyordu sanki.

Annesine hiçbir şey söyleyemeyen Sema da üzüntüsünü zoraki olarak bastırdı. Beynini bir kurt gibi kemiren "Pis Çingene!" sözü minik dünyasının hatıralarını da getiriyordu gözünün önüne. Serpil de aynı söz üzerinde duruyordu. Birgün annesi şöyle demişti:

— Biz Çingene değiliz. Çingeneler Müslüman olmaz, ama biz Müslümanız.

Serpil yine hatırlamıştı. Bir başka gün, bir kadın ağlayarak derdini komşu teyzeye dökmüştü:

— Yavrumu Çingene diye okuldan attılar. Başka okula verdim, ordan da bir şeyleri bahane edip attılar. Peki, ben Çingene olarak doğduysam benim suçum ne. Ben ne yapayım?

Veliler itiraz ediyor, "Benim çocuğumun yanında veya sınıfında Çingene çocuk istemem diyorlarmış. Kendi ellerinde olmayan dünyaya geliş projesinden nemalanırken o masum çocukların psikolojisini hiç düşünmezlermiş. Devlette bu konuda yeterli eğitim verememiş. Allah'tan korkmayı da küçümseyen, içi çöplük dolu veliler, yıllarca binlerce can yakmışlar hâlâ yakmaya devam etmektedirler.

İşte bu iki çocuk binlerce çocuğun temsilcisi olarak gerçeği yansıtıyordu.

Serpil düşünüyordu elinde olmadan.

Demek ki Çingenelik çok kötü, çok ayıp bir şeydi. O halde böyle ayıp bir şeyi neden onlara söylüyorlardı?

Serpil kendi dünyasında böyle düşünürken Sema da aynı konu üzerinde üzüntüsünü içinde yaşıyordu. Sema o günden sonra artık hacı yemeğini de hacıları da sevmiyordu. Bütün hacıları gördüğü cahil kadın gibi zannediyordu.

Aklından çıkmıyordu, kovulduğu günün utancı.

Kimselere bir şey de söylemiyordu. Kime söyleseydi ki, kimse Çingeneliği kabul etmiyordu. Hem Çingeneliği kabul etseler sıkıntı bitecek miydi?

* * *

Serpil artık bazı şeylerin de yeni yeni farkına varıyordu. Öğretmeni, Tepecikten gelen öğrencilere farklı davranıyordu. Yine hatırlıyordu. Bir mağazaya gitse, tezgahtarlar, onu ve annesini çok dikkatlice takip ediyorlardı. Bir defasında tuhafiyeye girip çıktığında arkasından gelen tezgahtar kız onu durdurup:

— Dur kız! Ne çaldın bakayım, diyerek onun üzerini aramıştı. Hem de bunu sokak ortasında yapmıştı. O gün ne çok utanmıştı!

Her ırkın çocukları, başka bir ırkın bulunduğu ortamda aşağılanıyordu, bu doğruydu. Ama hiç kimse masum Çingene çocukları kadar aşağılanamazdı.

İnsan görünümünde olan herkes
insan değildir.

Her Irk Bir Ayettir Aslında

Soğuk bir kış günüydü. Damlardan buzları sarkmış bacalardan çıkan dumanlar karlara sinmiş simsiyah etmişti.

Serpil, annesiyle kavga eden komşu kadının sözlerini hayretle dinliyordu:

— Pis Çingene! Fahişelerin çocuklarına bakıyor, haram yoldan ekmek parası kazanıyorsun. Çingene oluşunu da saklıyorsun. Pis kıpti!

Serpil'in annesi bu sözleri duymamıştı. Duysaydı, o kadını komaya sokar, saçlarından tuttuğu gibi yerlerde sürüklerdi.

Çünkü Serpil'in annesi çilekeş kadındı. Bu çilesini sadece onurlu kalmak için seçmişti.

Pencereden kadına bakan Serpil, şaşkındı.

Birkaç gün sonra annesine hakaret eden kadının evindeydi Serpil. Çekingen tavrıyla koltukta oturuyor, üzgün üzgün etrafa bakıyordu. Soracağı soruya nereden başlayacağını bilemiyordu.

Bir müddet, içindeki korkuyu atamadı. Sonra cesaretini toplayarak sordu:

— Teyze, size bir şey soracağım. Bana cevap verir misin?

— Sor bakalım. Cevap verilecek bir şeyse, neden cevap vermeyeyim.

Serpil hüzünlü gözlerini kadının gözlerinde gezdiriyordu:

— Teyze!

— Söyle Serpil.

— Annem Çingene mi?

Kadın bu soruyu hiç beklemiyordu:

— Yok canım. Annen iyi insan, Çingene olur mu?

— Ama siz geçen gün öyle söylediniz. "Bir de saklıyorsun." dediniz. Bana doğruyu söyleyin, ne olur. Biz Çingene miyiz?

Kadın bocalıyordu, baştan savma cevap verdi:

— Canım insanlar birbirlerine kızdığı zaman hep Çingene derler.

— Ama siz anneme, "Bir de Çingene olduğunu saklıyorsun." dediniz.

Kadının çıkış yolu yoktu. Serpil'in karşısına oturup derin bir nefes aldı. Serpil'i seviyordu. Bir kaç gün önce annesine yaptığı hakaretleri hatırlıyor, onun için de Serpil'den utanıyordu. Mahcup bir ifadeyle İslâma atılan iftiraya inanmış bir fert olarak cevap verdi:

— Bak kızım. Çingene de Allah'ın kuludur. Müslüman olamazlar ama, onlar iyi insanlardır. Sen sakın üzülme.

Kadının yanlış bilgisi, Serpil'i daha çok sarsıyor, üzüntüsünden ne yapacağını bilemiyordu.

— Neden Müslüman olamaz?

Kadın İslam'a sokulan hurafeleri, uydurma sözleri yıllardır duya duya inanmış, Serpil'e de bu uydurmaları anlatıyordu;

— Hz. Muhammed öyle demiş.

— Ne demiş?

— "Çingeneleri ben hiç sevmem." demiş.

Serpil'in çok üzülmesine sebep olmuştu. -Bu sözün Hz. Muhammed (sav) tarafından söylenmediğini nereden bilebilirdi? Hatta Hz. Muhammed (sav) Serpil'in ırkından bir kadınla evlenmişti üstelik. Ama bunu Serpiller bilemezdi.-

"Demek o bizi sevmiyor." diye düşündükten sonra, sordu:

— O beni nasıl sevmez! Ben onu seviyorum ya. O neden sevmiyor beni, neden?

Kadın çok bilmiş tavrıyla devam ediyordu:

— Sen Gıbti'sin yavrum. O ise Arap. Seni sever mi?

Serpil içinden gelen öfkeyle bağırdı:

— Olsun! Arap olsun. O kömür gibi de olsa ben onu çok severim. O beni nasıl sevmez?

Sonra gözyaşlarını elbisesinin ucuyla silerek yüksek sesle sordu:

— O halde ben kime Hz. Muhammed diyeceğim? O'nun yerine kimi seveceğim?

Kadın daha çok şaşırıyordu. "Bu çocuk haklı ama söylediğim de doğru" diye düşündü.

Nice insanlar bu tür yanlış bilgilerle kahrolmuyor muydu? Bu işe el atan pek yoktu. Zaten İslâm'ı gerçek kaynaklarından öğrenmeyen hocaların bazıları da Çingeneler'in lanetli olduğuna inanmışlardı.

Serpil oturduğu koltuğun üzerinde yığılıp kalmış, ağlamaktan iki büklüm olmuştu.

Kadın da ağlıyordu. İçinden çıkamıyordu yaptığı hatanın.

Serpil başını kaldırıp ağlamaklı haliyle aynı sözleri haykırdı:

— Ben O'nu annemden babamdan çok seviyorum; o beni nasıl sevmez, nasıl, nasıl?

Serpil zeki bir çocuktu. Birden kalbine yeni bir umut ışığı doğdu. Ağlamasını kesti, göz yaşlarını silerek sordu:

— Ya yalansa bu söyledikleriniz?! Ya ona yapılan bir iftiraysa!

Kadın mahcup tavrıyla cevap verdi:

— İnşaallah yalandır yavrum; ama bir yalan bu kadar yayılır mı? Onu bilemiyorum.

Yayılırdı, hatta bin üç yüz elli yıllık yalan bile vardı günümüze gelen. Ama bunu o kadıncağız bilemezdi.

Serpil artık Çingene olduğundan şüphe etmiyordu.

Sorularına devam etti:

— Siz annemin Çingene olduğunu nereden biliyorsunuz?

— Ben annenin hayatını biliyorum yavrum; ama üzülme artık. Sen iyi bir insansın. Annen de öyle, çok temiz bir kalbi var. Ama baban Çingene değil, sen bir melezsin.

— Ama ne işe yarar? Baksana O bizi sevmiyormuş! O sevmeyince Allah da sevmez herhalde.

Kadın çelişkili konuşmalara devam ediyordu:

— Sen iyi insan ol yavrum. Belki Allah da, Peygamber de sonra sever seni.

Bu konuşmalar bir süre devam etmiş, kadın annesinin hayatını anlatmaya başlamıştı.

— Annen çok iyi insandır. Tam bir Çingenedir; Ama kalbi temizdir.

Genç kızken birini sevmiş. O genç de onu sevmiş. Evlenmişler. Bir kızı olmuş, Ablan yani.

Sonra adam onu boşamak için mahkemeye vermiş. "Çingene olduğunu bilmiyordum." demiş.

Mahkeme de ablanı babasına verip onları ayırmış.

Ablan öyle çok ağlamış, öyle çok ağlamış ki, duyunca gözyaşlarıma engel olamadım.

Ablan feryat ederek kendisini yerden yere atmış.

— Annemi istiyorum. Annemin kokusunu özledim, beni ona verin ne olur! diye aylarca ağlamış.

Anneni gördüğü zaman onu koklayıp koklayıp yalvarıyormuş:

— Beni bırakma anneciğim! Ben cici anneler değil, seni istiyorum, ne olur... diye yalvarırmış.

Annense; "Yavruma bakamam, mahkemeyle uğraşacak param da yok." diyerek gözyaşları içinde yavrusunu tekrar babasına gönderirmiş.

Ablanın; "Annemin kokusunu özledim." deyişi hiç aklımdan çıkmaz.

Annen de o adamı çok severmiş. Zavallı yıllarca ağlamış. Sonra babanla evlenmiş.

Serpil, annesine ait hikayeyi dinlerken de gözyaşı dökmeye devam ediyordu. Evine döndüğünde artık annesine bir başka türlü bakıyordu. Ona acımıştı; fakat bir şey hissettirmiyordu.

Artık o hem okuluna gidiyor, hem de fırsat buldukça çocuk bakımında annesine yardım ediyordu.

Hayallerinde de şarkıcı olmak vardı yine. Eline saç fırçasını alıp onu mikrofon yapıyor, aynanın karşısında kendisini seyrediyordu. Öğretmenleri de devamlı ona şarkı söyletip "Aferin" diyorlardı.

Zaten o tip öğretmenler, Çingeneleri başka yerde adam yerine koymuyorlardı.

Zaten herkes ona "Şarkıcı ol" demişti. Bu yüzden, büyüyünce şarkıcı olmaya karar vermişti.

* * *

Bir gün hava kararmak üzereyken, kötü evde çalışan Nalan gelmişti.

Kapıyı Serpil açtı. Nalan içeri girip çocuğunu kucağına aldı, öpmeye başladı. Saatlerdir onu görmemişti.

— Yavrum... Gel canım annene, gel bir tanem.

Kadın çocuğunu hasretle öpüp kucakladıktan sonra, onu emzirmek için sandalyeye oturdu. Serpil hep onu takip ediyordu.

Çocukça sorularını kadına yöneltirken çocukluğundan kaynaklanan iyi niyetinin masumluğunu taşıyordu. Onun telaşlı halini sordu önce:

— Teyze, neden acele ediyorsun?

Kadın çocuğuna meme verirken cevap verdi:

— Acele etmem gerekiyor, ona göre izin aldım.

Kadın acı acı gülümseyerek ilave etti:

— Bugün müşteri çok da...

Serpil saf saf sordu:

— Sende mi o evde çalışıyorsun?

— Evet.

— Orda ne satıyorsun teyze?

Kadın çocuğunu alıp somyanın üzerine oturttu. Hırsla otururken sert sert cevap verdi:

— Sus bakayım! Sen bacak kadar boyunla böyle şeylere burnunu sokma!..

Serpil çok bozulmuştu... Aradan on dakika gibi bir süre geçtikten sonra, başka bir soru daha sordu:

— Sen oğlunu çok mu seviyorsun?

Kadın keyifsizce cevap verirken bir taraftan da çocuğunun yanaklarını sıkıyordu:

— Sevmez miyim? O benim canım, bir tanem.

— Peki, babası da seviyor mu onu?

Kadın yine ters ters Serpil'e baktıktan sonra cevap verdi:

— Sevmez mi? Tabi seviyor!

— Peki o neden gelip çocuğunu görmüyor?

Kadın şaşkındı. Bu çocuğa bu gün ne olmuştu da bu soruları soruyordu? Her sorusunda neşesi kaçıyordu:

— Canım, o da bir gün gelecek elbet.

— Şimdi uzaklarda mı? Babam gibi hapishaneye mi gitti?

— Evet evet. Artık soru sorma, canımı sıkıyorsun.

— Peki başka soru sormayacağım. Sadece Tunç'un babasının ismini söyle teyze çok merak ediyorum?

Kadın, yüz hatlarını kırıştırarak uzaklara dalmıştı.

Bu çocuğa nasıl anlatabilirdi çocuğunun zina mahsulü olduğunu. Zina evine gelen binlerce müşteri içinden hangi fahişe erkekten hamile kaldığını nerden bilsindi.

Serpil'e tekrar baktı. Sonra kucağındaki çocuğun üzerinde gezdirdi hüzün dolu gözlerini.

— Yavrum. Sen benim canımdan bir parçasın. Öteki parçan hiç önemli değil...

Serpil pek anlayamıyordu bu konuşmaları.

Kadın tekrar Serpil'e baktı:

— Bana bak bacaksız! Sen dua et de, beni buralara satan adam gibi birinin eline düşme. Kadınları kötü duruma itenler erkeklerdir. Ona göre. Bunu unutma.

Serpil elindeki oyuncak bebeğinin saçlarını tararken tekrar sordu:

— Aaa! Seni sattılar mı?

— Sattılar ya... Hem de hiç acımadan sattılar.

Serpil'in minik beyni böyle bir şeyi anlayamadığı için âdeta parçalanıyordu. İnsan nasıl satılırdı, ne demekti insanın satılması?..

Küçücük çocuk insanın satılmasını dehşetle karşılıyorken, bozuk düzenler hiç umursamıyordu bile. Zaten bozuk düzenlerin ve onları destekleyenlerin karakterinde vergi veriliyorsa kadın satışı normal karşılanıyordu.

Serpil, kadın gittikten sonra yine, çocuklarla oyuna dalmıştı.

Serpil, annesi ve babası yüzünden ekmek parası kazanmak zorunda kaldığını bildiği için, babasına kızıyordu. Maddi sıkıntı çektikçe de şarkıcılık hayali daha çok büyüyordu. İçinden, "Annemi ancak böyle kurtarabilirim." diyordu. Küçük bir kızın kafasına bu yol sokulmuştu. İnsanlar akıl verirken, verdikleri aklın şeytana yaradığını unutup kul olmak yerine şeytana veya şeytanlaşmış kullara kulluğu öneriyorlardı.

Aradan günler geçmişti, Serpil annesinin baktığı çocuklara yemek yediriyordu.

Çocuklardan biri Serpil'e sorular soruyordu, beceremediği konuşmayla:

— Çerpil Abla! Çen benim babamı tanıyo muçun?

Serpil'in yüreğinden bir şey kopmuştu sanki. Üzüntüyle cevap verdi:

— Hayır. Ben senin babanı hiç görmedim.

Çocuk devam ediyordu:

— Yeşmini de mi göymedin?

— Hayır.

— Ben göydüm. Babam çok gücel. O sonya gelecek.

Aylardır aynı şeyi söylüyordu bu çocuk. "Babam gelecek." diyordu. Annesinin bir gazetede gördüğü sıradan bir adamın resmini gösterip, "Senin baban bu." dediği günden beri, "Babam gelecek." diyordu.

Kahrolası bozuk düzen bu yavrulara suni babalar sunuyordu. Ya da anneleri, çocuklarına suni babalar sunmaya zorluyordu.

Gazete babası... Umutla bekliyordu bu yavru gazete babasını. Onun gibi niceleri vardı böyle!..

Yürekler acısıydı bu çocukların durumu. Onlara şiirler yazılmıştı. Üç-beş de, ah... vah...

İnsan haklarını savunan çağdaş ülkelerin teşvik ettiği fuhuş ürünüydüler. Bir fahişe erkekle bir fahişe kadının hatasını, bir ömür işte bu yavrular çekecek, faturayı bunlar ödeyecekti.

Bu karanlık çok başka karanlık
Bir ışık vermez sana çocuğum.
Şu çağda öldürüldü insanlık
Ondan bir şey bekleme çocuğum.

Sen doğmadan satılmıştı annen.
Seni zindanla ağırladılar...
Koskoca dünyan yıkıldı manen
Sana zerre kadar acımadılar!

* * *

Öteki çocuklardan üçünün annesi de Serpiller'in evine gelmiş, çocuklarını seviyorlardı. Bir köşede duran Serpil onları izliyordu. Kadınlardan biri sandalyeye oturmuş, arkadaşına derdini döküyordu:

— Hayat kadınlığından bıktım Nalan. Bu gün namussuzun birisi beni çok sinirlendirdi. Nerdeyse gebertecektim pisliği.

İkinci kadın gülerek sordu:

— Ne yaptı?

— Ne yapacak! Altmışlık moruk, görevini yapamayınca beni suçladı. Neler söyledi bir bilsen. Ben de vurdum tekmeyi. Namussuz dedim, başladı ahkam kesmeye. "Ben namuslu bir adamım, bana bunları söyleyemezsin." diye, malum hakaretleri sıraladı. Ben de ona, "Namuslu adamın genelevinde ne işi var, sen de benimle aynı işi yapmak için burda değil misin?" diye suratına yumrukları indirdim. Namussuzlar!.. Bizimle beraber aynı haltı yedikleri halde, kendilerini namuslu, bizi namussuz görüyorlar. Ona öyle bir ders verdirdim ki, her halde bir daha kapımıza gelemez.

Üçüncü kadın da günlük hayatından bir kesit anlatıyordu:

— Bu gün bana küçük yaşta bir çocuk gelmesin mi! Şaşırdım kaldım. "Senin burada ne işin var, sen utanmıyor musun?" dedim. "Neden utanayım, dün gece televizyonda gördüm, ben de özendim." dedi.

İkinci kadın kahkahayı basıp konuyu yorumladı:

— Sağolsun televizyon. Erkekleri tahrik edip bize gönderiyor. Dün de bir müşterim bana aynı şeyi söyledi. Farkındaysanız, televizyondaki filmlerden ve erotik tavırlı sunuculardan sonra müşterilerimiz artmaya başladı. Eee sonra ne yaptın çocuğu?

Kadın gülerek devam etti:

— Ne yapacağım, oğlum sen git de baban gelsin, dedim. Kulağını çekip gönderdim veledi. Utandım çocuktan. Benim onun yaşında torunum var.

Bu esnada, bir köşede onları dinleyen Serpil, aklındaki soruyu sormadan edemedi:

— Hayat kadını ne demek teyze?

Kadınlar şaşkınlıkla birbirlerine baktılar. Biri:

— Şekerim, bu çocuk hep böyle antika sorular sorup canımı sıkıyor. Geçen gün de Bânu'yu çıldırtmış.

Sonra Serpil'in gözlerine bakarak, azarlarcasına cevap verdi:

— Hayat kadını, hayat kadınıdır. Büyüyünce anlarsın.

Serpil devam ediyordu:

— Siz hayat mı veriyorsunuz?

Nalan hırsla ayağa kalkmıştı:

— Sus bakayım sen! Bacak kadar boyunla böyle sorular sorma denmedi mi sana!? Onların hâli sizlere yansır olmuştu.

Hüzünler dolanır her cümlede
Susunuz artık ey kelimeler
Görünmese de kimilerinde,
Onların ar duygusu, içlerinde inler.

Kapatın kapıları görmesin,
Dünya titremesin utancından!
Değerler ters yüzüne dönmesin
Kainat çıldırmasın kahrından.

Bu konuşmalardan sonra Hakan da girmişti odaya. Annesinin arkadaşlarını görünce, önce yüz hatlarını inceler gibi tek tek onlara baktı. Kadınlar Hakan'da bir tuhaflık olduğunu anlamışlardı. Hakan'ın gözlerinden okunuyordu. mutsuzluğu.

Nâlân güler yüzle baktı Hakan'a. Sonra tatlı dille ona iltifat edip sordu:

— Bir şey mi söyleyeceksin yavrum?

Hakan omuzlarını silkeleyerek "hayır" dercesine yine de bir şey söylemek istediği belliydi.

— Söyle söyle. Sen birşeyler söylemek istiyorsun.

Hakan cesaret bulmuştu:

— Sen de çocuğuna yeni baba alacak mısın?

Kadınlar birbirlerine baktılar.

— Neden sordun yavrum?

Hakan, ekmeğini ısırırken cevap verdi:

— Senin bebeğin yeni baba istemiyor. O kendi babasını istiyor.

— Sen nereden biliyorsun yavrum? O henüz konuşamıyor kı...

Aynı acıyı çekmiş olan çocuk, kendi duygusunu söylüyordu:

— Bana söyledi. Ben duydum. Onun babasını değiştirme olur mu teyze.

"Bir dağ bir dağa zulmetse
zulmeden yıkılır."

Güzel Irkın Çirkin Yanları

Sema okuldaydı. Çingene dendiği için horlandıklarının da farkındaydı. Fakat farkında değilmiş gibi, hiç oralı görünmüyordu.

Daha geçen gün bir öğretmen onu nefretle azarlamıştı. Üstelik suçu da yoktu.

Bir sabah yine okulun kapısında sıra olmuşlardı. Her zaman olduğu gibi ant okunuyordu:

Türküm!
Doğruyum
Çalışkanım
(.....)
Varlığım
Türk varlığına armağan olsun!

Ant okunurken, Sema gördüğü hakaretleri hayalinde canlandırmıştı. İtilip kakıldığını farkettiği günden beri mutsuzdu. Şimdi bu "Ant" ile "itilip kakılması"nı çakıştırıyor, birşeylerin ters gittiğini anlıyor ama idrak edemiyordu.

Çocuklar sınıfa girdiklerinde, Sema öğretmenine sordu:

— Öğretmenim! "Ne mutlu Türküm diyene" dedik. Türk olmayanlar mutlu olamazlar mı?

Öğretmen bu soruyu Sema'dan hiç beklemiyordu. Kızgınlıkla cevap verdi:

— Türkiye'de yaşayan herkes Türk'tür!

Sema, Tepecikten geldiği için bazı okullara alınmayan çocukları duyuyordu. Kendi okulunda da Çingene dedikleri çocuklara hiç iyi davranılmadığını biliyor, buna çok üzülüyordu. Zaten kendisi de şahit oluyordu. Serpil'le aynı anda Çingene denilerek kovuldukları günden beri, ikisi de Çingenelik konusundan sıyrılamamışlardı.

Öğretmeninin verdiği cevap karşısında isyan edercesine sordu:

— Ben Çingene değilim ama, Çingene çocuklarına nasıl davranıldığını görüyorum öğretmenim. Madem ki herkes Türk o halde herkese neden aynı davranılmıyor? "Yasam; büyükleri saymak, küçükleri sevmek." diyorsunuz; ama Çingene çocuklarını küçük de olsa sevmiyorsunuz.

Öğretmen ikinci kez şaşkına dönmüştü. Aslında Sema'nın Çingene olduğunu, ama sakladığını biliyordu. Fakat meseleyi bu kadar kavradığının farkında bile değildi. Titrek bir sesle cevap verdi:

— Sana öyle gelmiştir, otur yerine!

Sema sırasına giderken içinden söyleniyordu:

"Yaptığından utanınca tek çaren bana bağırmak oluyor."

Serpil de Sema da bir şeyi daha farkediyorlardı, Çingene ailelerine hiç önem vermedikleri halde, bayram günleri ve müsamerede, babaları davulcu zurnacı olan çocuklara ve ailesine ilgi artıyordu.

* * *

Aradan aylar geçmiş, öğretmenleri değişmişti.

Serpil ile Sema bu öğretmeni çok seviyorlardı. Yeni öğretmenin ders esnasındaki sözleri onların içini rahatlatıyordu:

— Çocuklar! Okumanın ırkı olmaz. İnsan beyinleri hep aynı ırktandır. Hiç bir ırkın beyni ötekinden daha çalışkan değildir; ama fırsatlar ve motivasyonlar görüntüyü farklılaştırır.

Çok sevinmişti Serpil... "Fırsatlar mühimdir." sözünün ne anlama geldiğini anlamamıştı ama, öteki sözleri çok hoşuna gitmişti. Kendi kendine mırıldandı:

"Demek böyle düşünen öğretmenler de var."

Sema da anlamıştı her öğretmenin ırkçı olmadığını.

Yine bir defasında aynı öğretmen anlatıyordu.

— Allah: "Hiçbir ırk ötekinden üstün değildir." der.

Serpil komşu teyzeyi hatırladı. Hazret-i Muhammed'in söylediği zannedilen sözü de... Kendi kendine: Demek Allah ayırım yapmıyor, Hazret-i Muhammed'miş bizi sevmeyen." diye düşünüyordu.

Akşama doğru eve geldiğinde, çocuksu yanı ağır bastığından, hemen çocuklarla oyuna daldı.

Birgün öğreneceklerdi, Peygamberinin ırk ayrımı yapmadığını, ama o zamana kadar minik kalpleri epey yorulacağa benziyordu.

Serpil çocuklarla oynarken, o sırada, Ebru'nun annesi, yanında bir adamla gelmişti. Ebru da bakılan çocuklardan biriydi. Ebru'nun annesi ve yanındaki erkek, neşeli tavırlarla içeri girdiler. Kadın Ebru'yu kucağına almış, yanındaki adamı tanıtıyordu:

— Bak yavrum. Sana yeni cici baba aldım.

Çocuk, bir yıldır "Baban" diye tanıtılan adamı sordu.

— Benim babam nerde?

— Artık o senin baban değil, bu senin baban.

Çocuklar sık sık değişen babalara akıl erdiremiyorlardı. Bu durum hiç de hoşlarına gitmiyordu zavallıların. Kadınların eski adı pe..... yeni adı jigola olan jigololarıdeğişince, çocukların da babaları değişiyordu. Ama onlar bozuk düzen kurbanlarıydılar, ne yapabilirlerdi.

Annesi yanındaki adamla beraber gidince Ebru ağlamaya başlamıştı.

Serpil usulca sordu ona:

— Neden ağlıyorsun Ebru?

Ebru gözleri dolu dolu Serpil'e bakıp omuzlarını "Yok bir şey" anlamında silkeledi.

Serpil ısrar edince, Ebru ağlamasını daha yüksek sesle sürdürmeye başladı. Boncuk boncuk yaşlar süzülüyordu gözünden.

Minik gözlerinden akan yaşlar, taşları bile ağlatacak hüzündeydi. Minik kız hem ağlıyor, hem de içini döküyordu:

— Ama... Ama ben yeni baba istemiyorum ki. Benim babam güzeldi, neden yine yeni baba geldi?

Hıçkırarak, içini çeke çeke devam ediyordu:

— Anneme söyle, ben eski babamı isterim.

Küçük kız yanıyordu adetâ... Bu küçük yavruların senede bir değişen babalarla nasıl sarsıldığını bu annelerin çoğu anlayamıyordu. Bazıları da zaten hapçı olduğundan, beyinleri uyuşmuştu.

Ebru hıçkırıklarla ağlarken öteki çocuklar da, Serpil de üzülüyordu. Hiç birisi de asıl caninin kim olduğunu anlayamıyordu!

Hakan gelip eliyle Ebru'nun gözyaşlarını silerken, onu teselli ediyordu:

— Ağlama Ebru. Ben büyüyünce sana değişmeyen baba satın alırım. Ne olur ağlama!

Hakan kendisini anlatmaya farklı açıdan devam ediyordu.

— Hiç merak etme Ebru. Göreceksin, sana, bir daha değişmeyen baba alacağım. Bir baba da bana alacağım.

Ebru boncuk boncuk gözleriyle Hakan'a baktı:

— Sahi mi? Gerçekten bana baba alacak mısın?

— Annem ölsün ki alacağım.

Ağlamasını biraz azaltan Ebru devam etti:

— Ama aldığın baba gerçek baba mı olacak?

— Tabi öyle olacak. En gerçek babadan alacağım.

Ebru bu teselliye inanmıştı. Zaten çocuksu hayallerinin tesellisine sığınan Hakan da inanarak konuşmuştu.

Yavruların dünyasını duyan yoktu, çünkü kulaklar vicdana göre duyarlardı.

Vicdan sahipleri düşünüyorlardı.

Çocukların bu hallerini dünya ne zaman anlayacaktı. Çağdaş gericiler, hâlâ zinayı meşru görüyorlardı. Çocuklara gelen protez babalar, annelerinden para geldiği için ilk günlerde çocuklara önem verip, sevgi gösteriyorlardı. Entrikalardan habersiz çocuklar babaları seviyorlardı.

* * *

Serpil'in babası hapishaneden çıkagelmişti. Ama Serpil'e bir kez bile sarılmamış, ona baba duygusu vermemişti. Çekingen tavrıyla kendini zorlayarak sarıldı babasına.

Ertesi gün çocuklarla dışarda oynarken, babasını gördü Serpil. Babası cebinden çıkardığı bir avuç bozuk parayı çamurun üzerine doğru serpmiş, sonra da çocuklara seslenmişti:

— Hadi bakalım. Bu paraları toplayın.

Sevinçle paraları toplamıştı çocuklar.

Birden babası kasap Ahmet gülmeye başlamıştı. Serpil babasına bakıyordu. "Tıpkı filmlerdeki kötü adamlar gibi neden gülüyor acaba?" diye düşündü.

Çok geçmeden babasının sesiyle irkildi:

— Şimdi verin bakalım o paraları bana!

İşte babasının bu tavrı, Serpil'in ona karşı az da olsa var olan bütün sevgisini silmiş, onu bir daha asla sevmemiş.

Daha sonra yıllarca düşünecekti, ama babasının neden öyle davrandığını hiçbir zaman anlayamayacaktı... Zaman zaman "Acaba sarhoş muydu?" diye düşünecek, ama yine onu affetmeyecekti.

Çocukları koruma bakanlığı kurulmadan ve de gayrimeşru çocuk dünyaya getirmek yasaklanmadan, bu çocukları takip etmek mümkün olmayacak

Yıllar Sonra

Serpil'le Sema ilk okulu bitirmişken kendilerince koca kız olmuşlardı. Sema'nın gönlü Mehmet ismindeki Çingene olmayan esmer bir çocuğa düşmüş, kendisi beyaz olduğu için de Çingene olduğunu saklamıştı. Mehmet'in varlığını Serpil'den de öteki arkadaşlarından da saklamıştı. Ama artık daha fazla saklayamayacaktı.

Serpil ve Sema yine bir araya geldiler.

Serpil onu görünce çok sevinmişti. Bunu da Sema'dan gizlememişti.

— Biliyor musun Sema, seni görünce çok seviniyorum.

— Ben de. Yemin ederim, seni çok seviyorum; ama size gelemiyorum. Annem göndermiyor.

Sonra Sema, sırrını verirken kuşkulu gözlerle etrafına baktıktan sonra devam etti:

— Bak sana ne göstereceğim.

Sema koynundan çıkardığı mektubu gösterdi.

— Bak Mehmet isminde bir çocuk var, bu mektup ondan. Gel şu köşede okuyalım. Artık senden saklayamayacağım.

— Aa... Sana âşık mı Mehmet?

— Tabii âşık! Sınıfta hep bana bakıyordu. Sana söyleyemedim, o zaman daha küçüktüm, korktum. Abim bilse ikimizi de öldürür diye hep sakladım. Sana bakan yok mu?

— Var ama ben ona baktığımı hiç belli etmiyorum.

— Bizim sınıfta mı?

— Hayır. Mahallemizin çocuğu. Sen beni bırak da Mehmet'in mektubunu okuyalım.

Mektubu okumuşlardı. Mehmet, "Sema, sakın kimseyi sevme. Büyüyünce seninle evleneceğim." diyordu.

İki kız çocukça gülüp mektubu yırttılar.

Sema:

— İnanır mısın, o mektubu yırttıkya, içim de yırtıldı sanki. Ne olur! Sakın kimseye söyleme. Abim duyarsa beni keser. Öyle huysuz biriki, erkek çocukların içinde kız okutuyorsunuz diye anneme yapmadığını bırakmadı. Mehmet de okuyor ya, "Bak kızın okul yolunda erkek buldu" der diye hep sakladım.

* * *

Semalardaydılar. Serpil'in aklına Hakan gelmişti.

— Annemin baktığı çocuklardan biri vardı hani. Hakan. Öyle ince ruhlu bir çocuk ki, ona ve onun gibileri yakından tanısan acırsın.

— Ne olmuştu ona?

— Annesi yeni baba almıştı. İstemiyor onu. Onların anneleri de durmadan babalarını değiştiriyorlar.

Sema bu söze alınmıştı.

— Sen bana mı taş atıyorsun? Benim annem, babam ölünce tekrar evlendi. Ama o da öldü. Kader. Annemin suçu yok.

Serpil arkadaşını kırdığına üzülmüş açıklama yapıyordu:

— Hayır hayır, öyle değil. O çocukların annesi çok sık çocukların babalarını değiştiriyorlar. Çocuklar nasıl üzülüyorlar bir bilsen. Öylesine geldi aklıma. Hakan'ın annesi başka yere gitti. Hakan'ı hâlâ merak ediyorum.

* * *

Sema henüz on dört yaşındaydı ağabeyi onu dışardan okumak şartıyla orta okulda okutuyordu, ama Sema'nın aklına Mehmet'i düşünmekten ders girmiyordu, Hakan'ı nasıl düşünebilirdi. Hayal dünyasından koptuğunda Serpil çoktan gitmişti.

Serpil koca kız olmuştu kendi gözünde, ama yine kötü yolun kurbanları, iyi çocuklara bakıyordu. Yine her şey aynıydı. Bir akşam saatinde Serpil çocuklarla oynarken, Songül'ün annesi gelmişti. Yanında yeni jigolası vardı.

Serpil hışımla kadına bağırmaya başladı:

— Siz neden devamlı yeni baba getirip bu çocuklara acı çektiriyorsunuz?

Kadın bu çıkışa çok sinirlenmişti:

— Terbiyesiz,bu ne biçim tavır böyle?

— Ama çocuklarınız çok üzülüyor. Çocukluğumdan beri bu çocukların acısına şahid oluyorum.

— Sana ne kız! Sen mi doğurdun onları? Biz bu durumdan çok mu memnunuz sanıyorsun, ahlaksız kız? Bizi ayıplıyorsun bunu biliyorum. Senin gibiyken ben de hayat kadınlarını küçümserdim; ama işte başıma geldi.

Kadın sinirini alamıyor, devamlı beddua ediyordu.

— Ahlaksız! Benim sinirlerimi bozdun. İnşaallah sen de acı çekesin. Bizi küçük görmek neymiş anlarsın. Allah'ın belası! Sanki ben istedim bu hayatı.

Serpil neye uğradığını şaşırmıştı. Kötü bir şey söylemediği halde, kadının neden bu kadar sinirlendiğini bir türlü anlayamıyordu. Aldığı bedduanın manasını ise yavaş yavaş anlamaya başlamıştı.

— Allah'ım! Ne olur o kadının ağzına bakıp beni kötü yerlere düşürme!

Elbette, Allah, haksız yere yapılan bedduaları kabul etmezdi.

* * *

Sema, ilkokul beşinci sınıfı bitirdikten sonra kendisini isteyenlerin olduğunu duyuyor, buna çok üzülüyordu. Zira onların adetlerindendi kızları çabuk evlendirmek. Oysa şimdilik evlenmeyi istemiyordu.

Sema endişesini yine Serpil'e anlatıyordu:

— Dünyada gitmem! Benim daha yaşım kaç. Hem ben Mehmet'ten başkasıyla evlenmem ki.

Serpil üzüntüyle sordu;

— Haklısın. Ben de öyle düşünüyorum. Onu seviyorum. Başkasıyla evlenmem. O beni tanıyor. Sema, biz

Çingeneymişiz ya. Mehmet Çingene değildi. Ona söyledin mi Çingene olduğunu?

Sema üzgündü:

— Hayır. Onlar gaco. Ama ben Mehmet'e Çingene olduğumu söylemiyorum. O da, ben beyazım o esmer o yüzden anlamıyor. Ben evlenince gaco olacağım, onun için söylemiyorum.

Serpil gülmüştü Sema'ya.

— Sonradan Gaco olunmaz Sema.

Artık Sema'nın durumunu öteki arkadaşları da biliyordu.

Yıllar yılları kovalamış, Sema Mehmet'ten vaz geçmemişti.

Mehmet de Sema'yı çok sevmiş hatta sevgiden daha taşkın kara sevdaya tutulmuştu. Sema'yı istemeye gelenlere Sema kızıyor bağırıyor, onları geri çeviriyordu. Ama Mehmet yine de huzursuzdu. Sema'nın ağabeyi durumu öğrenmiş Sema'yı karşısına alıp konuşmuştu.

— Bak kızım, sevdin sevdin. Genç gelip seni isterse veririm, ama onunla gezersen seni öldürürüm. Dersine çalış. Bir kadın için namus, baba evinde başlar.

* * *

Serpil büyüdükçe bu annelere iyice kızmaya başlamıştı. Birgün yine, yıllar önce bedduasını aldığı kadına, Songül'ün annesine sordu:

— Siz madem ki hayat kadınısınız, o halde neden babası belirsiz çocuklar yapıp bu çocukları üzüyorsunuz?

Kadın yine çok sinirlenmişti. Ağzından çıkan küfürleri kulağı duymuyordu. Hemen bedduasını yeniledi.

— İnşaallah sen...

Serpil çok sinirlenmiş, daha önceki yıllardaki bedduasını da hatırlamıştı.

— Sen de hep bana beddua ediyorsun. Ben kötü birşey mi söyledim? Çocuklarınıza üzülüyorum.

Küçük ahşap bir evdi evleri. Bu nedenle konuşmalar evin her yerinden duyuluyordu.

Bu konuşmayı duyan Banu'nun annesi de beddua eden kadına çok sinirlenmişti.

— Bana bak süprüntü. Kendin düştün diye doğru konuşanların da düşmesini isteme. Allah belanı verir sonra.

— Daha ne verecek, verdi işte. Benim annem bilse buralarda olduğumu, kahrından ölür. Sen bilmiyorsun ki, bu kız çocukluğundan beri beni çok üzen sözler söylüyor bana. Düşsün de görsün diyorum.

Bu esnada Serpil'in gözü Hakan'a çok benzeyen bir çocuğa takıldı. Bayağı büyümüştü bu çocuk. Bu çocuğu da uzun zamandır tanıyordu, ama çocuk bugün çok üzgün bir haldeydi. Serpil'i dışarı çağırıyordu.

Serpil kadınları içerde bırakıp dışarı çıktı.

— Söyle ne oldu, ne oldu, ne var?

Hüzünlü çocuk ağlamaklı sordu:

— Serpil Abla. Biraz önce annemin çalıştığı eve gittim. Annemi görmek istediğimi söyledim, beni içeri almadılar. Devamlı erkekler içeri giriyorlardı; ama beni almadılar. Annem orada ne yapıyor?

Serpil ne diyeceğini şaşırmıştı.

— Söyle Serpil Abla, annem orada ne yapıyor? Bak artık ben büyüdüm. Bana doğruyu söyle.

Hakan gibiydi bu çocuk da aylar öncesinden annesinden şüphelenmeye başlamış ama annesine öyle bir işi yakıştıramadığından, inanmak istemiyordu.

Serpil cevap vermeyince, ağlayarak farklı bir soru yöneltmeye başladı:

— Serpil Abla...

Boğazı düğümlenmişti. Zor konuşuyordu.

— Serpil Abla! Yoksa benim annem şey mi? Şey mi benim annem? Eğer öyleyse ben intihar ederim. Dayanamam Serpil Abla! Ne olur söyle, annem kötü kadın mı?

Serpil hemen cevap veremiyordu. Ne söyleyebilirdi bu çocuğa, ona baştan savma cevaplar vererek o günü atlatmıştı.

* * *

Sema çok kitap okuyan bir genç kızdı artık.

Birgün Serpil, Semalara gelmiş. Sema'nın annesiyle olan tartışmalarına şahit olmuştu. Sema'nın annesi ısrarla, "Biz ne Romanız ne Çingene" diyerek, Çingene olduğunu kabul eden Sema'ya kızıyordu.

Sema artık patlama noktasına gelmişti.

— Bak anne! Hata ediyorsun. Sende bir Romansın. Irkını saklıyor, bu yüzden insana yaraşmayan laflar ediyorsun. Halkın deyimi ile Çingenelerden bu kadar utanma. İçimizdeki temiz insanları düşün. Bak, biz olmasaydık, Ramazan ayında sahura kaldırma adeti yok olacaktı, çöplerin içindeki bir çok madde ziyan olup gidecekti. Biz olmasak atçılık da bitecek gibime geliyor. Şimdi de okumaya başladık. Artık neden utanıyorsun anne? Bırak Gaco merakını. Sen onlara, dünya versen, onlar sana tırnak kadar dahi saygı göstermezler.

— İyi iyi, okuyunca başıma komutan oldun. Zaten biraz utansaydın böyle olmazdık. Komşulara da söylüyormuşsun utanmadan.

— Neden utanayım anne? Okuduğum kitabın dediği gibi, Allah beni dilediği ırktan yaratmış. Önceleri ben de utanıyor, ırkımı saklıyordum. Elimdeki, *Irkımı Ben Yaratmadım* isimli kitabı okuduktan sonra artık utanmıyorum. Bizi de Allah yarattı. Ben ona teslim olmuş bir kulum. Aynı Âdem'in çocuklarıyız. İnsanın ırkını inkar etmesi, yani utanmadan hayatı yaşamak öyle güzel ki. Çok da rahat ediyorum. Sana da tavsiye ederim anne. Hayat o zaman daha kolaylaşıyor.

Sema'nın konuşmaları Serpil'i şaşırtmış, annesinin konuşmaları da çok üzmüştü. Hemen kalkıp ayakkabılarını giydi. Bir taraftan da söyleniyordu:

— Gidiyorum. Bir daha bu eve gelmeyeceğim. Anladım ki bizi yalnız Gacolar değil, Çingeler de küçümsüyor. O halde Gacolara neden kızayım?

Sema'nın bütün yalvarmalarına rağmen Serpil ağlayarak bisikletine binip evinin yolunu tutmuştu. Gözyaşlarını tutamıyordu.

Evine geldiğinde, yine annesinin nasihatlarıyla karşılaştı.

— Neredesin kız? Dikkat et ha... Sakın kötü birşey yapayım deme. Arkadaşlarına dikkat et. Arkadaşın arkadaşa verdiği zararı düşmanlar bile vermez.

Serpil annesinde, gizli bir asillik vardı ama şartlar onun asilliğini örtmüştü.

Akşam olduğunda Serpil sarhoş gibiydi. Olaylar onu

çok üzmüştü. Gece ise kabuslar görmüş, sık sık uyanmıştı. Her şeyi hazmetmişti ama Çingene'nin Çingeneyi küçük görmesini hazmedemiyordu.

* * *

Serpil koca kız olmuş, ama yine aynı şeyleri düşünüyordu. Babasıyla fazla ilgilenmiyordu, yine de onun başına bir iş geldiğinde de çok üzülüyordu. Babası, adam bıçaklamış, hapse girmişti yine. Serpil, babasının hapse girişinden dolayı hem utanıyor, hem üzülüyordu. Annesi ise çok sabırlı, namuslu bir kadındı, ayrıca sabırlıydı da. Çocuklarının hatırı için kocasını bekliyordu. Devamlı çocuklarına doğru yolu tembih eden bir anneydi.

— Sakın ha sakın, babanız hapiste diye bozulmayın. Kimsenin bir şeyini çalmayın. Ben izin vermeden kimsenin evinde bir şey yemeyin.

Serpil'in erkek kardeşleri vardı ve namuslarına çok düşkün gençlerdi ama Serpil hiç mutlu olamıyordu. Annesinin çektiği çileyi görüyordu. Onu mutlaka kurtarmalıyım, diye düşünüyor; fakat her evlat gibi annesine acıdığını ona hissettirmiyordu.

Zaman zaman Çingeneliği moralini bozduğunda da, "Biz Çingene değiliz" deyip geçiyordu. Nasıl olsa babası Çingene değildi.

* * *

Bir gün mahallenin hanımları mevlüde davet edilmişti. Davete gittiğinde çok şaşırdı. Genelevinden gelen kadınlar mevlüde ne kadar da saygı gösteriyorlardı. O halde neden hâlâ bu yolda gidiyordu bu kadınlar? Sema bunu bir türlü anlayamıyordu.

Bir ara çevresinde hoca tanınan bir kadın vaaz vermeye başlayınca, genelev kadınlarından biri sordu:

— Hoca Hanım! Biz hayat kadınıyız. Biz en önemli sosyal hizmet memurlarıyız. Bizim dışlanmamamız lazım. Ama dışlanıyoruz... Biz olmasak, namuslu kadınlara saldırır erkekler.

Bu soruyu dinleyen bilinçli bir hanım, sözü bölerek cevap verdi:

— Erkekler o kadar sapık mı?

Kimseden cevap gelmiyordu.

Sapık olan, erkeklerden çok, içinde yaşadığımız bozuk sosyal düzenin kendisiydi. Bir kadını kurtarmak için başka bir kadını harcıyordu. Yoktu başka alternatifi. Çıkmaz sokak olan rejimler, insanlığı işte bu kadar idare edebilirdi. O yüzden de resmen kadın satıcılığı yaptıkları işe bir kılıf bulmuşlardı.

Bir tarafta Müslüman kadınlara "Siz neden örtünüyorsunuz, erkekler bu kadar tehlikeli midir?" diye sorarlarken, kendi düzenleri aynı erkeklere karşı tedbir olarak kadını örtmeleri şöyle dursun, satıyorlardı sokak serserilerine. Sema, *Irkımı Ben Yaratmadım* kitabından sonra olumsuzlukları ve çelişkileri çok açık olarak görüyordu.

İnsanlar bunları düşünecek kapasitede değildi, ama bir yerlerde yanlışlık yapıldığının farkındaydılar. Biraz sessizlik olduktan sonra, aynı kadın tekrar sordu:

— "Bizim mesleğimiz hayat kadınlığı, bu günah mı?" dedim, cevap vermediniz?

Etrafında hoca bilinen kadın cevap verdi:

— Zinanın sevabı olur mu?

Soruyu soran kadın ısrarla devam ediyordu:

— Ama bu bizim alın yazımız, kaderimiz. Bunu bize Allah yazdı. Ona isyan edemeyiz ya.

Önce güzel konuşan hoca hanım (!) İslâm'ı tam bilmeyince din yıkıcı fetvasını veriyordu:

— Kader konu olunca insan ne diyeceğini şaşırıyor. Siz de haklısınız tabi. Allah yazarsa kul silemez.

Hoca Hanım, doğru sözü yanlış yerde kullanmıştı. Hocanın yanındaki kadın itiraz ediyordu:

— Hayır! Allah öyle şey yazmaz! Size yalan söylenmiştir. Hocalar peygamber değil ya onlar da dini konularda yanılırlar. "Herkes günah işlerinde niyetine göre yol alır, yazısını kendi yazdırır." derdi babam. Zina da sosyal hizmet değildir. Kim sosyal hizmettir diyorsa, kendisi o hizmeti yapsın. Ya da göndersin bakalım kendi canından birini de görelim. Kadınsa kendi gitsin ya da kızını, kardeşini göndersin. Erkekse karısını.

Sema gittikçe hırçınlaşıyordu. Birden aklına öğretmenlerinden birinin sözleri geldi. "Hayat kadını dışlanmamalı." demişti. O evde çalışan kadınların en az yirmisi buradaydı ve onlar çok rahat söylüyorlardı ne olduklarını. Öğretmeni "Onları dışlamayın." derken, aynı öğretmenin Çingeneleri nasıl dışladığını hatırlamıştı.

Sonra kendi kendisine mırıldandı:

"Şu işe bak. Hayat kadını kendisini saklamıyor, Çingene olmak benim elimde değilken ben kendimi saklıyorum." Zaten okuduğu kitapta, cahil ve onursuz insanların ırklarını sakladıkları, ya da baskıda olduklarından saklama ihtiyacı hissettikleri yazıyordu. Bunlara rağmen, Sema hâlâ Mehmet'e Çingene olduğunu söyleyemiyordu. Ama yakında, söyleyecekti.

Mevlütten dönerken Sema'nın dikkatini çeken bir başka konu daha vardı. Bunu "Cici annem" dediği kadına sormalıydı. Hemen evine gidip kapıdan sordu:

— Cici anne! Bu kadar hayat kadını gördüm, içlerinde hiç Çingeneye rastalamadım bu ne iş?

Kadın gözlerini tavanda gezdirdikten sonra cevap verdi:

— Çingenenin kadınlarından hayat kadını çok az çıkar. Onlar namuslarına çok düşkündürler yavrum. Ama tabii yanlış işler de yapıyorlar.

— O halde neden Çingeneler horlanıyor? Bir Çingene hâlâ neden kendi ırkından utanıyor? Neden hayat kadınları rahat rahat "Ben hayat kadınıyım." Ya da eşcinsel bir erkek 'Ben eşcinselim' diyebiliyor da, namuslu Çingene bir kadın "Ben Çingeneyim." diyemiyor? Bu nasıl bir dünya böyle?

Sema bütün isyanıyla bağırıyordu:

— Bunun sebebi nedir cici anne? Ben bu haksızlığı kabul edemiyorum. Geçen gün bir kadın gördüm, üç kızını da satıyormuş. Öyle rahat söylüyor ki. Namussuzun rahatlığı neden bizde yok?

Cici annem dediği kadın kültürlüydü. Bu durumun sebebini anlatmaya başladı:

— Bak kızım! Biz öyle bir ülkedeyiz ki, namuslu

olan nerdeyse özürlü ya da suçlu görünmeye başlayacak! Çingenler devamlı dışlanıyor. Ama işte bu tür namussuz işler normal göstereliyor.

Neden? Neden normal gösteriliyor?

Kadın, başını eğerek cevap verdi:

— İşte orasını ben de bilmiyorum.

Sema hırsla oradan çıkıp Serpil'in yanına gitti.

Sema yerinde duramıyordu.

Sema, Serpil'in evine geldiğinde düşünceliydi. Serpil'e baktı pencereden. Serpil yine eline saç fırçasını alıp onu mikrofon yaparak şarkı söylüyordu:

"Başın öne eğilmesin
Aldırma gönül aldırma.
Ağladığın duyulmasın
Aldırma gönül aldırma."

Oradan da ayrılıp sokak aralarında gezindikten sonra evine dönüp, açık öğretim kitaplarından birini eline alıp kendisini zorla dersine vermeye çalıştı.

* * *

Günler sonra Serpil bakkala giderken karşısına Sema çıktı. Ağlamıştı Sema.

Serpil sanki can kurtaranıydı onun. Yalvararak ondan yardım istedi.

— Serpil, ne olur bana yardım et. Bizimkiler beni evlendirecekler. Bir çare bulalım. Biliyorsun senden başkasından yardım isteyemem. Canıma tak etti. Mehmet'e Çingene olduğumu yazarak "Beni Çingene olduğum halde yine isteyeceksen istet." dedim. Nasıl cesaret buldum bilmiyorum. Galiba okuduğum kitaptan güç aldım. Mehmet'e bir mektup yazdım arabulucumuz Seda ile gönderdim. Çok sıkıntılı günler yaşıyorum. Ne olur, sen Mehmetlere git, ağızlarını ara.

Mehmet'ten hâlâ cevap gelmedi. Bensiz öleceğini söylüyordu, ne oldu?

Serpil çok üzülmüştü.

— Eyvahh! Şimdi işler hepten karıştı. Ya kabul etmezse?

Sema şaşkındı. Ne cevap vereceğini bilemiyordu.

— Ne olacaksa olsun! Artık bu yükü tek başıma çekemiyorum. Hazır cesaret bulmuşken yazdım. "Öteki ırkın kızları gibiyim, ben de insanım. Öz ve öz in-sa-nım." dedim.

"Benim annemden sen, senin annenden ben doğabilirdim." dedim. Seda'yı çağırınca. Annem şüphelendi, beni dışarıya bile göndermiyor. Şimdi o pazara gidince kaçıp sana geldim.

Serpil de ağabeyinden korkuyordu.

— Benim abim görürse Mehmetlere gittiğimi, inan beni komaya sokar; ama olsun, senin için razıyım, hemen gideceğim.

Serpil çok geçmeden Mehmet'i bulmuştu.

Mehmet onu görünce merakla sordu:

— Hayırdır Serpil. Birini mi arıyorsun?

— Evet, seni arıyorum Mehmet. Sema sana mektup

göndermiş, hâlâ cevap vermemişsin. Kızın durumu çok kötü.

— İnan mektubu bana Seda şimdi verdi. Bak, inanmazsan sor Seda şurda. Mektubu hemen okuyacaktım.

Dur şimdi okuyayım. Zaten ben de çatlıyordum.

Mehmet hemen mektubu açıp okumaya başladı. Okudukça yüz hatları geriliyor, gözlerinden yaşlar damlıyordu. Mektubu okuduktan sonra duvara dayanan genç, hıçkırarak ağlamasını sürdürdü.

— Ailem, ailem artık onu kabul etmez! Ben de onsuz yaşayamam. Şimdi ne olacak Serpil, ne olur bir şey söyle! Benim ailem asla kabul etmez. O zaman onu kaçırırım. Ona selam söyle, ailem ikna olmazsa onu mutlaka kaçıracağım. Hazır olsun!

Mehmet, gözyaşlarını silerek ilave etti.

— Onu benden ölümden başka hiç birşey alamaz! Ona bunu söyle. Ben hemen aileme gidip durumu anlatacağım. En kısa zamanda sana bilgi veririm. Sen de ona gider söylersin. Sakın görücü gelenlere çıkmasın, onu öldürürüm. Çingene oluşu umurumda bile değil. Ben onu seviyorum ya, ırkı ne olursa olsun. Hemen gidip annemle konuşayım. Üç saat sonra sizin köşede beni beklesin. Ordan geçiyormuş gibi yapıp, mektubu yere atarım, benim arkamdan alır.

Kararlaştıkları yerde buluştuklarında, Mehmet çıldırmış gibiydi.

Sema'yı görür görmez, "Kim görürse görsün," diyerek derdini dökmeye başlamıştı bile.

— Ah Sema'm, yandım, yandım Sema'm. Aileme

söyledim. Dinimize göre bize Çingeneyle evlenmek yasakmış... Nikah yapılamazmış... Ben şimdi ne yapacağım? Ne olur bana bir akıl ver!

Sema bu söze çok sinirlenmişti.

— Neden nikah olmazmış? Çingene insan değil mi? Onları da Allah yaratmadı mı? Saçma... Herhalde beni istemiyorsun... Onun için bahane arıyorsun.

— Olur mu öyle şey Sema'm. Ben nasıl öyle şey yaparım? Tabii ki Çingeneyi Allah yarattı; ama gel bizimkileri dinle şok olursun. Neymiş, onların mezarları bile ayrıymış. Onların kestiği yenmez, gusül abdestleri kabul olmazmış. Neymiş, Çingene ölüsü çalgıyla kalkarmış, Çingeneden çoban bile olmazmış. Çingenelerde öyle necaset varmış ki, o necaset, yani pislik kimselerde yokmuş. Yahudi kızıyla evlenilirmiş, ama Çingene kızıyla evlenilmezmiş. Neymiş, Çingene "şecaat arz ederken, sirkatin söyler" miş.

Bizimkileri görme, neler saçmalıyorlar neler. Beni üzen tek şey, nikah olmazmış ya o.

Sema artık dayanamıyordu:

— Yeter Mehmet! Bu saçmalıklara dayanamıyorum. Ne demekmiş o? Hangi Çingene fanatik Yahudilerin Müslümanlara yaptığı kötülüğü yapmış? Onlar Filistin'de aşırı şartlanmış Yahudi eliyle ölenleri hiç mi duymamışlar?

Mehmet gözyaşlarıyla Sema'yı dinliyor, Sema aynı kızgınlıkla devam ediyordu:

— Çingenelerde öyle necaset varmış ki... Yalan! Bunu söyleyenler dönsün de kendi ırklarına baksınlar. Dünya üzerinde durmadan insan kanı akıtıyorlar. Hani Çingeneden kan dökenler var mı? Bunca hakaretlere rağmen yine masum masum duruyorlar. Pardon, duruyoruz. Sen onların sözüne uyacaksan bana yaramazsın. Bana öyle koca gelmez. Biz kötü değiliz Mehmet. İçimizdeki hırsızlar, gaspçılar olmasa... Tertemiz insanlarız.

— Beni zaten bu sözler değil, Çingeneyle nikah olamaması çıldırtıyor. Şimdi ne olacak? Ben bu yüzden perişanım. Hemen araştırıp bir yol bulacağım. Eğer ben seni alamazsam, Allah benim canımı alsın. Bu dünyayı sensiz ne yapayım!

Dünyada yaşama şartları birilerine bağlı değildi, ama gencin bunu anlaması da şu an için mümkün değildi.

Zira, dünyada neden ve nasıl yaşadığımız okullarda öğretilmiyordu. Müthiş bir programla süren hayat, "Tesadüf' diye tanıtılınca, tesadüfe şartlananlar yaşamı kendi isteklerine bağlı sanıyor, en normal çilelerde bile, bu tesadüf ve biri tarafından değil de kendiliğinden verilmiş bildikleri hayatı terketmeye karar veriyorlardı.

Mehmet'e teselli verdikten sonra, gözyaşlarıyla evine dönmüştü Sema, kendisinin telliye ihtiyacı olduğunu unutup hep Mehmet'te yoğunlaştığını farkedince de kendisine acımıştı. İyi ki o kitap ve o kitaptan sonra başka kitapları okumuştu. İnsanın kendisini yönetmesiyle ilgili bilgisi olmasa, her halde cehennemi yaşayacaktı ızdırap dolu günlerinde.

* * *

Arabulucuları Seda da bu duruma çok üzülüyordu. Kendisi sevdiğine kavuşmuştu. Herkesin kavuşması için dua ediyordu. Sema'yı teselli edercesine sordu:

— Neden umudunu kesiyorsun Sema? Bu halin nedir? Bırakma kendini. Dünden beri on yaş yaşlanmış gibi çökmüşsün. Ne var, nedeni ne bu halinin?

— Neden olacak, Çingene kızıyla evlenilmezmiş sen bunu bilmiyor musun? Yani nikah olmazmış. Ben nikahsız, metres olarak yaşayamam ki. Benim bir dinim, onurum ve şerefim var. Bunları arzularım için veya bir erkek için feda edemem.

Sema gözleri dolu dolu devam etti.

— İşe bak Seda. Bizle evlenilmezmiş... Çünkü biz lanetliymişiz!

Seda da iyice çileden çıkmıştı.

— Ne münasebet! Biz neden lânetli olalım? Hırsızlık, gaspçılık yapıldığı için mi? Her millette gaspçı ve hırsız var.

Sema artık işi açıktan açığa ağlamaya dökmüştü.

— Aman Seda, sen de hiçbir şey bilmiyorsun. Çin'le Gane adında iki kardeş birbirleriyle evlenmişler... Çingene nesli onlardan türemiş (!) Yalnız o mu? Çingeneler yahudi olup, bir tuğlayı eritecek kadar yıkanmadıkça, Müslüman olamazlarmış. Sen bunları duymadın mı?

Sema mantıklı kızdı, isyanı da aynı doğrultuda mantıklıydı. Kendi sorusuna kendi cevap veriyordu.

— Olmaz öyle şey. Bizi de Allah yaratmadı mı? Allah böyle ayrımcılık yapmaz!

Sema iki gözü iki çeşme, ağlarken devam etti:

— Hep hocalar böyle söylüyorlar. Bizim evlenmemiz mümkün değilmiş. Delireceğim inan.

Onların bu hayatı yaşadıkları dönemde bir ilâhi okuyup, hiçbir dini bilgisi olmasa da ona hoca deniyordu.

Genç kız konuştukça hıçkırıklarla ağlıyordu.

— Ben Çingene olmayı kendim istemedim Seda. Şimdi ne yapacağım? Yıllardır Çingene olduğumu söylemeye cesaret bile edemedim. Hazır cesaret etmişken, söyleyeyim, dedim iş nerelere dayandı. Böyle olacağını bilmezdim.

Gözlerini silerek devam etti:

— Kaç kez, kaç kez denedim ama olmadı olamadı. Nihayet dün yazdım. Biliyorum, o da perişan. Ama ne yapalım, elimizden birşey gelmez. O öyle inanıyor.

Sema'nın birden çocukluk yılları geldi aklına. Her tesbih gördüğünde, her seccade gördüğünde içi cız ederdi. Hele bir yerde "Hazret-i Muhammed" yazısını görünce, o yazıyı alıp öpmek isterdi.

Mevlüt okunurken, veya teravihlerde hep beraber söylenen; "Allahumme salli alâ seyyidina, Muhammed'in nebiyyin ümmüyyin ve âlâ, âlîhî vesahbihi ve sellim." selâvatı okununca, Sema'nın içinden birşeyler kopuyordu sanki.

Peygambere olan sevgisi ne güzeldi! Daha sonra ona "Peygamber Çingeneleri sevmez." diye yalanlar söyleyince, içinden o coşkun sevginin azaldığını, taa derinlere gömüldüğünü düşünüyordu. Serpil'den farksızdı Sema'nın Peygamber sevgisi.

Şimdi yine aynı konuyla karşı karşıya kalmıştı. Duygularını kendisi de anlayamıyordu. Yine nerede Allah ismi anılsa, Peygamber anılsa içi "cız" diye yanıyordu sanki.

Serpil'in sözünü hatırlamıştı Sema:

— Sen bizi sevmesen bile, ben seni seviyorum ya Muhammed! Yo, inanmıyorum, sen ırk ayrımı yapamazsın. Ben artık bunları biliyorum.

İki genç kız üzüntüyle ayrıldılar.

Ertesi gün Sema Serpil'in yanına gelmiş, şişmiş gözleri ve perişan haliyle ondan rica ediyordu:

— Serpil. Bugün Mehmet'le randevum var. Gel seninle beraber gidelim. Yalnız gitmeye cesaretim yok.

Serpil mutfakta olan annesini işaret ederek sessizce cevap verdi:

— Yavaş konuş! Annem duyarsa çıngar çıkar. Arabulucu kızları pe...... gibi görüyor. Belli etmeyelim.

Arkadaşı hemen bir yol bulmuştu.

— Çarşıya çıkıyoruz diyelim, ne olur. Bugün mutlaka görüşmem lazım.

Serpil annesini ikna edip arkadaşıyla evden çıkmıştı. Fesatlık bilmeyen insanları aldatmak kolay oluyordu. Özellikle, çok temiz kalpliler hemen aldanırdı. Çilekeş kadın da aldanmıştı. Serpil'le Sema Paytoncular sokağından çıkmadan, Çingeneliğini saklayan ve Çingenelerden nefret eden "Çingene" Selime'ye rastladılar.

Selime de Serpil'in annesi gibi Çingene olduğu için kocası tarafından sokağa atılan bir kadındı. Çingeneyi aşağılayanlardan değil de, psikolojik olarak Çingenelikten nefret ediyor, asla kendisinin Çingene olduğunu kabul etmiyordu.

Sema'nın konusunu duymuştu, ama hiçbir şey bilmiyormuş gibi sordu:

— Nereye gidiyorsunuz kızlar? Tariziniz'e -sevgilinize- mi gidiyorsunuz?

İki genç kız birbirlerine baktılar. Kadın devam ediyordu:

— Sakın ha... Siz Çingenesiniz. Sevgiliniz varsa ondan Roman olduğunuzu saklamayın. Bakın ben Çingene değilim ama, beni Çingene zannediyorlardı. O görümcemler, kaynanam, kaynatam bir bilseniz bana neler yaptılar. Ben yandım, sen yanma Sema.

Sema acele ediyordu, ama yine de tecrübeye ihtiyacı vardı. Ayak üstü sordu:

— Başından geçenleri başka zaman gelsek anlatır mısınız?

Selime zaten içi yanmıştı. Birilerine derdini döküp ferahlamak istiyordu.

— Tabi tabi. Bugün öğleden sonra beklerim.

Sema da öğleden sonrayı bekleyecek hal kalmamıştı. Selime durumu anlamış, "Sevdiğin gençle beni görüştür, ben anlarım sevdiğine yar olacak yüreği" demişti. Sema da tecrübesi var, diye, Serpil'i evine göndermiş, yanına Selime ablasını almıştı. O anlardı. Ne de olsa aynı derdi yaşayan daha iyi bilirdi.

Mevsim sonbahardı.

Şiddetli rüzgar ağaçları sarsıyor, evlerin camlarını zangırdatıyordu. Randevu yerine doğru giderlerken Selime'nin yüzü adeta donmuştu. Irkı yüzünden iki gencin çektiklerini gördükçe son derece üzülüyordu. Sema'ya bir bahane uydurup geri dönecekti, zira onları ağlaşırken görmek istemiyordu.

— Sema, ben geri dönsem olur mu? Çok üşüdüm de.

Sema telaşlanmıştı.

— Olur mu Selime abla. Sana güvendim, Serpil'i evine gönderdim. Onunla konuştuktan sonra belki bayılırım, bana teselli vermeni istiyorum. Ne olur gel. Beni böyle kötü günümde yalnız bırakma.

Yine ağlıyordu. Üzgün bir ses tonuyla devam etti:

— Zaten ayaklarım beni zor taşıyor... Anlamıyor musun abla, ben ölüyorum. Sen beni hiç anlamıyorsun.

Selime tekrar "Tamam gidelim." dedikten sonra, randevu yeri olan alana gelmişlerdi. Karşıdan görmüşlerdi Mehmet'i. Mehmet yıkılmış halde çömelmiş öylece duruyordu.

Birden başını kaldırıp, kendisine doğru gelenleri farketti. Hemen ayağa kalkıp onlara doğru yürüdü. Bir araya geldiklerinde, ikisi de birbirinin yüzüne bakamıyor, sadece ağlıyorlardı. Dakikalarca ağladılar. Selime bozdu bu hüzünlü sahneyi.

— Nedir bu durum, ikiniz de bu gidiş konuşamayacaksınız. Hadi konuşun da geç kalmadan gidelim. Ölüm yok ya ucunda.

Mehmet ağlayarak cevap verdi;

— Bundan büyük ölüm olur mu abla? Ben Sema'msız ne yaparım, nasıl yaşarım? Çocukluğumdan beri onu seviyorum.

Genç delikanlı başına vurarak devam etti.

— Allah'ım! Nedir bu başımıza gelen, ne olur bize yol göster!

Sonra Sema'ya döndü Mehmet.

— Nazlım! Neden benden sakladın, neden?

Genç kız utanarak zorla baktı Mehmet'in yüzüne.

— Benimle evlenmezsin diye korktum. Ne yapayım, seni kaybetmek istemedim. Ama elimde bir kitap var. Onu iki yıl önce de okumuştum, şimdi tekrar okuyorum. Orda bir genç delikanlı, kabilesinin idam fermanına rağmen sevdiği kızı alıyor. Sende de o yürek var, diye hemen söyledim, yazdım. Bu defa sen kabul ettin, ama dinimiz kabul etmedi, diyorsun. Kolay değil. Kitabın dediği gibi, kabul ettirilmiş bir baskısı var üzerimizde ve üzerinizde.

Genç kızın utandığını anlayan Selime, kızgın kızgın konuştu:

— Bana bak Sema, beni iyice sinirlendiriyorsun. Kızını satan gaci bile senin kadar utanmıyor, sen neden utanıyorsun? Sen kendini bu kadar aşağılarsan, başkasının aşağılaması normal değil midir?

Selime de bir alemdi, kendisiyle çelişkili yaşıyordu. Birden kendisini sakladığını düşündü... Kendisine lanet ederek devam etti:

— Neden böyleyiz bilmiyorum. Siz devam edin. Ben biraz ötede seni bekliyorum. Ben gözyaşlarını görmeye devam edemem de. Mehmet hâlâ iki gözü iki çeşme ağlıyor, devamlı aynı soruyu soruyordu:

— Nazlım, neden sakladın, neden? Ben sensiz ne yaparım? Bunu düşünmedin mi?

Sema hıçkırarak cevap verdi:

— Ne değişti ki... Söyledim ya Mehmet, artık sorma.

Kafam öyle ağrıyor ki, hiçbir şey düşünemiyorum... Annenler her şeyi biliyor mu?

— Bilmezler mi? Onlar da çok üzüldü. Çingeneyle Müslüman evlenemezlermiş. "Hemen bu işi bitir." dediler. Dediler ama, bu iş o kadar kolay mı? Seven birine "Şu işi bitir" demiyorlar mı, sinir oluyorum. Asla senden ayrılmam! Bu mümkün değil! Ne olur anla beni. Bir çare bulalım.

Çaresizlik içinde kıvranan Mehmet, her yolu denemeye hazırdı. Beyni zonkluyordu. Birdenbire aklına başka bir fikir gelmiş, sevincinden çığlık atarcasına soruyordu:

— Tamam! Aklıma birşey geldi nazlım. Araştıralım, bir insan nasıl Çingene oluyorsa, ben de hemen Çingene olayım. Ne olur beni reddetme. Ben Çingene olunca problem biter. Kimse kabul etmese de beraber kaçarız!

Delikanlının gözyaşları Sema'yı yürekten yaralıyordu. İki genç kararlaştırmışlardı. Mehmet Çingene olacaktı. Ama nasıl olacaktı, şimdi hep birlikte bunu araştıracaklardı. Bilgisiz toplumun bilgisiz gençleri bir yanlıştan öteki yanlışa düşüyorlardı.

Bir yandan Mehmet, Selime bir yandan da Sema ile Serpil, sonraki günlerde Çingene olmayan bir insanın Çingene olup olamayacağını araştırmaya başladılar. Kime sorsalar "Böyle bir şey olmaz." cevabını alıyorlardı.

İki genç kız, bir de aynı konuda darbe almış kadın bu duruma çok üzülüyorlardı, ama ellerinde bir imkan olmadığına da inanmışlardı. Selime, Sema'nın acısını hissederek teselli etmeye çalışıyordu:

— Bu işte bir, terslik var gibime geliyor. Hadi hırsız

Çingeneden ve Çingene olmayan hırsız aileden kız alıp vermemelerine aklım biraz erer. Ama dürüst bir Çingeneden, özellikle kız dürüstse neden alınmasın?

Birbirlerine doğru gördükleri her şeyi söylüyorlar, içlerindeki yangını söndürmeye çalışıyorlardı. Fakat ne konuşurlarsa konuşsunlar, hareket noktaları yanlış olduğu için, önleri çıkmaz sokaktı. Bir adım öteye gidemiyor, çıkışı olan sokağa nasıl gireceklerini de bilemiyorlardı!

Selime ile Sema birbirlerinden ayrıldılar. Selime evine dönerken beyni uğulduyordu. Mehmet'in "Nasıl Çingene olunuyorsa ben de Çingene olayım." deyişini unutamıyordu. Ayrıldığı eski eşi gelmişti aklına.

Ona o kadar âşıkken, Çingene olduğunu öğrendiğinde aşkından eser kalmamıştı.

Evine yaklaştığında akşam ezanı okunmaya başladı. Ezan sesinin geldiği yöne doğru bakınca caminin minaresini gördü. Olduğu yerden bir müddet minareye baktı. Tarifini kendisinin de bilemediği bir hüzünle mırıldandı:

— Madem ki bizi sevmiyor...

Boğazında düğümlendi kelimeler. Yanlış fetvayı o da duymuş, gizli bir öfke onu kuşatmıştı. Devam edemiyordu. Aklına gelen kötü şeyleri dağıtmak istiyordu. Kararını verdi. Yarın ilk iş olarak Sema'yı yanına alıp bir hocaya gidecek, bu konuyu görüşecekti. Çünkü birbirini bu denli seven iki insanın böyle anlamsız bir sebeple ayrılmalarını istemiyordu. Kendisine hiçkimse yardım etmemişti, ama o etmeliydi.

O gece hiç uyumamıştı Sema. Selime'yi görünce, sevinçle ona koştu:

— Gel benim can ablam, sana çok ihtiyacım var.

Selime fısıltı halinde cevap verdi:

— Gel hocaya gidelim, bu işi iyice öğrenelim. Benim gururuma dokunuyor bu iş. Mehmet'e de çok acıdım.

Sema annesini zor ikna etmişti. Selime'nin etkisiyle izin alınmıştı.

Sokağa çıktıklarında Sema Selime'ye sordu:

— Neden yalnız Mehmet'e acıyorsun? Ben insan değil miyim? Asıl bana merhamet etmen gerekmez mi?

Selime adımlarını sıklaştırırken bir taraftan da cevap vermeyi ihmal etmedi:

— Sen, onun üstün görünen ırkına girmek için çaba sarfetmiyorsun; ama o senin aşağılanan ırkından olmayı senin için göze alıyor. Ben o yüzden ona daha çok acıyorum. Halini görmüyor musun?

Hangi konuya girseler, konular Mehmet'e çıkıyordu.

Selime, tam taksiye binecekleri anda, süt kaynattığı ocağı açık bıraktığını hatırladı.

Sema ile beraber evine giden Selime konuşa konuşa kapıyı açmıştı. Defalarca Selime'nin evine giren Selma yine evini tertemiz görmüştü.

Paspası bile bembeyazdı, ev temizlik kokuyordu. Halbuki Selime dışarıda "Pasaklı kadın" diye bilinirdi.

Oturur oturmaz Sema konuya girdi ve hiç vakit geçirmeden sordu:

— Selime Abla dinlenirken, şu hayat hikayeni anlatır mısın artık? Meraktan çatlayacağım.

Selime zeki kadındı. Gülerek cevap verdi:

— Sen benim hayatımı değil, asıl kendi hayatını merak ediyorsun değil mi?

Başını sallayarak devam etti:

— Seni seniii. Kendine örnek olsun diye beni merak ediyorsun. Ama yine de anlatacağım. Ben yandım, sen yanma kızım. Önceden olsa, kendinden olmayanla asla evlenme, derdim.

Sema böldü sözünü:

— Sen şu hayatını anlat da kararı ben vereyim. Seninkine çok benziyor mu benim durumum ona bakayım.

Kadın derin bir nefes aldıktan sonra anlatmaya başladı:

— Davut'la birbirimizi çok sevdik. Sonunda evlendik. Ah evlenmez olsaydım, diri diri yaktılar beni. Azıcık kızsa, ilk söylediği söz "Suç bende, Çingeneyi alırsam böyle olur işte." diyordu. Hele o görümcelerim... Aman onların hali, unutulur gibi değil. Bir misafir gelse, benim Çingeneliğim anlaşılmasın diye her yola başvuruyorlardı.

Kadın birden ağzından çıkan sözü farketmişti.

— Ben Çingene değilim, gacoyum, ama onlar öyle biliyorlardı.

Sema sinirlenmişti:

— Gaco kelimesini bizden başka kullanan var mı? Neden kendini saklıyorsun? Sen bile Çingeneyi küçük görüyorsun, elalem büyük görür mü? Resmen saklıyoruz kendimizi. Elalemin pezevenkleri bile kendisini saklamıyor. Kızını kendi eliyle satan kendisini gizlemiyor, biz gizliyoruz.

Selime hüzünle Sema'ya dönüp sordu:

— Tabi utanırız. Bizdekiler hırsızlık yapıyorlar kaç kişinin canını yakıyorlar. Hani, Çingene bir milletvekili, bir doktor var mı?

Sema, Çingene olduğu için okula alınmayan çocukları hatırladı.

— Tabi olmaz. "Çingene çocuğu" diye okutulmazlarsa nasıl doktor olsunlar? Hırsıza gelince, her ırkın hırsızı var. Milletvekili de vardır ama bir kaçı hariç kendilerini saklıyorlardır. Bak şu Tepecik Mahallesine, kaç kişi hırsızlık yapıyor? Yüzde doksanı ölse bile çalmaz, ama sanki hepsi hırsızmış gibi muamele görüyor. İstanbul'da, Draman, Kasımpaşa, Tophane ve Sultan Mahallesi'ndeki Çingeneler içinde çok asil insanlar var. Evleri barkları tertemiz. Hepsi de çok merhametli, pırıl pırıl insanlar, ama onlara kaç kişi inanıyor? Benim orda arkadaşım, arkabalarım var. Ama bir caniden daha kötü insanlarmış gibi kendilerini saklıyorlar.

Sema anlatırken hırsını alamayıp hırsla ayağa kalktı.

— Olmaz böyle haksızlık ya. Ben başlarım böyle işe. Düşündükçe çileden çıkıyorum.

Birşeyler söyleyecekti. Sonra vazgeçmişti fikrinden. Selime'ye döndü:

— Bunları bırakalım da, sen anlat. Sonra, sonra ne oldu?

— Sonra benim Çingeneliğimden...

Kadın birden duraklamıştı. Sonra cesaret bulup devam etti.

— Benim Çingeneliğimden o kadar çok utanıyorlardı ki, gittikleri yere beni götürmemeye başladılar. Kocam da benimle yürümekten utanıyordu. Bir zamanlar "Sensiz yaşayamam" diyen adam gitmiş, yerine başkası gelmişti. Kahroluyordum. Bir kadın için ölümden başka bir ölüm daha vardır; o da, kocasının kendisini küçük gördüğünü bilmesidir. Elimde imkân olsa bütün dünyaya yalvarırdım. Ne olur! Kimse eşini küçümsemesin diye. Kadın için üzücü olan erkek için de üzücü olur.

Çok seviyordum onu. Beni beğenmediğini anladıktan sonra kahroldum. Her gün ağlıyordum. "Allah'ım neden beni Çingene yarattın." diye isyanda bulundum.

Birgün hiç unutmam, kocamın parası kayboldu. "Bu evde yıllardır hiç para çalınmamıştı." diye yüzüme baktı. Anladım ki benden şüphelendi. Ona:

— Bana neden bakıyorsun? Ben ömrümde hiç çalmadım, ne olur benden şüphelenme, dedim.

Dedim ama ne işe yarar. Bütün aile kararını vermişti. Sanki hırsızlık yalnız Çingenlerde varmış gibi, hepsi birden, "Senden başkası çalamaz, bizim ailemiz asil bir aile." dediler.

Ağlayarak, "Asıl benim ailem asildir." dedim. "Siz benim annemin yerinde olsaydınız kimbilir neler yapardınız? Annem genç yaşta iken babam adam öldürüp hapse girdi. Annem 17 yıl namusuyla çiçek satarak yaşadı. Bizi de namusumuzla büyüttü. Dışarıda süslü gezmezdi. Bir erkeğin, kendi hakkında yanlış düşünmesini ve bir erkeğin dikkatini çekmek istemiyordu. Asıl, asil aile benimki" diye feryat ettim. Nasıl ettimse.

Sema rahatlamıştı:

— Bravo Selime abla, bravo... Ağzına sağlık. Oh be! Biraz rahatladım.

Kadın gözleri dolu dolu önüne baktı:

— Ama ne işe yaradı ki? Onlar bildiklerini okudular. Çalmadığım parayla benim hırsızlığımı ilan ettiler. Bütün bunlara aptallığımdan yine sabrediyordum. Çünkü beni sevmese de, ben kocamı seviyordum.

Selime Hanımın gözlerinden yaşlar dökülürken, acıklı ve ibret dolu hikayesine devam etti:

— İşin garibi, hâlâ içimden söküp atamadım onu. Aptal kafam... O yüzden de evlenemedim ya.

Bir gün onun gömleğini ütülüyordum. Kendisine söyleyemediklerimi gömleğine söylüyordum. Kapı çalındı, gelen postacıydı. Kocam boşanma davası açmıştı. Oracıkta yığılıp kalmışım. Kendime geldiğimde gömlekle, ütü tahtası da yanmış, evi duman basmıştı. Çok geçmeden o geldi. Ağlamaktan kan çanağına dönmüş gözlerimi farketti.

— Ne oldu? dedi. Anlattım.

Koltuğa oturup alnını oğuşturarak bana cevap verdi:

— Ne yapayım Selime. Herkes, özellikle ailem benimle durmadan alay ediyor kimselerin yüzüne bakamaz oldum, dedi.

O gece kendimi üç katlı evimizden aşağıya atarak intihara teşebbüs ettim; ama ölmedim, ölemedim.

Beni hastaneye kaldırmışlar. Bir ay yattım orada. Bir

ay sonra artık o eve gitmedim. Hastanede bile kocam olduğunu söylememiş, bir tanıdık demiş. Onu da öğrenince artık onun evine gitmemin bir anlamı yoktu. Sonra da mahkeme kararıyla ayrıldık. Hiç günahım hiç sorumlu olmadığım nedenlerin sonuçlarını ödedim. Elimde olmayan dünyaya geliş tarzımdan dolayı bedel ödedim. Hem de çok, ama çok acı bir bedel!..

Daha neler var anlatamadığım. O yüzden sakın kızım, aşkından ölsen de, Çingene olduğumuzu bilmeyen Gacilerle evlenmeyin. Onlar kendilerini bir şey sanıp bizi hor görüyorlar ve devamlı aşağılıyorlar. Sanki kendi annelerinden doğmayı kendileri planlamışlar gibi.

* * *

Hocaya gitmek için yola çıktıklarını neredeyse unutan Sema Selime'yi dikkatlice dinlemiş ve kararını vermişti. Mehmet "ölüyorum" dese bile onunla evlenmemeyi düşündü; ama bu kararını tatbik etmeyi hayalinde bile başaramıyordu. Çünkü kalbine söz geçiremiyordu.

İslâm'ın bilinmediği bir dünyada, İslam diyen herkesin hoca ilan edildiği bir memlekette yaşıyorlardı. Sonunda onlar da uydurma bir hoca bulmuşlardı. Gerçek hocaya ulaşamamanın bedelini onlar da ödeyecekti.

Hoca onları gayet normal bir tavırla karşıladı:

— Buyrun oturun bakalım. Derdinizi dinleyelim.

Selime ile Sema birbirlerine baktılar.

Sema konuyu başından itibaren anlattıktan sonra sordu:

— Siz söyleyin hocam. Bizim bir suçumuz var mı? Çingene olmak elimizde değil ki! Öyle değil mi?

Sözde hoca başını sallayarak cevap verdi:

— Doğru. Bu sizin elinizde değil, bu sizin kaderiniz. Kader değişmez ki:

Sema atıldı birden:

— Peki hocam çözüm ne? Bunlar evlenebilirler mi?

Cahil adam hararetle devam etti:

— Evlenmek mi? Bir Çingeneyle mi? Asla... Asla caiz değildir bu. Hiçbir Müslüman, Çingeneyle evlenemez!

— Çingene Müslümansa da mı evlenemez?

İslâm'ı masal kitaplarından öğrenen adı hoca olan cahil adam fetvalarına devam ediyordu:

— Çingeneden Müslüman olmaz ki. Onlar lanetlenmişler. İsteseler de Müslüman olamazlar. Önce Yahudi olması, sonra da bir tuğla eritecek kadar yıkanması lazım.

Sema, ağlayarak itirazına devam etti:

— Ama tuğlanın üzerinde yüz yıl yıkansak da tuğla erimez ki. Hem biz neden Yahudi olalım, neden tuğla eritelim? Bunca günah işleyenler hiç tuğla eritmeden Müslüman oluyorlar da biz neden olmayalım?

Halkın hoca diye tanıdığı cahil adam yine devam etti:

— Siz; Çingeneyiz demeyin, demeyin kardeş. Bu sizin kaderiniz, ne yapacaksınız.

Sema, Allah'ın böyle yapacağına ihtimal vermediğinden, soruyordu:

— Ama bu adaletsizlik! Allah böyle şey yapmaz. Sizin bir yanlışınız olmasın?

Hoca çok bilmiş bir eda ile kalkıp kütüphanesine döndü.

— Durun durun. Ben kafadan konuşmam. İşte kaynak kitaplar. Onlardan okuyalım bakalım.

Adam Kara Davut adındaki kitabı çıkardı.

Büyük bir marifet yapıyormuşcasına içinde çok sayıda doğrularla birlikte ölümcül yalan ve hurafeyi bir arada bulunduran Delail-i Hayrat Şerhi KARA DAVUT adlı kitabın sahifelerini çevirmeye başladı. Bir yandan da kendi kendine söyleniyordu:

— Nerdeydi şu yazı! Haa hatırladım, Hz. İbrahim'in kıssasındaydı.

Biraz daha sahifeleri karıştırdıktan sonra, yarışı kazanmış atın gururuyla konuştu:

— İşte buldum. Koca kitap yalan söyleyecek değil ya. Ondan dinleyelim bakalım.

Sema'nın kalbi neredeyse duracak gibiydi.

Hoca büyük bir aşk ile Kara Davut'un İbrahim Aleyhisselam kıssasını okumaya başladı. Hızla bir bölümünü bitirdikten sonra, asıl aradığı yere gelmişti.

— Bakın bakın, İbrahim Aleyhisselamı kafirler mancınığın üzerine oturttular, ama kımıldatamıyorlardı. Bunun üzerine şeytan araya girdi ve kafirlere akıl verdi. Devamını işte bu kaynak kitaptan okuyalım:

"Şeytan araya girdi,

— Ey Nemrud, bir erkekle kadın gelsin. Mancınığın yanında göz göre göre zina etsinler!

Namrud, bu işi yapacak bir erkekle kadın arattırdı. Ancak hiç kimse yüz kızartıcı olan bu işi yapmak istemedi. Ancak biri kız, diğeri erkek olmak üzere iki kardeş buna gönüllü çıktı. Erkeğin adı Cin, kadının adı ise Gane idi. İki kardeş, bütün halkın gözü önünde bu iğrenç işi hiç utanmadan yaptılar. Orada bulunan topluluk, hem de iki kardeşin yapmış oldukları bu iğrenç işten dolayı, kendilerini lanetlediler. Böylece, onların soyundan gelenlere de Cingane denildi."

Hoca okumasını bitirdikten sonra sordu:

— Gördünüz mü? Ben uydurmamışım demek, kitap yazıyor.

Sema yine isyanla ayağa kalkmıştı.

— Bu kitap Allah'tan mı geldi? Yalan olamaz mı? Bunu yazan nereden biliyor? Kur'an-ı Kerim'de böyle bir şey var mı? Hadis-i Şerif var mı?

Hoca ağır ağır cevap verdi:

— Canım bu kitabı Profesörler, bazı İlahiyat hocaları tercüme ediyor. Yalan olsa onlar böyle bir ihaneti tercüme ederler mi? Yalan olsaydı, en azından tercüme ederken yalan bölümünü çıkarırlardı.

Sema'nın gözyaşları başka, Selime'ninki daha başka şeyler için akıyordu.

Sema hışımla kapıya doğru yürüdü:

— Hadi gidelim. Ben bu işi sormaya devam edeceğim, bakalım Kur'an'da böyle şey var mı, hadiste var mı? Benim inandığım ilah, iki kardeşin yaptığı suçu kıyamete kadar suçsuz insanlara ödetmez!

* * *

Aradan günler geçmiş, artık Mehmet'le Sema'nın işi iyice çıkmaza girmişti. Sema da bunalım üzerine bunalım geçiriyordu.

Bir gün gazetede okuduğu bir haber dikkatini çekti Serpil'in. Zaten aklını fikrini şarkıcı olmaya vermişti. Tekrar tekrar okuyordu haberi:

"TİKOFİŞ Sanatkarlar Birliği bir şarkı yarışması düzenledi. Yarışma Türkiye çapında yapılacaktır."

Serpil kafasına koymuştu. Bu yarışmaya katılacaktı. Bıkmıştı çocuk bakmaktan. Özellikle annesinin çilesini iyi biliyordu. Artık annesini kurtarmak hayallerini gerçekleştirmek istiyordu. Serpil bilmese de şeytan ve uşakları aç kalanlara her zaman haram yolları telkin ediyordu.

Gazete ilanını yırtıp cebine koydu. Pencerenin önüne geçip dışarıyı seyre daldı. Aklına gelmişti geçen yılları... Her gece hayallerinde şarkıcı olmak varken, "Peygamberim bana gücenir." diye zaman zaman hayallerinden vazgeçtiğini düşündü.

Annesine şarkıcı olacağını söyleyecekti, ama direkt olarak söylemeye cesaret edemiyordu. Devreye yarışma girince Sema'nın derdini düşünmeye ara vermişti.

Komşularından birinin gelmesini istiyordu. Biliyordu ki annesini onlar daha iyi ikna ederdi.

Beklediği olmuştu. Komşularından misafir gelen iki hanıma durumu açmış, onlar da Serpil'e cesaret vermişlerdi.

Serpil annesine baktı önce, sonra seslendi:

— Anne! Gazetede ilan var. Şarkı yarışması açılmış, ona katılmak istiyorum. Sakın reddetme olur mu anne? Seni çalışma hayatından kurtarmak istiyorum.

Elinde süpürgeyle temizlik yapan kadın birden bire şoke oldu. Süpürgeyi sıkı sıkı kavrayarak, hiddetle kızına baktı:

— Sen delirdin mi?! Ağabeylerin ikimizi de keserler.

Serpil yalvarıyordu:

— Anneciğim! Ben seni bilirim. Sen istersen onları kafaya alırsın. Senin elinden ve dilinden kuşlar bile kaçamaz.

Şefika hanım kızının sözlerini duymuyordu bile.

— Dünyada olmaz... Onlar ikna olmazlar!

Hayırlı yolda akıl verenlerin bulunmadığı dünyada, Allah'ın izin vermediği konularda akıl veren çoktu.

Komşu kadınlar Serpil'den çok üzülüyor ve kendilerince gerekeni yapıyorlardı:

— Bu kadar güzel ses ziyan mı olsun Şefika Hanım? Allah'tan kork, bu kızı ziyan etme.

Öteki hanım da ısrar ediyordu:

— Evladım bir çıksın sahneye. Bizim insanımız nasıl şarkı söylermiş görsünler. Bak bizden olan bazı şarkıcılar nasıl inletiyorlar.Bülbüllerimiz yüzümüzü güldürdü. Şimdi bir de Serpil duyulsun. Serpil'in sesi onlardan daha güzel. Yazık abla yazık. Sen bu kıza izin vermezsen çok yazık!

Her kafadan bir ses çıkıyordu. Şefika Hanımın da kafasına yatıyordu bu iş, ama oğullarından korkuyordu.

Serpil günlerce annesine ısrara devam etti. Çingenelerden neler çıktığını ispatlayacaktı.

— Bu fakirlikten kurtuluruz anne! Yeter ki sen "he" de. Ne olur anneciğim!

Şefika hanım kızına kararını söylerken sinirliydi.

— Tamam tamam. Ağabeylerine söylerim. İkna olurlarsa gidersin.

Akşam olunca gençler eve geldiklerinde, Şefika hanım konuyu oğullarına açmıştı. Hasan bu teklife çok sinirlenmişti:

— Kesinlikle olmaz! Ben şarkıcıların nasıl meşhur olduklarını biliyorum... Çok azı şey olmadan şarkıcı olur.

Şefika Hanım şeytanın da yardımıyla bu işe kılıf bulmuştu.

— Oğlum, sinirlenme. Onu yalnız bırakmayız ki. Sen gidersin, biz gideriz, dayın gider yanında. Hem, sadece kadınlar matinesinde okur.

Hasan o zamanlar henüz İslam'ın emrini tam bilmiyordu, çabuk ikna olmuştu. Serpil Tepecik'teki düğünlerde de şarkı söylerdi. Düğündeki ortamla gazino arasında pek fark yoktu. Çevre kültürü gözleri alıştırmıştı.

Serpil yarışmaya müracaat etmiş, yarışma gününü de öğrenmişti.

Son gün gelmişti ki Serpil'in bademcikleri şişmiş ateşi yükselmiş, çok kötü şekilde hastalanmıştı. Onu ziyarete gelen arkadaşlarıyla zoraki konuşuyordu:

— Şu aksiliğe bakın. Yarın yarışmaya katılacağım, böyle hastalandım. Acaba diyorum, Allah benim şarkıcı olmamı istemiyor mu? Sonra aklıma geliyor onun bizi sevmediği. "Zaten nasıl olsa beni sevmiyor." diye katıldım yarışmaya.

Arkadaşları ise çok farklı bir heyecan içindeydiler. İslâm'da yeri olmayan fetvalar veriyorlardı.

— Sakın öyle şeyler düşünme. Şarkıcılık günah değil ki. Kalbin temiz olsun, yeter!

Bu telkinler, belki sonraki yaşlarda Serpil'in bilinç altından çıkıp onun zihnine yer edecekti...

Ertesi gün büyük bir heyecanla hazırlıklar tamamlanmıştı. Ne var ki, Serpil kazanamayacağına çoktan karar vermişti.

Boğazı iyileşmiyor, sesi de bayağı kısılmıştı.Kaybetse bile yine de bu yarışmaya katılacaktı. Yatağında bunları düşünürken Sema geldi. Elinde mektup vardı, Serpil'e okumak istiyordu. Fakat Serpil'in arkadaşlarının hepsini tanımıyordu. Ne de olsa ayrı mahallenin insanlarıydılar. Serpil anlamıştı Sema'nın derdini. Mahcup olmuş edayla Sema'dan özür diledi.

— Kusura bakma Sema. Senin derdinle ilgilenemez oldum. Mutlaka bu yarışmaya girmeliyim. Olaylar beni çok üzdü. Bildiğin gibi değil.

Sonra arkadaşlarına baktı.

— Seninle yalnız konuşabilseydik...

Daha sözünü bitirmeden genç kızlar hemen kalkmışlar "Sizi yalnız bırakalım." diyerek çıkmışlardı.

Serpil yastıktan başını kaldırıp oturmaya çalıştı.

— Şimdi mektubun neresini okumak istiyorsan oku Sema. Sonra benim de sana söyleyeceklerim var.

Sema Mehmet'ten gelen mektubu okumaya başladı.

"Sevgili nazlım Sema!

Gece gündüz seni düşündüğüm için son on gündür hiç uyumadım. Leyla ile Mecnun'daki hem Leyla'nın, hem de Mecnun'un acısını çekiyorum. Şimdi diyeceksin ki, neden Leyla'nın acısını sen çekiyorsun, onu ben çekiyorum.

Kusura bakma nazlım, ama sen benim kadar yanmıyorsun. Benim kadar çırpınmadığını ne yazık ki üzülerek izliyorum.

Ben sana "Çingene olayım, kaçalım." diyorum; bana hâlâ cevap vermedin. Sen anlamıyor musun Sema'm? Ben sensiz yaşayamam! Neden bana net bir şey söylemiyorsun? Telefona bile çıkmıyorsun? Hadi diyelim ki evde telefonu başkası açıyor. Peki evinizdeki başkası hiç mi dışarı çıkmıyor? Bu insanlardan hiçbiri tuvalete de mi gitmiyorlar? Bir dakikalık telefon açamaz mısın?

Âşık cesaretli olurmuş. Sen ne biçim âşıksın ki, hiç bir şeye cesaret edemiyorsun? Sen beni sevmiyor musun Semam? Sen beni anlamıyor musun? Tanıyamadın mı beni, neden ilgisiz duruyorsun?

Bak, sana yalvarıyorum, gel seninle kaçalım. Ben aç kalır, ama yine de sana bakarım. Gerekirse ben yemem, sana yediririm. Bana güvenmiyor musun? Ben Çingene olunca o zaman nikahımız olur. Senden kesin bir açıklama gelmeyince ben de Çingene olmak için ne gerektiğini araştıramıyorum. Ne olur, benimle kaçıp kaçmayacağını bana bildir. Yoksa aklımı oynatmak üzereyim. Ne olur beni anla. Ben, böyle giderse tımarhanelik olmak üzereyim..."

Mektup ateş gibi yakıyordu adeta. Sema şaşkındı. Ağlayarak Serpil'e sordu:

— Sen bana yardım et. Görüyorsun durumumu. Hocaya sorduk, "olmaz" dedi. Bunu ona nasıl anlatayım? Görüyorsun delice âşık, keşke sevgisi normal olsaydı. Şimdi çıkmaza girmezdi.

Serpil zoraki konuştuğu için konulara kısa kısa cevap vermek istiyordu.

— Bak Sema'cığım! Seni çok iyi anlıyorum. Biliyorsun, benim yarın yarışmam var. Şu yarışma bir bitsin ben bu işi halledeceğim, Mehmet'in ailesiyle konuşacağım. Sen ona güzel bir mektup yazarak bunu ona söyle. Bana da kırılma olur mu?.

Fazla ilgilenemedim ama benim de derdim var. Beni de isteyenler varmış. Biliyorsun benim mahallede bir sevdiğim de var. Gelip istemiyor. Ailem başka birisine verecek diye aklım gidecek neredeyse. Yarışmanın heyecanı da var. Yarışma bitince geniş bir ortamda etraflıca konuşuruz. Şimdi sen git, ailen kızmasın. Ben seni bulurum.

İki arkadaş anlaşmışlardı. Umut ve teselli bulan Sema, Serpil'e "Geçmiş olsun." dedikten sonra yanından ayrılmıştı.

Serpil, yalnız kaldığında bir müddet Mehmet'in gözyaşlarını düşünüp, kendi hayallerine daldı.

Yarın sesi düzelirse katılacağı yarışmayı kazanacağından emindi. Yarışmayı kazandığında dünyası değişecekti.

Bu hayalleriyle uykuya dalan Serpil, rüyasında sahnede şarkı söylüyor, karşısında da Sema ile Mehmet ağlıyorlardı.

* * *

Yarışma başlamış, yarışmanın yapıldığı salon tıklım tıklım dolmuştu. Serpil önce juriyi gözden geçirdi. Sonra sunucuya baktı. Sunucu, İzmir'in meşhur sunucusu Gökhan Gözaydın'dı. Onu görünce cesaret bulmuştu. "Demek ki bu organizasyon gençleri sömüren, dolandırıcı bir organize değil" diye düşündü. Haberi yoktu ki, dolandırıcılar değil sunucuyu, babalarını bile kullanabiliyorlardı ve sahnede olmasının da birilerinin sömürme arzusundan doğduğunu bilemiyordu.

Juride tanıdık bir sima aradı. Milletvekilliği yapmış Rüştü Şardağ ve Parla Şenol'un babası jürideydi. Müzisyen Şahin Şenol da kızıyla beraber ordaydı.

Gazinoyu dolduran Tepecikliler ona moral veriyordu. Arkadaşları, Ayşe, Türkan, Tülay, Alev, Zeynep de buradaydı. Serpil'in neşesine diyecek yoktu. Şeytani yolda şeytan öyle çok destekçiler gönderiyordu ki...

Yarışma geç saatlerde başlayınca, sahneye çıkanlarla alay eden gençler de iyice azıtmışlardı. Serpil'in arkadaşları alay cephesine nisbetli konuşmalar yapıyorlardı.

— Birazdan bizim arkadaş çıkacak. Öyle ses duymadığınızı göreceksiniz.

Gençler ısrarla yarışmacıyı görmek istediler. Serpil'in arkadaşları da Serpil'i gösterince alay faslı ikiye katlanmıştı.

— Bu kız mı? Şu... şu yani... O baştan aşağı ses olsa ne olur ki!

Başka biri alay tarzını farklı şekilde dile getiriyordu.

— Aman arkadaşınıza söyleyin, sesi beni bayıltmasın, ne olur.

Serpil bu alayları duyuyordu, ama hiç oralı olmuyordu. Sesi biraz açılmıştı. Umudu artıyordu. Alay edenlerin sözleri onu tahrik ettiği için de devamlı pasteller alıyor, limonlu sular içerek boğazını yumuşatıyordu.

Annesi de koltuğunda oturuyor, sahneye çıkanları dinledikçe dudak bükerek, "Bu da ses mi, siz birazdan kızımı görün!" diyordu.

Onlarca yarışmacı şarkısını okumuş, sıra Serpil'e gelmişti. Ön tarafta oturan gençler de alay tarzlarını bozmadan sürdürüyordu.

Serpil sahneye ilk adımını atarken? Bismillah demek geldi içinden, sonra da "Allah'ın sevmediği işe bismillah denir mi" diye kendisine kızdı. Yine de içindeki ses söyleyeceğini söylüyordu.

Sahneye geldiğinde içinden oradaki kalabalığa seslendi. Bir anda hayallerini düşündü. Sazlar henüz akort düzeltiyor, Serpil de hayallerine söyleniyordu:

"Al işte sana kalabalıklar. Sana ne faydası var ki bunların?"

Serpil şarkıya gireceği anı bekliyordu. Sırası geldiğinde, giriş yaptı:

"Akşam oldu hüzünlendim ben yine
Hasret kaldım gözlerinin rengine.
Gel mehtabım, gel sevgilim gel yine
Hasret kaldım gözlerinin rengine."

Salonda çıt çıkmıyordu. Serpil juriye baktığında, juri de sanki donmuş gibi bakıyordu sahneye.

Şarkı bittiğinde salonda alkış çok güçlü yükselmişti. Juri de yarışmanın sonuçlarını bildirmişlerdi. İzleyiciler Gökhan Gözaydın'ın sesiyle irkildiler:

— Serpil birinci geldi!

Serpil'in arkadaşları Serpil'e koşmuş, çığlık atıyorlardı. Dışarı çıktıkları halde sevinçleri, tebrikleri devam ediyordu.

— Yaşasın Serpil! Kazandın, kazandın! Seni tebrik ederiz.

Gerçekte kazanmak neydi acaba? Dünya, henüz bu sorunun cevabını verecek kadar büyümemişti.

Keşke bu tebrikleri, başını açmadığı için üniversiteyi terketmek ve hizmetcilik yapmak zorunda kalan genç kızlarımız görseydi.

Serpil coşku içinde sevincini arkadaşlarıyla paylaşırken, gözlerini gecenin derinliğinde uzaya çevirdi. Buruk bir ifadeyle mırıldandı.

— Evet kazandım. Ama neye yarar, Peygamberim hiçbir zaman beni tebrik etmeyecek. Ne bu, ne de öteki dünyada!..

Bazı adımlar kişiyi nûr' a,
bazıları da götürür nâr' a...

Şeytan Allah İle de Aldatır

Serpil'in hayatı, ses yarışmasında İzmir bölge birincisi olmasıyla değişmeye başlamıştı. Şimdi sırada Türkiye yarışması vardı. Bu yarışma İstanbul Tepebaşı gazinosunda yapılacaktı. Serpil'le arkadaşları sevinçle o günü bekliyorlardı.

Hayalleri çok büyüktü Serpil'in. Türkiye bülbülü olacaktı. Manevi kaybı büyük olacaktı ama, şeytan kimi nasıl aldatacağını çok iyi biliyor onu merhametiyle vuruyordu. Önce annesi kurtulacaktı.

Çevreden gelen tebrikler, alkışlar o kadar çoktu ki, Serpil alkışlar içinde kayboluyordu.

Şubat yağmurunun yağdığı bir günde, Serpil yarışmaya hazırlanıyordu. Kendisini sık sık ziyaret eden arkadaşları geldiğinde de şarkısını yarıda kesip onlarla ilgilenmeyi ihmal etmiyordu.

Sema'yı hatırlıyordu bazen. Ama Serpil'in yarışması Sema'nın umurunda değildi. O sanki dünya ile ilgisini kesmişti. Birgün Sema, bir teselli bulmak umuduyla Serpil'in yanına geldiğinde, Serpil merakla sordu:

— Sahi, Mehmet'ten ne haber? Seninle ilgilenemedim, ama inan ki çok düşündüm, ne yaptınız?

Sema hemen ağlamaya başladı. Zaten kaç gündür derdini döküp ağlayacak bir dost bulamamıştı. Selime, ablası da evinde değildi. Kişinin, yanında ağlayabileceği bir dosta ne kadar ihtiyacı olduğunu anlamıştı Sema. Gözyaşlarını silerek cevap verdi:

— Tamamen ayrıldık. Onun Çingene olması mümkün değil. Hiç kimse ırkını değiştiremez. Bu halimle beni de ailesi kabul etmez. İkimiz de perişanız. O benden daha kötüymüş. "Allah'ım! Al canımı" diye yalvarıyormuş. Yemek bile yemiyormuş.

Konuşmaları duyan Serpil'in annesi evin içinde hırsla dönerken kendine hakim olamıyor, durmadan bağırıyordu;

— Şunlara bak! Doksan kişiyle flört etmiş kızı alırlar. Tertemiz kızı ırkı yüzünden reddederler. Allah kahretsin böyle örfü! Şeytan diyor, git o aileye günlerini göster.

Sema hüzünle cevap verdi:

— Hangi birini? Kendilerini sütten beyaz zannedenler bir tane değil ki, halletsek bunları! Bu işin bir çaresi olmalı. Allah ve Peygamber bizi böylesine terk edemez!

Serpil, konuyu değiştirmek istedi. Arkadaşını başka şeylerle meşgul etmek istiyordu:

— Madem ki bu işi bitirdiniz, artık onu düşünmemeye çalış. Bak ne soracağım. Sen benim şarkı yarışmasında birinci gelişimi duydun mu?

Sema kısık bir sesle cevap verdi.

— Duymaz mıyım? Seni tebrik ediyorum.

Aslında, hiçbir Müslüman, Allah'ın dinine aykırı bir

iş yapan kişiyi tebrik etmemeliydi. Ama bunu ne Serpil, ne de arkadaşı biliyordu.

* * *

Aradan günler geçmiş Türkiye yarışmasına onbeş gün kalmıştı.

Serpil çok sevdiği bisiklet gezisine çıktığı bir günde, Tepecikli hanımların bir yöne doğru gittiklerini gördü. Bisikletini durdurup sordu:

— Nereye gidiyorsunuz?

— Mevlüde. Bir hoca gelmiş, çok güzel konuşuyormuş. Onu dinlemeye gidiyoruz. Sesi de çok güzelmiş.

Serpil "O da bizi küçük görüyordur." diye düşünürken, yine sordu:

— Hoca gaco mu?

Cevap veren kadın da "Çingene" olduğunu saklayan biriydi. Hem yürüyor, hem cevabını veriyordu.

— Evet, evet. Zaten başkasından hoca mı olur!

Sanki anlaşmışlar gibi, her yerde Sema ile Serpil'in karşısına çıkıyordu bu sorular. Kadının arkasından bağırdı:

— Neden olmasın? Onların bizden neleri fazla?

Birkaç saniye kadının arkasından baktıktan sonra karar verdi, o da gidecekti.

Kadınları takip edip Mevlüt okunacak eve girdi. Onu tanıyan herkes hemen yanına gelip tebrik ediyordu Serpil'i.

Çok geçmeden Serpil'in bir kaside okumasını istemeye başladılar. Zaten Serpil düğüne gittiğinde şarkı, mevlüde gittiğinde ilahi okumak istiyordu.

Kadınlar hocayı unutmuş, Serpil'e dönmüşlerdi. Kadınlardan biri yüksek sesle iltifat ediyordu.

— Senin sesini duyunca kendimden geçiyorum. Hadi kızım şakı da, bülbüller gibi şakırda.

Geniş salonda oturan hanımlar başlarına yemenilerini de almış, huşu içinde Serpil'i dinlemeye hazırlanıyorlardı. Böylece, Allah'ın sokakta farz kıldığı başörtüyü evde örterek vicdanen rahatlıyorlardı belki.

Yaşlı kadınlardan biri de yüksek sesle bağırdı:

— Hadi bakalım Serpil, senin sesin iyidir. Bize bir ilahi söyle. Söyle de bir güzel ağlayalım.

Serpil başına bir yemeni örttükten sonra, yeni öğrendiği ilahiyi okumaya başladı:

Ey Âdem! Kaldır gözün seyreyle
Birgün gelir gözlerin görmez olur
Kalbin Rabb'e râm eyle
Kulluk ölmeden olur.

Boyun posun seni aldatmasın
Birgün yıkılır da haberin olmaz
Allah'tan şek ve şüphen kalmasın
Son nefeste başka dostun kalmaz.

Aşka gelen bir kadın bağırıyordu:

— Allah Allahhh!.. Sen bizi öldürmeye mi geldin?

Bazılarının daha yeni ölen yakınları vardı. Israrlar durmuyor, gözyaşı içindeki kadınlar tekrar ilahi istiyorlardı. Serpil onları kırmadı. Zaten içi doluydu, deşarj olmak istiyordu. Aklına gelen ilahiden bir tane daha okudu.

Şimdi sıra, halkın Kur'an'dan daha çok rağbet ettiği Mevlüd'e gelmişti. Mevlüdhan Leyla hanımın sesi de çok güzeldi. Büyük bir aşkla okumaya başladı:

"Allah adın zikredelim evvela
Vacip oldur cümle işte her kula
Allah adı olursa her işin önü
Her kizepten olmaya anın sonu..."

Mevlidhan, "Daha tıfıl iken der idi ümmeti ümmeti. Sen gocaldın, terkeyledin sünneti." dizelerini okuyordu.

Serpil bu dizelere dalmıştı. Ne demekti bu söz? Onu mevlüdhandan öğrenecekti.

Mevlüd merasimi bittikten sonra, Mevlidhan'a sordu:

— "Ümmeti ümmeti" ne demek?

Mevlüdhan kültürlüydü. Hemen cevap verdi:

"— Benim ümmetim" demek.

Coşkuyla anlatmaya başladı.

— Efendimiz sallallahu aleyhi ve sellem, bir rivayete göre doğduğunda "Benim ümmetim" diye ağlamış.

Süleyman Çelebi Hazretleri de burda şunu söylemek istiyor: "O" diyor. Tıfıl, yani çocukken der idi "Ümmeti, ümmeti." O çocukken ümmetim, ümmetim" derken, sen kocaman insan olduğun halde terkettin onun sünnetini! Yani O'nun yolunu terkettin" demektir bu. O'nun yolu da tabi İslâm yoluydu.

Serpil'in gözleri kararmış, beyninden aşağı kaynar su dökülmüş gibi irkilmişti.

— Nee? Sahi mi söylüyorsunuz?

Mevlüdhan, karşısındaki genç kızın etkilendiğini görünce daha büyük bir coşkuyla cevap verdi.

— Tabii ki sahi söylüyorum. İşte cümleler burda. Sen de tahlil ettir istersen...

Serpil başını eğerek devam etti:

— Şey... Ben şarkıcı oluyorum da. Acaba çok büyük günah mı işliyorum? "O bana kırılır mı?" diye size soracaktım.

Serpil bu soruyu sorarken Mevlüdhanın gözlerinin içine bakıyordu. Sanki, "Bana dikkat et, ben Çingeneyim. O bana önem verir de gücenir mi?" demek istiyordu. Mevlüdhan hanım nazikçe cevapladı:

— Tabii ki gücenir. Allah da gücenir, O da. Allah seni şarkıcı ol, milleti eğlendir diye yaratmadı ki. Sen bu dünyaya bir imtihan için geldin. İmtihanı vermeyene öğretmenler bile sınıf geçirtmiyor. Geçiren varsa, haksızlık ederek geçirir. Allah ise haksızlık yapmaktan münezzehtir.

Daha önceki hocanın, "Çingeneler Müslüman olamaz" sözünü hatırlasa da, Serpil kararını vermişti. Allah ve Peygamberi onu sevmese bile, Serpil Allah'ı ve Peygamberini gücendirmeyecekti. Kişi, her günahı terkedişinde biraz daha rahatlardı. Serpil bu sözünde sonuna kadar duracak mıydı? Onu, herkesin kendi sonunu bilmediği gibi, Serpil de bilmiyordu.

Böyle güzel bir karar verdikten sonra, kendisini kuş gibi hafiflemiş hissediyordu.

Eve gelir gelmez, hemen bazı arkadaşlarına, komşularına, yarışmaya girmekten vazgeçtiğini söyledi. Kime söylese, büyük bir tepkiyle karşılaşmıştı.

— Sakın öyle delilik yapma, diyorlar ve ilave ediyorlardı:

— Neden günah olsun? O sesi sana Allah vermedi mi? Ne demişler, yiğidin malı meydanda olur. Peki sesi neden meydanda olmasın?

Mantığa uygun kezzap sözlerini hiç kimse esirgemiyordu.

Şeytanın bile akıl edemeyeceği mantık oyunlarıyla Serpil'i iknaya çalışıyorlardı:

— Sen, hem şarkını söylersin, hem mevlüde gider dini vecibeni tamamlarsın. Zaten kalbin de temiz. Oruç ta tutarsın. Eee, geride ne kaldı?

Evet, düzenin sunduğu dinde geride birşey kalmamıştı. Serpil mırıldanır gibi konuştu:

— Ama hoca "Günah" dedi.

Ona da bir çare bulmuşlardı:

— Hoca mı söyledi? Sen boşver kızım hocaları. Cehennem'in kapısını ilk olarak onlar açacaklar. Bak, seni yolundan çevirdiği için nasıl günah işlemiş. Allah'a resmen karşı gelmiş. Allah bilmiyor muydu günah olduğunu? O halde neden senin sesini güzel yarattı? Ümmetlerim dinlesinler diye. Unutma, müzik ruhun gıdasıdır.

Serpil'e bu akıllar verilirken, her halde şeytan, "Nasıl olsa benden iyi çalışıyorlar." diye ilaveten vesvese vermeye gerek duymamıştır. Zira, İslamî bilgisi olmayan Serpil, bunlardan etkileniyordu.

İslamî yoldan kim çabuk sapardı? Tabii ki İslâm'ı şuurlu olarak bilmeyenler. Ve Serpil tekrar karar değiştirmişti:

— Peki, yarışmaya katılıyorum. Günahı da sizin boynunuza!

İnsanların bazıları, aç kalan insanların maişetini, parasızlıktan okuyamayan öğrencinin masrafını üstlenme hususunda cimriydi ama, başkasının günahını üstlenirken çok cömert oluyorlardı(!)

Serpil o gece iki arada bir derede, duygu düşünce anarşisi içinde uyumaya çalışmış, fakat uyuyamamıştı. Ertesi gün gırgır şamata faslı başladığında, dünkü çelişkileri de kaybolmaya başlamıştı.

İçindeki fırtınalardan ailesine hiç söz etmiyordu. Devamlı dua ediyordu:

— Allah'ım! İstemiyorsan bana engel ol, diyordu.

Allah'ın prensiplerini bilmediği için, Allah'ın koyduğu her yasağın aslında yine Allah tarafından konmuş bir engel olduğunu bilmiyor, bir mucize şeklinde Allah ona engel olsun istiyordu.

Pek çok insan bilmiyorlardı ki, hiçbir imtihancı, önce soruları sorup daha sonra cevaplarını kendisi vermezdi. Yine bilmiyorlardı ki, eğer Allah, kullarının her kötü yola gidişine mucizevi şekilde engel olsaydı, o zaman imtihanın anlamı kalmazdı?

* * *

Serpil'lerin evindeki çocukların anneleri yine gelip gidiyor, hüzünlü çocuklara yine annesi bakıyordu.

Nihayet heyecanla beklenen Türkiye Geneli Şarkı Yarışması başlamıştı.

Türkiye'nin her yerinden il birincileri gelmiş, halk da müthiş bir ilgi göstermişti. Tıklım tıklım olan -eski-Tepebaşı Gazinosu, Serpil için yeni dönüm noktası olacaktı.

Ailesi de vardı yanında, ama yine de çok heyecanlıydı. Aile fertleri, salonda oturmuşlar Serpil'in sırasını bekliyorlardı.

Serpil'in gözü birden kendisine bakan, İzmir'in meşhur sunucusu Gökhan Gözaydın'a takılmıştı. Sunucu onu işaretle çağırıyordu. Serpil hemen kalkıp sunucunun yanına gitti.

— Buyur abi.

Sunucu heyecanlı heyecanlı anlatıyordu:

— Dinliyorsun değil mi, hiç birisinin sesi ve yorumu seninki kadar güzel değil. Mutlaka sen kazanacaksın. Belki torpili büyük olan birisini birinci yapabilirler. Uyanık ol, itiraz et, hakkını ara tamam mı?

Serpil kendisine böyle iyilik (!) yapan insana minnet borcu ile bakıyordu.

— Teşekkür ederim abi. Olur, benden güzel okuyan çıkmazsa itiraz ederim.

Sunucu itiraz etti:

— Bana bak kız, o ne biçim söz! Ben senin sesin gibi ses duymadım.

Eşin benzerin yok.

Allah'ın sıfatıydı bu. Ancak Allah'ın eşi ve benzeri yoktu, ama Allah'ını tanımayan toplum, O'na ait olan özellikleri de bilmiyor, ona ait kavramları kullanıyordu..

Sunucu iyi niyetle devam ediyordu:

— Allah'a şükür, sahnede yıllarım geçti. Ben bu işi iyi anlarım. Bir hile yapılmazsa sen birincisin. İyiki buradayım. Yoksa sen hileleri anlayamazdın. Çok geçmeden aynı sunucu yine gelmiş, Serpil'e fısıldıyordu:

— Bak kardeşim, kulağıma gelen bir fısıltıya göre başkası birinci yapılacak. Sakın ha, pes etme!

Serpil merakla yarışmacıları izliyordu. Bir yandan da kendi kendine düşünüyordu:

— Meğer şarkıcı olmak isteyen ne kadar genç kız varmış. Cennet vaad olunsa böyle koşmazdık. Demek ki, gençleri şarkıcılığa çağıranlar, Cennet'e çağıranlardan daha çok çalışmışlar.

* * *

Sunucunun sesiyle irkildi Serpil:

— Sevgili izleyiciler, şimdi karşınıza ses yarışması İl birincisi Serpil geliyoooor.

Alkış sesleri arasında Serpil yine mikrofonu eline almıştı. Kural gereği yine il birinciliğinde okuduğu şarkıyı okuyordu,

"Akşam oldu, hüzünlendim ben yine.
Hasret kaldım, gözlerinin rengine."

Milyonlarca gencin, hayalleri yıkılırken, bir genç kızın hayalleri gerçeğe dönüşüyordu.

Kendisini alkışlayanları mutluluk içinde selamlarken, yine alkışların anlamsızlığını da aklından çıkarmıyordu.

Ondan yine şarkı istiyorlardı.

Serpil'in aklına ise: "Boyun posun seni aldatmasın, birgün yıkılır da haberin olmaz" diye okunan ilahi geliyordu. Huzuru kaçıyordu. Nerdeyse millete ilahi okuyacaktı. Bir türlü kendisini ortama adapte edemiyordu. İçindeki düşüncelerinden sıyrılmak, kendisini şarkısına tam vermek, içindeki Serpil'i kovmak istiyordu.

* * *

"O'na uymayan ölçü'
hayat olsa tepilmeli.

Şeytanın Kostümleri

Tepeciğe geldiğinde, Serpil'in hayatı değişmeye başlamıştı.

Teklif üstüne teklif geliyordu gazinolardan. Özellikle gazino patronu Semih ısrarlıydı.

— Ah Serpil ah, para makinasısın sen. Seni gazinoma bir alsam köşeyi dönerim, diyordu.

Bu arada Serpil'in sevdiği genç de başka bir kızla dolaşmaya başlamıştı. Serpil üzülmesine rağmen kimselere birşey söylemiyordu.

Sonunda Serpil Fuar Akasyalar'da sahneye çıkmış. O yıllarda çok güzel sayılan ücretle çalışıyor, kazandığını annesine veriyordu.

Her gittiği matine doluyor, alkışlar yine çınlatıyordu ortalığı.

Her yerde olduğu gibi, burda da iyiler ve kötüler vardı. Müzik aletlerine bakan bir genç Serpil'e kafayı takmış, devamlı onu rahatsız edici tekliflerde bulunuyordu:

Bir akşam, rutin teklifini yenilemişti:

— Serpil hanım, sizi inanın çok beğeniyorum. Benimle yemeğe çıkar mısınız?

Serpil de kararını asık suratla bildiriyordu:

— Ben size söyledim. Hem sevdiğim var, hem de benim ailem namus için adam öldürür. Hele ağabeylerimi bir bilseniz, bana bir daha bu tür konuları açmazsınız.

Genç ağzını eğerek cevap verdi:

— Yok ya! Ailen namuslu da neden seni bunca erkeğe peşkeş çekiyor? Benim kardeşimle, karım sahneye çıkacak, elalemin itini kopuğunu eğlendirecek, keserim ulan onu!

Serpil ağabeylerini nasıl yalanlarla kandırdığını hatırladı:

— Ağabeyim, sırf kadınlar matinesine çıkacağımı sanıyor.

Genç alaylı ifade ile:

— Namuslu kızlar yine de...

Serpil iyice sinirlenmişti.

— Fazla namus dersi vermeden çekil önümden. Madem namus nedir bu kadar biliyorsun, önce kendin namuslu ol!

Genç musallat olmuştu bir kere. Dişlerini sıkarak cevap verdi:

— Seni kimseye yar etmem.

Bu arada aynı gazinoda çalışan sarhoş bir kadın gelmiş, elindeki şişeyi gence vererek narasını atıyordu:

— Al bir yudum iç, iç aslanım!

Sonra Serpil'i farketti. Zaten Serpil'in gördüğü ilgi onu çıldırtıyordu. Ayakta sallana sallana sordu:

— Bu şıllıkla kırıştırıyor musun?

Serpil çok bozulmuştu:

— Abla ağzını topla. Namusuma dil uzatma!

Kadın şişeyi gençten alıp yine bir yudum içtikten sonra akla hayale gelmeyen küfürleri savurmaya başladı.

— Hass..... Çingene! Sen mi namuslusun, ulan! İlk geldiğinde namuslu numaraları atanı çok gördük. Namuslusun da neden şarkı söylerken gerdan kırıyorsun?

Kadın umulmadık bir üslupla kahkaha atıp, sonra sinirle Serpil'e döndü:

— Bırak ulan, Çingene kahpesi. Kimi kandırıyorsun!

Serpil aslında uysal bir kızdı ama sıkıştırılan kedide olsa, kaplan kesilirdi.

— Ben Çingene kahpesiyim ha. Seni ahlaksız seni. Sen kaç tane Çingene kadınından kahpe gördün de bunları konuşuyorsun? Ben sana Türk kahpesi dedim mi? Al sana. Al!.. al!..

Serpil hıncını alamıyordu. Salondan gelen "Serpil... Serpil..." sesleriyle kadının sesi birbirine karışıyordu.

Serpil, yıllardan beri alçaltılmanın verdiği kinle kadının boğazına sarılmıştı,

— Sözünü geri al! Yoksa seni gebertirim!

Sarhoş kadın ne olduğunu anlayamadan kendini yerde bulmuş, etraftan gelenler sayesinde Serpil'in elinden kurtulmuştu.

Kadın ayağa kalktığında, Serpil'i baştan aşağı süzüp fikrini söyledi:

— Senin yerin buralar değil kızım. Akasya'da öyle namussuz çok yoktur ama, düşersen İstanbul piyasasına namus anlayışın bile değişiverir. Kötü yola düşenlerin çoğu şarkıcı ayaklarına aldanıp düştüler.

Serpil tekrar sahneye döndüğünde zihni hâlâ "Çingene kahpesi" diye aşağılanmasındaydı. Bir yandan da sinirleniyordu kendi kendine: "Çingene ha! Çingene... Şu lekeden kurtulamıyorum. Sarhoş kadın bile Çingeneliğimi farkediyor!"

Serpil, elinde olmadan Kara Davut kitabından hocanın okuduklarını düşünüyordu. Hocanın sesi hâlâ kulaklarındaydı:

"Çingeneler İbrahim Aleyhisselam'a düşmanlık ettiler. Onlar lanetlidir, Çingene asla Müslüman olamaz!"

Kahrından ölüyordu Serpil. Bir taraftan seyircilere gülücükler dağıtırken, bir taraftan da kendisini aşağılanmış hissetmenin ezici halini yaşıyordu.

Serpil, efkârlı olduğu için şarkılarını efkârlı olanlardan seçmişti:

Dertli ne ağlayıp gezersin burda
Ağlatırsa Mevlam yine güldürür
Nice âşık kondu göçtü buradan
Ağlatırsa Mevlam yine güldürür.

Serpil seyircilerden alkış aldıkça, Serpil'i rahatsız eden genç içeriden mikrofon cihazlarını bozuyor, Serpil'in sesi çatallaşıyordu. Serpil'in buna morali çok bozuluyor, kimselere birşey söylemiyordu. Alkışlar yine aynı hızda devam ediyordu. Günler böyle gelip geçiyordu.

Fakat bu arada Serpil'e gelen teklifler de durmak bilmiyordu. Yemeğe davet edenler, evlenme teklifinde bulunanlar birbirini takip ediyordu.

Kulis arkasında olup bitenler, herkesin herkesi öpmesi, çirkin şakalar, ahlak dışı fıkralar onu iğrendiriyor, sonra hayallerine dalıyordu:

"İşte alkışlar! Çocukluğumdan beri hayallerimde yaşayanlar. Ne var ki bu alkışlarda? İki et parçası eller birbirlerine vuruyor o kadar. Üstelik Allah'a yarayan işlerdeki alkışlarda değiller ki, manen iftihar etsem."

Sonra kendi kendine kızıyordu:

"Manyak Serpil... Bunlara aldanıyorsun..."

Serpil bu yaşantısına artık dayanamıyordu. Karar vermişti. Müzik dersleri alıp sadece radyoda şarkı söyleyecek, bu ortamdan kurtulacaktı. Bu fikrini ilk defa annesine söylediğinde, annesinin sert tepkisiyle karşılaştı.

— Olmaz öyle şey! Oralara ben kız gönderemem. Seni kim takip edecek?

Sonra da tembih etmeyi unutmadı;

— Bana bak, gönlünü bir Çingeneye kaptırırsın seni öldürürüm ha!

Acaba annesi onun sevdiği genci mi duymuştu.

Çingelerin nasıl hakaretlere maruz kaldığını bilen kadın, sevdiği adam tarafından da Çingenelik yüzünden ayrılmış olmanın etkisiyle, Çingenelikten nefret ediyordu. Keşke Çingenelerin hepsini aynı kefeye koyanlardan nefret etseydi.

* * *

Serpil şaşkın bir durumdaydı. Âni davranışlarda bulunuyordu. Önce şarkıcılığı bırakmış sonra da umulmadık bir anda sevdiği gence kaçmış, herkesi çok şaşırtmıştı. Bir bunalım devresindeki Serpil umulmadık işler yapıyordu.

Serpil de şaşıyordu haline. Bir taraftan da ağabeylerinden çok korkuyordu.

Ancak ağabeyleri umulmadık bir anlayışla, bu evliliğe sıcak bakmışlar;

"Madem ki evlendiler, Allah mesut etsin," demişlerdi.

Serpil rahat etmişti. Sunî alkışlar aklına geldiği zaman da ordan kurtulduğu için Allah'a şükrediyordu.

Acaba bu şükrünü ömrünün sonuna kadar devam ettirebilecek miydi?

Herkeste olduğu gibi, Serpil'de de bu durum belli değildi. Yanlışı görmek başka, bir ömür boyu o yanlışa bir daha düşmemek daha başka bir gerçekti.

"Seven değil,
imanlı ve zeki erkek kıskanç olur."

İnişler Çıkışlar İnsan İçin

Serpil mutluydu, ama bazı problemleri vardı. Serpil'in eşi müzisyen olmasına rağmen Serpil'e sık sık başını örtmesini söylüyor, ama Serpil onu dinlemiyordu.

Bir gün komşusuna eşini şikayet etti.

— Abla! Bana "kapan" diyor. Ben bu yaşıma kadar kapanmamışım, şimdi nasıl kapanayım? Başıma şöylesine türban almamı istiyor. Üstelik saçlarım yine görünecek. Bu nasıl iş böyle?

Komşu kadın ona moral veriyordu:

— Zeki erkekler kıskanç olur. Onlar bilirler kadın saçı etkileyicidir. Aferin ona! Canım, ne de olsa dindar adam.

— Böyle de olmaz ki? O dinden çok, kıskandığı için "türban ört" diyor.

— Olsun. Sen de örtüver. Zeki erkek dedik ya. Ayrıca şanslısın seni kıskanıyor. Bu zamanda kıskanç erkek mi kaldı? Geçen gün karısı çıplak poz veren adama "Eşini kıskanıyor musun?" diye sordular. "Henüz kıskanmamı gerektiren bir durum yok." diye cevap verdi. İnsanlar bozuldu yavrum. Kıskanç erkek yerinde kıskanıp, hastalık halinde kıskançlık yapmazsa iyidir.

Sepil çok memnun olmuştu bu açıklamalara. Fakat bir başka derdi daha vardı Serpil'in. Eşi çok merhametli, iyi insan olmasına rağmen çok içiyor, onu üzüyordu.

Serpil çok yalvarıyordu "içme" diye, ama söz dinlemiyordu. Serpil'in mutlu günleri çok kısa sürmüştü.

Bu atmosfer içinde yedi yılı geride bırakmıştı. Eşi ile geçinemiyordu... Mutlu değildi... Ayrılmayı düşünüyordu. Her geçen gün daha çok içiyor, sarhoş olduğu zaman ise ne yaptığını bilemiyordu. Serpil çareyi yine komşusuna derdini dökmekte buluyordu:

— Abla, dayanamıyorum artık! İçmediği zaman çok iyi bir insan, ama içince... Ağzından çıkanı kulağı duymuyor. Bu hayatı çekemiyorum.

Komşu evde misafir olan kadın veriyordu cevabı.

— Seni tanıdım ben. Sen şu sesi güzel kız değil misin? Ayrıl ayol bu adamdan. Şarkıcı ol, onun kahrını neden çekiyorsun ki?

Serpil'in tüyleri diken diken olmuştu.

— Allah korusun! Bir daha asla şarkıcı olmam. Erkeklerin yılışık bakışlarını hatırladıkça beynim dönüyor. Hem ben bir sürü insanı neden eğlendireyim? Allah beni onları eğlendirmem için yaratmadı ki. Oralarda da menfaatler ön safta. Şarkıcılığı bırakacağımı söylediğimde, beni kendi gazinosuna almak isteyen adamın: "Gitti paralar gitti." diye bir feryadı vardı ki, görsen şaşardın. Meğer sesimden yararlanmak istediği içinmiş o iltifatları.

Günlerce peşimde dolaştı. Ben artık şarkıcılığın rüyasını bile görmek istemiyorum. O ortamı sevemedim. Siz bana başka bir faydalı akıl verin, eğer sizde varsa.

Şeytan, Serpil'in duygularını değiştirmezse, Serpil kararlıydı.

Komşu kadın,

— Sabret evladım, diyor; başka birşey söylemiyordu.

Serpil yüksek sesle bağırmaya başladı:

— Sizin başka bir tavsiyeniz yok mu? Yıllardır aynı şeyi söylüyorsunuz. Adam bazen sarhoş olup beni öyle dövüyor ki, anlatamam. Ayılınca o da üzülüyor, bazen de özür diliyor. Söyledim aslında, çok iyi bir insandır.

Özür dileyen insan kötü olamaz.

Birşeyler yapmak lazım. İçkiyi bulamazsa aile huzurumuz kaçmayacak, İçkileri yok etmenin devlet kanalıyla bir yolu yok mu?

Resmen, içki yüzünden yuvam yıkılacak. Kime gitsem bir çare bulsam diye düşünmekten uykularım kaçtı. Siz de sadece sabrı biliyorsunuz.

İki hanım sessizce Serpil'i dinliyorlardı, ama işe yarar bir fikir de gelmiyordu akıllarına. Zira fikirler bilgiden doğardı.

Birgün yine sabaha karşı eve gelen eşi, bu seferde çok sarhoştu, ne yaptığını bilemiyordu. Pencereleri kırmış, Serpil'i de çok fena dövmüştü. Serpil artık dayanamıyordu; pencereden çıkıp avazının çıktığı kadar bağırmıştı.

— Yaptığı içkilerle kocamı sarhoş eden devlet nerdesin? İnsanlara sunduğun içki yuvalar yıkıyor, neden bunu görmüyorsun? Sen nasıl devlet babasın, nasıl? Baba evlatlarını böyle yapar mı? diyor, sonra asıl suçun kimde olduğunu düşünüyordu.

Ağlayarak çılgınca bağıran Serpil, sonra koltuğa çöküp hıçkırıklarını tutmaya çalıştı. Tekrar eşine yalvarmaya başladı:

— Ne olur içme şunu içme. Çok iyi huylu insansın, ama içince seni tanıyamıyorum. Ne olur yuvamıza acı merhamet et!

Serpil kocasını çok seviyordu.

Serpil'in çırpınışları yıllarca devam etti. Fakat Serpil, devlet eliyle açılan yarayı kapatacak güçte değildi!

Bunları düşünüp ağlarken kapı çalınmıştı. Gelen Sema'ydı. Onu görünce, sanki dünyalar Serpil'in olmuştu. Bir zamanlar Sema Serpil'in tesellisine muhtaçken, şimdi Serpil ona muhtaç olmuştu.

Oturup konuşmaya başladıklarında, Sema'nın derdinin daha çok artmış olduğunu anladı. Serpil ona ağlanıp dert yanacakken, Sema'nın da aynı şeye ihtiyacı olduğunu anlayınca kendi derdini içine atıp sordu:

— Seninle görüşemez olduk Sema. Mehmet'ten ne haber? Önce can, sonra canan demişler. Derdim öncelikli olunca sizi unuttum.

Sema ağlayarak cevap verdi:

— Sorma Serpil, Mehmet aklını oynattı.

— Nee! Mehmet aklını mı oynattı?

— Evet Serpil. Mehmet bir hocaya gitmiş, o da "İslâm'a göre Çingene kızı alınmaz." demiş. O gece nasıl olmuşsa, hiç konuşmamaya başlamış. Şimdi öylece duruyor, kimseye cevap vermiyormuş. Bir iki gün önce de annesiyle babasına demiş ki, "Beni nazlımdan ayırdınız, hakkımı size helâl etmeyeceğim!" demiş.

İşte böyle Serpil, ne yapacağımı bilemiyorum. Allah bizi küçük düşürenlere huzur vermesin!

— Vermiyor zaten. Hangi zalim mutlu?

* * *

Serpil sık doğumlarla geleneği bozmuyor, ama kocasıyla geçinemeyeceğine, mutlaka ayrılması gerektiğine karar veriyordu.

Sizin oralarda zulmü
istemeyenler oturup bekler mi?

Zulme Karşı Direnmek Hem Bilgi Hem de Yürek İster

Sema'yı çok merak eden Selime duyduğu bir haberin sevinciyle Sema'ya gitmişti. Sema'nın annesi bu gelişten hoşlanmamıştı, ama bir şey de söyleyemiyordu. Sema ise şaşırmıştı.

— Hayrola abla! Bu saatte... Birşey mi oldu?

Selime heyecanla anlatıyordu:

— Bak Sema. Senin derdine çare hocalarda vardır. Bu gün Yeşilovaya bir hoca gelecekmiş. Gel ona gidelim. Sana okusun üflesin de, belki Mehmet senden soğur da aklı yerine gelir. O yavrucağa çok acıyorum. Onun için seni almaya geldim, hadi gidelim. Saat onda başlıyormuş, ancak gideriz. Bir de büyü yaptırırız.

Sema, hocalara gidip bolbol para döktükleri halde yine kocalarında birşey değişmeyen arkadaşlarını hatırladı. Komşu kadına itiraz etti:

— Yok be abla. Hoca ne yapsın Mehmet'e? *Irkımı Ben Yaratmadım* kitabında okumuştum. Kişiler bilgili olurlarsa kendilerini ve akıllarını korumayı başarabilirlermiş.

Kadın öyle ısrarlıydı ki, sonunda Sema'yı ikna etmişti. Giyinip yola çıkmışlardı. Aslında içindeki yara tedavi olmamıştı, ama üzerinde fazla durmuyordu.

Çok geçmeden hocanın vaazına yetişmişlerdi. Çok kalabalıktı. Oturup onu dinleyecekler, sonra okunmayı isteyeceklerdi. Yaparsa bir de büyü rica edeceklerdi. Onların zihnine kazınmış hoca tipleri hep büyü yapardı.

Sema hocaya baktı... Bilinçli birine benzetmişti onu.

Hoca hanım vaazına başladığında herkes huşû içinde onu dinliyordu. Hoca sohbetinin orta yerinde güncel olaylara girdi:

— "..... Kimseye hazır Cennet verilmez kardeşler. Şu ülkemizin haline gözatınca gördüğümüz gerçek şu ki; insanlık; ilericilik ve çağdaşlık adına zehirleniyor ve daima geri gidiyor.

Mesela içki. İçki yüzbinlerce yuva yıktı, hâlâ yıkmaya devam ediyor. Binlerce insan içki yüzünden aklını oynattı. Ölenler, hapishaneye düşenler sayılamayacak kadar çok. Bu kadar insan, hâşâ eğer Kur'an sebebiyle zarar görseydi, çoktan yasak edilmişti. Ama içki... Ama içki hâlâ mukaddes nesne gibi korunuyor.

"İçki yasak olsun" diyoruz; "laiklik elden gidiyor" çığlıkları atılıyor. Demek ki halkı ezen içki onların laikliklerini ayakta tutuyor... Bunun akılla bağdaşır bir yanı var mıdır?"

Sema hocanın her sözüne hak veriyor, çok dikkatli bir şekilde onu dinliyordu: Hoca aynı etkili üslubuyla devam etti:

"...İnsanlığı ezerek ayakta duran şey, yıkılmaya mahkûmdur. Roma İmparatorluğunu, yaygınlaşan zina yıktı. Kökten dinsizler sanıyorlar ki, laiklik yalnız Müslümanlar tarafından yıkılır. Bilmiyorlar ki, bazı rejimler sadece kendisi tarafından yıkılmıştır. Gelelim bizim açımızdan meselelerin nasıl çözüleceğine; bizler öyle tuhafızdır ki, hem kötü gidişi görürüz, hem de bu gidişe engel olmak için kılımızı bile kımıldatmayız. Sadece ağlarız, bilinçsizce isyan ederiz; ama hep güzellik kendi kendine gelip başımıza konsun isteriz.Bir de enerjimizi bilinçsiz isyan ile harcarız.

Olmaz kardeşler! Çalışmadan değişim eşyanın tabiatına aykırıdır. Kımıldamalıyız. Karanlıkta güneş olmuyorsak bile, yıldız olmalıyız, mum olmalıyız.

Bakınız değerli hanımlar. Kulluk üç bölüme ayrılır:

Birincisi Allah'a kulluktur. Bunun manası, Allah'ın emri altına girmek, onun istediği gibi yaşamaktır.

İkinci olarak "kul" kelimesi, insanın kendisi için kullanılır.

Üçüncüsü de kula, yani insana kul olmaktır. Bir insan, birinin emrinde kayıtsız şartsız yaşıyorsa, bu, insanın insana kulluğudur. Osmanlı'da hizmet edenlere de bazen kul ifadesi kullanılmıştır, ama ordaki kul kavramı farklıydı.

Kul kelimesi en gerçek anlamını Allah'a kul olmakla kazanır. Kişiler Allah'a kul olurlarsa, Allah'ın emirlerindeki o üstün izzetinde sahibi olurlar.

Şimdi, bazıları Allah'a kulluğun aleyhindedirler, ama kendileri nelere kulluk yaptığının farkında bile değillerdir.

Peki biz farkında mıyız?

Hayır! Biz de Cennet'e kolayca gireceğimize, hiç çalışmadan huzurun kendi kendine geleceğine inanıyoruz... Hayır, böyle olmaz kardeşlerim. Biraz kımıldamalıyız."

Sema, hocaya hayran olmuştu. Tıpkı *Irkımı Ben Yaratmadım* romanındaki hocaya benziyordu. Hayatında ilk defa bu kadar içini rahatlatan, ufkunu açan bir Müslüman görmüştü.

Hoca sohbetini bitirdikten sonra cemaate sordu:

— Şimdilik söyleyeceklerim bu kadar. Soru sormak isteyen var mı?

Sema bu teklife çok memnun olmuştu. "Çingeneler Müslüman olur mu?" diye soracaktı, ama korkuyordu. Çok sevdiği bu hoca da aynı şeyi söylerse, hayalleri paramparça olurdu. Ondan nefret etmek istemiyordu. Ama sorması da gerekiyordu.

Hocanın, "Hiç çalışmadan huzur kendi kendine gelsin istiyoruz" sözünden sonra karar vermişti. O da bir şeyler yapacaktı. Bunun için iyice emin olmalıydı. Acaba Allah kabul eder miydi Semanın çalışmasını?

Titrek sesle sordu:

— Hocam! Çingeneler Müslüman olamazmış, sizce bu doğru mu?

Önce cemaatin "Aaa bu ne biçim soru?" diyen sesi yükseldi. Hoca daha cevap vermeden, her kafadan bir ses çıkıyordu:

— Çingenelerin Müslüman olması için minarenin burcunda namaz kılması lazımmış.

Başka biri birçok Müslümanın inandığı, Kara Davut uydurmasını söylüyordu:

— Çin ile Gane adındaki kardeşler bu fiili işleyince onlar lanetlendi. Onlardan türeyen insanlara da Çingene dendi. Onlar Müslüman olamazlar!

Sema bu saçmalıkları çok dinlemişti. O yalnız hocanın ağzına bakıyor, sadece onun fikrini merak ediyordu.

Bir başka ses devam etti:

— Ayol, Çingenenin Müslüman olması için o kadar çok yıkanması lazım ki, tuğlanın erimesi lazım. Kirleri ancak bu şekilde temizlenir.

Son cümleleri söyleyen ise kendini saklayan Çingeneydi. Bir taraftan da "Çingene insan değil mi?" sesleri yükseliyordu.

Sema, cemaate bir gözgezdirip hoca hanıma tekrar sordu:

— Cevap vermeyecek misiniz efendim.

Hoca hanım gülümseyerek cevap verdi:

— Vereceğim de, seslerin dinmesini bekliyorum.

Selime, Sema'yı bu hocaya getirdiği için çok mutluydu. Selime çok temiz kalpli "Çingene" Müslümandı. Fakat o, "Çingene Müslüman olmaz, biz Müslüman olduğumuza göre, demek ki Çingene değiliz. Şimdi nerden çıkardın bu soruyu?" diye Sema'ya fısıldıyordu.

Sema'nın kalbi ise duracak gibiydi. Çocukluğundan beri nasıl horlandığını hatırladı. Bazı öğretmenlerin hor gören bakışları hâlâ aklından çıkmıyordu.

Hoca cemaati güzel bir üslûpla ikaz etti:

— Kardeşler, sessizliği sağlayalım mı artık.

Birdenbire sesler kesildi, çıt çıkmaz oldu. Hoca hanım başörtüsünü düzelterek konuya girdi:

— Çingeneler... Ahh bu Çingeneler...

Hoca daha söze yeni başlamıştı ki, "Polis, kimse kımıldamasın!" sesiyle irkildiler. Herkes şaşkındı. Birkaç yaşlı kadın polise kendi lisanınca soruyordu:

— Ne oldu evladım, elinizden terörist mi kaçtı?

Polis memurlarından biri kaşlarını çatarak cevap verdi:

— İhbar var. Burada illegal örgüt toplantısı yapılıyormuş. Sema okuduğu romanın içinde hissetti kendisini. Orda da bilinçli hocaya hep baskınlar düzenleniyor, halkın çoğu hocanın nereye götürüldüğünü sormuyordu. Şimdi de aynı şey mi olacaktı. Sema hışımla ayağa kalktı.

— Yalan! Burada öyle bir toplantı yok!

Polis memuru hocayı işaret ederek sordu:

— Bu muydu size konuşma yapan? Bu hain irticacı örgütündenmiş.

Hoca hanım cilbabını giyerken sordu:

— Polis memurları hanımların olduğu yere böyle mi girer? Bize haber vermeniz gerekmez mi?

Aynı memur yüksek sesle bağırdı:

— Senden ders mi alacağız? Hadi bakalım, seni tutukluyoruz.

O dönemde polislerin çoğu dindarlara terörist muamelesi yapıyordu.

Sema şaşkındı. Memurlara yalvarmaya başladı;

— Hayır! O örgütten değil. O bir Müslüman. Görseniz o kadar güzel konuştu ki. Ne olur hocamızı bırakın.

Gözyaşları sicim gibi boşalırken, devam etti.

— Hem de ilk defa gördüğüm güzel bir Müslüman. Onu bırakın ne olur.

Hoca hanım inancına uygun medeni tavırla Sema'ya cevap verdi:

— Yanlışınız var bacı, ben irticacı örgütünden değilim ama Kur'anda geçen Allah'ın askerlerindenim. Yani olmak arzusundayım. İnşallah bu alemden de öyle giderim. Üzülmeyin.

Memurlar apar-topar hocanın kollarına kelepçeleri geçirmişlerdi bile. Bir polis memuru ise, "Bu bacımıza kelepçe takmayalım." diye ısrar ediyordu.

Cemaat ne olduğunu anlamamıştı. Kimi yalvarıyor, "Onu götürmeyin." diyordu. Kimi de "Biz saatlerdir terörist dinlemişiz." diye hayıflanıyordu.

Hoca hanım kapıdan çıkarken cemaate seslendi:

— Zalim zihniyetler Müslümanı tutuklayacak bir sebebi her zaman hazır bulundururlar. Bir zamanlar Nurcular, Süleymancılar dendi, kuşatıldı sohbetlerimiz. Sonra İrancı... Şimdi de Hizbullahçı, irticacı diyorlar. Bazen de başka birşey. Siz üzülmeyin, ama zulmün kendi kendine ortadan kalkacağını da sanmayın... Çalışın kardeşler!

Sema'ya takıldı hoca hanımın gözleri:

— Siz kardeş. Siz de zeki birisiniz. Allah, herkese verdiği zeka nisbetince sorar... Kendinizi yetiştirin! Ve şunu da unutmayın, Allah ırkçı değildir. Allah için bütün ırklar aynıdır. Bunu Kur'an'da kendi söylüyor.

Polis memuru "Hadi artık yeter." deyip hoca hanımı arabasına bindirirken Sema'nın feryadı duyuldu:

— Onu bırakın ne olur! Derdime dermandı. Kalbimi canlandırdı. Ufkumu açtı. Dünyaya yeniden doğmama sebep oldu. Ruhuma hitabı onda buldum.

Polis arabası hızla sokağı dönmüştü bile. Sema, arabanın arkasından bakarken mırıldandı;

"Geç buldum, çabuk kaybettim. Onu bana buldur Allah'ım!"

Cemaatin hepsi evlerine gitmek üzere sokağa çıkmışlardı.

Olay hemen etkisini göstermişti... Sema merdivenlere çökmüş, gizli gizli ağlarken milleti takip ediyor, hocanın peşinden gidilsin istiyordu. Emniyete, polise, gerekirse Valiye, ve gerekirse de Başbakana...

Oysa tam tersine, kadınlar hocayı suçluyorlardı. Kadınlardan biri söyleniyordu:

— Tevekkeli değil, layik mayik dedi. Sen bir kadınsın, sana ne bunlardan...

Sema bağırarak böldü kadının sözünü:

— Laik kadınlar laiklikten bahsedince onları ulaşılmaz kültürde süper kadınlar görüyorsunuz. Yalan mı söyledikleri? İçki mağdurlarının biri de benim arkadaşım. Yuvası bu yüzden yıkılacak. Eşi iyi insandır, ama devletin imâl ettiği içki o iyi insanı kötü yapıyor. İslâm'ı savunan biri "İçki kalksın." dese, laiklik adına yer yerinden oynamaz mı? Ama dinsiz biri, "İçki yasak edilsin." dese kimseden ses çıkmaz. Okuduğum kitapta bunlar o kadar güzel anlatılmış ki, siz de okusanız...

Selime korkmuştu;

— Kalk gidelim kız! Sen delirdin galiba! Bu sözler suç kızım!

Sema hırsla ayağa kalktı.

— Hayır! Gitmeyeceğim! O hocayı bulacağım!

Kadınlar Sema'ya bakıyorlardı. Komşu kadın elini sallayarak cevap verdi.

— Sen onu nerede bulacaksın? Kimbilir onu nereye götürdüler? Sonra seni de hapsederler.

Sema cesaretli bir genç kızdı. Bilgisi yoktu, ama yüreği devrimler yapacak yürek cinsindendi. Yürekli sesini yükseltmişti:

— Hapsetsinler, eğer bir suç işlersem beni de hapsetsinler. Gidiyorum.

Caddeye doğru hızla yürümeye başladı. Birkaç adım ileri gidip birden durakladı. Düşünceli bir tavırla Selime'nin yanına geldi. Yavaşça sordu:

— Şey... Bende hiç para yok. Bana biraz yol parası verir misin? Yarın getiririm.

Selime korkuyordu:

— Veremem. Sonra bende suç ortağı olurum!

— Hayır olmazsın, borç ver.

Selime titrek ellerle çantasını açıp Sema'nın istediği parayı verdi.

Sema hiç vakit kaybetmeden taksi tutup karakolun önüne gelmişti. Kapıda duran polis memuruna durumu anlatıp içeri girdiğinde, yetkililer "Buraya öyle biri gelmedi; merkeze git." demişlerdi.

Saatler sonra hocanın götürüldüğü yeri bulmuştu. Hocayı sordu. Yetkili polis memuru Sema'ya cevap verdi:

— Bahsettiğin hocanın ifadesini alıp bıraktık.

Sema şaşırmıştı:

— Nasıl olur! Madem bırakacaktınız neden tutukladınız?

Polis memuru:

— İhbar vardı bacı. Kadının hakkında kötü şeyler söylenmişti. Baktık aradığımız örgütten değil, neden salmayalım. Biz millet düşmanı değiliz ki.

Sema derin bir nefes alıp geri dönmüştü.

Evine giderken, onu nerede bulacağını düşünüyordu.

Her şeyi annesine anlatmayı düşünmüştü. Fakat eve geldiğinde annesinin anlayamayacağını idrak edince kararından vazgeçti.

* * *

Aradan günler geçtiği halde, hocayı ve söylediklerini unutamıyordu Sema. Artık ismini bile bilmediği hoca hanım devamlı rüyasına giriyordu. Hep Mehmet vardı rüyalarında. Şimdi bir kişi daha katılıyordu.

Sema aynı kelimeler üzerinde yorum yapıyor, kendi kendine düşünüyordu:

"Evet. Tıpkı beni tarif etti. Hem hiçbir şey yapmıyorum, hem de dünya düzelsin istiyorum."

Sema'nın bir kulağı da sesteydi. Nerede bir hoca görse gidecek, o hocayı bulacaktı. "Elbet birgün rastlarım." diyordu.

Çok geçmeden yine bir haber gelmişti. Bir hoca dini konular anlatıyordu. Hiç vakit geçirmeden söylenen günde yollara dökülmüştü. Belki Mehmet'e bir çare bulurdu hoca. Mehmet perişandı.

Hocanın sohbetini dinlemeye başladı. Hoca hanım ültümaton verir gibi konuştu:

— Herkes başını örtsün. Saçınızın bir teli dahi görünmesin... Saygılı olun... Sonra Allah'ın Cehennem'inde çatır çatır yanarsınız... Ben sizin iyiliğiniz için söylüyorum.

Hoca hanım, sanki kendisi Cennetlikmiş de cemaat Cehennemlikmiş gibi konuşuyordu.

Vaazını bitirdikten sonra Cennet'e gidilecek bir kapı bırakmamış, insanları daha umutsuzluğa sokmuştu.

Soru-cevap faslına geçilince, Sema yine aynı soruyu sordu:

— Hoca hanım! Çingeneler Müslüman olabilir mi? Allah ırkçı değil, bunu biliyorum. Ama kalbim mutmain olsun.

Bu hoca da hurafe dolu kitaplarla yetişme hoca olduğu için, gözünü kırpmadan cevap verdi:

— Asla! Çingeneler Müslüman olamaz. Allah ve Rasûlü onlara lanet etmiştir!

Sema her hoca mutlak doğruyu bilir zannettiğinden, hocaya inanıyor, ama kalbi yine de isyan ediyordu.

— Ama nasıl olur? Çingeneyi Allah yaratmadı mı? Nasıl olur da Allah kendisine dönen kulu reddeder?

— Ama Çingeneleri biliyorsun. Onlar...

Sema hırsla sözünü böldü.

— Biliyorum, biliyorum. İki kardeş hikayesi. İyi de iki kardeşin binlerce yıl önce yaptıkları suçun cezasını ben neden çekeyim? Benim suçum ne?

Bu hurafe kitapları okuyanlar, basma kalıp aynı şeyleri söylüyorlardı. Hoca cevap verdi:

— Kader. Kaderden kaçılmaz ki.

— Ama Allah böyle şey yapmaz. Benim Rabb'im kendisine dönen herkesi kabul eder. Okuduğum kitap öyle diyor.

Hoca şaşırmıştı.

— Size ne oluyor? Siz sahiden Çingene misiniz? Sema yaşlı gözleriyle cevap verdi:

— Evet. Farzedin Çingeneyim.

— Sus, sakın bu sözü söyleme! Çingene Müslüman olamaz. Çingene değilim dersen, birşey olmaz.

Abuk kitaplarla hoca olanın sapık fetvalar vermesi normaldi.

Sema henüz yanlışların yanlışındaki entrikaları bilmediğinden inanmıştı. "Çingene değilim." dersen bir şey olmaz sözünü hemen uygulamıştı.

— Hayır, ben Çingene değilim. Ama bu haksızlığa dayanamıyorum. Aklıma birşey takılıyor. Siz, Allah'a onca isyan eden atanızın veya atalarınızın günahından dolayı bedel ödüyor musunuz? Sizin ırkınızdan öyle vahşet saçanlar olmuş ki, daha yeni okudum. Her ırkın kötüleri var yani. Irkınızı mukaddes görmeyin. Kitapta öyle yazıyordu.

Ben de aynı sözü size söylüyorum. Siz, kendi ırkınızın canileri neler yapmış, hâlâ yapıyor. Siz bir bedel ödüyor musunuz?

Hoca yine şaşırmıştı...

— Biz mi? Hayır...

— Neden siz ödemiyorsunuz da biz ödüyoruz? Ben küçükken duymuştum, sizin ırkınızdan Kur'an'ı çöplere atanlar, postalların altında çiğneyip çiğnetenler, "Allah" diyeni hapislere atıp, asıp kesenler olmuş. Siz hâlâ alnınız ak, omuzlarınız dik yürüyorsunuz da, taa İbrahim Aleyhisselam devrinde iki sapığın cezasını biz neden çekiyoruz? Ki o da doğru mu belli değil tabiî.

Hocanın aklına yatıyordu bu itirazlar. Ama okuduğu kitapların aksine inanırsa, kafir olacağını sanıyor, hiç taviz vermiyordu:

— Eee, ne yaparsınız. Sizin, pardon onların kaderi bu.

Sema gözyaşları içinde herşeyi unutmuş, yıllar önceki feryadını tekrar ediyordu:

— Peki ben Allah diye kime gideyim? Kime secde edeyim. Kime Rabb'im diyeyim? Biliyor musunuz, ben namaza da başladım.

Sema ağlayarak kalktı Hocanın yanından. Eve geldiğinde, hâlâ ağlıyordu. Hiç kimse olmayan evde, sesli sesli Allah'a yakarıyordu:

Ey Allah'ım! Beni duyuyorsun. Benim günahım yokken beni dinsiz mi bırakacaksın? Ne olur bana bir yol göster... Göster Allah'ım!...

Sema'nın kafasına iki soru takılıyordu: Birisi, "Acaba bunlar yalan olabilir mi?" sorusuydu. İkincisi de, "Yalan olmasa bu kadar yayılabilir miydi?"

Sema çocukluğundan beri Çingenelerin lanetlendiğini duyardı. Annesi de çocukluğundan beri hep aynı şeyi duymuştu. Yalan olsa diyordu, bir yalan nasıl yıllarca asırlarca yaşar. İnsanlık alemini tanımıyordu Sema. Yeryüzünde, beş bin yıllık yalan aynı tazeliğinde korunuyordu, ama dünya bunlardan habersizdi.

Sema bilmiyordu ki, yalanın hurafenin aksini ispat eden olmazsa, bir hurafe Kıyamet'e kadar bile yaşayabilirdi.

Sema, Serpil'e bile anlatamadığı konu yüzünden mutsuzluğuna bir mutsuzluk daha eklendiğini düşünüyor, ne yapacağını bilemez halde, acılar içinde yaşıyordu.

Aradan on-on beş gün geçmişti ki yine bir hocadan bahsedildiğini duymuştu.

Bu defa Tepecikte vaaz veriyordu başka bir hoca. Sema, "Acaba ilk gördüğüm hoca olabilir mi?" diye merak ediyordu. Onun için gidecekti. Son gidişi olacaktı bu. Aklına takılan soruları da tekrar soracaktı. Hemen Serpil'e haber vermişti. Ertesi gün beraber gideceklerdi. Arabulucusu Seda'yı da davet etmişti. Seda, Sema'ya kırgındı.

Mehmet ruhsal bunalımlar içindeyken neden onunla ilgilenmiyordu. Sema da hep onunla ilgili olduğunu anlatmış, Seda'nın gönlünü almıştı. Vaaza Seda da gelecekti.

* * *

Vaaz başladığında Serpil'le Seda önceden, Sema da yeni girmişti. Hemen hocaya baktı. Görmek istediği hoca değildi. Önce bir köşede Serpil'le Seda'nın yanına oturup onu dinlemeye başladı.

Hoca'nın vaaz konusu tevbe idi.

— Sevgili hanımlar! Allah'ın bir sıfatı Ğafur'dur. Yani özür dileyen, tevbe eden kulunu affeden sıfatıdır.

Hocanın sesi yükselmişti.

— İnsanların günahları, çöllerdeki kumlar kadar olsa... Denizlerin köpüğü kadar olsa... Ağaçların yaprakları kadar olsa... Bir kul Allah'a dönüp ona iman ederek dese ki, "Ya Rabbi! Tevbe ettim ya Rabbi. Beni affet" dese, o günahı birdaha işlemese Allah'ın Kur'an'da sözü var. Allah tevbe edeni affeder! İster zengin olsun bunu söyleyen, ister fakir; ister zenci olsun, ister beyaz; ister sağlam olsun, ister bedensel özürlü... Allah indinde bunların hiç birisi önemli değil.

Sema'nın gözyaşları sevinçten ve manevi haz duygusundan dolayı akıyordu bu defa... Çok hoşuna gitmişti hocanın sözleri.

Hoca devam etti:

— Bazı insanlar, sanki Cennet'e girme kuralları onların elindeymiş gibi herkesi Cehennem'e gönderiyorlar. Bunlar yanlıştır Müslüman kardeşlerim. Biz, kendi dinimizi öğrenmezsek bize uydurma bir din sunarlar. İşin en acı yanı o uydurma dine inanıveririz. Uydurma dinler bir yerde tıkanacağı için bunalıma gireriz. Vahiy dinine yani Allah'ın dinine dönmeliyiz! Şunu unutmayın ki, Allah adına yalanlar söyleniyor, Allah'a ve O'nun Rasulü Peygamberimize iftiralar yapılıyor!..

Bir saate yakın vaaz veren hoca vaazını bitirmiş, "Bir sorusu olan varsa sorsun." diyerek beklemişti. Sema hemen Çingene sorusunu sormuştu. Yine aynı heyecanla cevabı bekliyordu.

— Ne demek Çingene Müslüman olur mu? Neden olmasın ki?

Sema'nın ve Seda'nın sevinci göklere çıkmıştı. Hemen kalkıp hocaya sarılmış, onu öpmüşlerdi. Sema, sevinç gözyaşları dökerken hıçkırıyordu. Dinleyenlerden biri araya girdi:

— Olur mu? Efendimiz ne demiş...

Hurafeleri çok iyi bilen bir hocaydı Hoca Hanım. Kasıtlı olarak kibarca sordu:

— Ne demiş?

— Ne diyecek. "Yetmiş iki buçuk millet vardır. Buçuk olanı Çingenelerdir." demiş.

Hatice Hoca bu ifadeye müthiş bir tepki göstermişti:

— Olmaz öyle şey! Bu vahşet verici söz. Öyle bir hadis yok. Daha dün akşam Mahmut Toptaş Hocama bu konuyu sordum. "Yetmiş iki buçuk diye bir hadis yok. Yetmiş iki ve yetmiş üç var. Yani; 'Benim ümmetim yetmiş üç fırkaya ayrılacak. Ancak biri kurtulan fırka olacak' diyor. Yani imandan bahsediyor. Hangi gurup veya tarikattan olursa olsun, iman edenlerin hepsi kurtulan fırkasına giriyor. Cahiller, kurtulan tek fırka benim milletim, der. Ufkunun darlığından dünyaya göre değil, kendi çevresine göre bakıyor. Buçuk konusuna gelince: Hiçbir kaynakta 'buçuk' yok." dedi. Yetmiş iki buçuk, Allah'ın resulü Hazreti Muhammet iki cihan serveri önderimize yapılan bir iftiradır bu. Çünkü o, hiçbir ırkı diğerinden üstün veya aşağı görmemiştir. Bu yetmişikibuçuk veya ikibuçuk millet sözü yalandır, bühtandır, hurafedir. Sahih olan hadis-i şerif vardır millet konusunda. "İki millet var." diyor. Biri küfür milleti, yani gerçeği saklayan-örten inkar eden millet, diğeri İslâm milletidir, diyor. Yani yeryüzünde inançla ilgili iki millet vardır. Biri İslâm milleti, diğeri küfür; İslâm'ı inkar milleti.

Sema sevincinden adeta uçuyordu! Kadınlardan biri itiraz etti:

— Ama nasıl olur! Türk milleti Kürt milleti, İngiliz, Amerikan milleti; belki yüzleri bulur ırkların sayısı.

Hoca hanım bu soruyu bekliyordu. Tane tane sakin sakin konuşarak anlatmaya başladı:

— Bakın kardeşler, dünya Müslümanları müthiş ve programlı bir kültür emperyalizmin hışmına uğradı. O zamanlar kimse kimsenin ırkıyla ilgilenmezdi. Bizim milletimize, sevmek için sadece Müslüman olması yetiyordu. Bu güçlü bir birlik demekti. Böylesine birbirine bağlı bir millet yıkılamazdı. O halde bu millet kavramını ırklara ayırmalıydılar ki, ülke içinde kavga çıkarabilsinler, kolay lokma yapabilsinler koskoca milleti. O koskoca millet, üstünlüğü ırka yükleyince kavga çıktı.

Efendimiz'den sonra dünyaya gelen Müslümanların hepsine birden ümmet, ırkdaşlara da kavim denir. Kavramlar karışınca her şey karıştı.

İkibuçuk veya yetmişikibuçuk millet yoktur... Cin'le Gane hikayeleri yalandır, iftiradır... İbrahim Aleyhisselam'ın ateşe atılması, gerçekten iki sapık yüzünden bile olsaydı, bu günün Roman ırkı ondan sorumlu olamazdı. Çünkü Allah celle celalühü, "Kimse kimsenin günahını yüklenmez." diyor Yasin Suresinde.

Kimseye başka kimsenin günahı çektirilmez, diyor. O halde konu kendiliğinden hallediliyor. Çingene ırkı dışlana dışlana kötü bir ırkmış gibi gösterilmiş. Halbuki kötü ırk yoktur. Her ırkın kötüsü vardır. Çingeneler çok cömert, çok temiz insanlardır. Ancak, içinde yaşadığımız düzen ve dünya düzenleri, Çingeneleri dışlaya dışlaya bazı Çingeneler çok bozulmuşlar, insanlıktan çıkmışlardır, tıpkı, öteki ırkın kötüleri gibi. Burada asıl üzerinde durulacak şey şudur.

Bütün Çingeneler dünyaya tertemiz birer bebek olarak doğdular da, sonra nasıl kimi hırsız, kimi falcı oldu? Ve nasıl oldu da birçok Çingene hiç hırsızlık yapmayan, namuslu ve asil insan olarak kalabildi? İşte bunlar üzerinde durmalıyız. Eğer hırsızlık ırktan gelen bir şey olsaydı, bütün Çingeneler hırsız olmaz mıydı? Halbuki ölse bile hırsızlık yapamayacak şahsiyette, şerefli, sıfatına Çingene denilen Roman kardeşler var.

Bütün dünya kendi ırkından olan hırsızları görmüyor, sadece Çingenelerin hırsızlıklarını dile getiriyor. Durum böyle olunca, ülkelerde ırk vahşeti işlenir oldu. Sahabeye bakalım. O vahşi Araplar gitmiş, yerine asil, medeni bir topluluk gelmişti. Arada var olan etnik guruplara barış zamanı İslâm'ın hoşgörüsüyle yaklaşırlardı. Hatta, savaş zamanı bile, savaşa katılmayanlara, barış zamanı hukuku uygulanır. Haliyle savaşa katılanlara savaş hukuku uygulanırdı.Şimdi millet kavramı yozlaştırılıp "millet birliği" parçalanarak toplum ırklara bölününce, bugünkü manzara ortaya çıktı.

Güneydoğu'nun tepesindeki Kürt'le, Trakya'daki Türk, Karadeniz'deki Laz, Gürcü, Adapazarı'ndaki Abaza, Arnavut, Çerkez ve diğer ırklar hepsi bir milletti. Şimdi ise sadece tek ırk millet ünvanına sahip çıktı. Bazıları kendi ırkı millet, sanki öteki ırklar illet gibi bir hava estiriyor!

Bunları duyunca Sema'nın ruhu doyasıya rahatlamıştı. "Zaten Rabb'imizin yanlış yapmayacağından emindim." diye mırıldandı. Sonra gözlerindeki sevinç pırıltılarıyla bakıyordu çevresine.

Seda etkilenmemişti. Çünkü; insanlar, ihtiyaçlarına göre algılıyordu sözleri.

Sema, beynini kemiren sorulardan arınmış olarak evine döndü. O günden sonra örtüsünü sıkı sıkı bağlıyor, dini konulara daha çok zaman ayırıyordu. Hocadan duyduğu sözleri de tekrarlıyordu. "Kendi kendine bitmez zulüm. Mademki bu hayatı beğenmiyorum, değiştirmek için çaba harcamalıyım." diye düşünüyor, ama ne yapacağını da bilemiyordu.

Mahallenin ilk cilbab giyeni olmuştu Sema, ama yetmiyordu bu. Çünkü örtünmek, her şey demek değildi.

Serpil de örtünmüştü.

Mahallenin bazı fertleri onunla alay etmeye başlamışlardı bile. Kimi, "Nedir bu haliniz? Yarasalara döndünüz." derken, kimi; "Daha gençsiniz. Bu kadar ileri gitmeyin. Kafayı bozacaksın." diyorlardı.

Şarkıcı olurken hiçbir eleştiri almayan Serpil şimdi devamlı eleştiriliyordu; hatta alaya alanlar da artıyor, çok az kişiden de takdir alıyordu.

Kimse bilmiyordu ki gerçek iman sahibi ne alay

edenlere, ne de takdir edenlere bakardı. O, Allah ne diyorsa onu takip ederdi. Sema'nın hayalleri, planları dạ olumlu yönde gidiyordu. "Ben de bir şeyler yapmalıyım. Madem ki bu gidişten hoşlanmıyorum, o halde seyirci kalmamalıyım. Ama işe nereden başlasam acaba?" diye devamlı düşünüyordu.

Sema'nın annesi de, Serpil'in annesi de kızlarının kapanmasından çok memnundular.

Mehmet Sema'yı kapanmış görse de hiç konuşmamış, fikrini belli etmemişti. Zaten konuşmuyordu. Sadece bakıyordu Sema'nın gözlerine.

Serpil ve Sema işe, İslâm'ı öğrenmekten başlaması gerektiğini kestiremiyorlardı, ama ikisi de kendilerince bir gayretin içine girmişlerdi.

Sema, yeni öğrendiği haberi Mehmet'e duyurmayı düşündü, ama Mehmet onu anlayacak halde değildi.

Sema elindeki kitaptan çok etkilenmişti.

Sanki dünyayı tek başına kendisi fethedecekmiş gibi hissediyordu kendisini. Belini büken, mutluluğunu bozan birşey vardı, o da Mehmet'in durumuydu.

Sema, İslâm'a girdiği günden sonra dünyayı daha iyi görmeye başlamıştı. Şimdi de Fethullah Hoca diye bir hoca efendiyi duyuyor, onu çok merak ediyor, vaazına gidemese de kasetlerini alıp dinliyor, ruhunun inşaası için durmadan çalışıyordu. Bu arada Hatice hocanın vaazını da hiç kaçırmıyor, ona minnet borcu duyuyordu. İlk defa ondan duymuştu: "Bir insanın, çöllerin kumu, denizlerin köpüğü, ağaçların yaprakları kadar günahı da olsa, tevbe ederse hepsi affolunur." sözünü. Fakat Hatice hocayı çok dinlediği halde biraz takviyeye ihtiyacı vardı.

Sema, Hisar Kestane camiinde vaaz veren Fethullah Gülen Hoca Efendinin vaazına gidiyor, derslerini dinliyordu. Her hafta gidiyordu onun dersine. Yine derse gittiği bir günde, hiç tanımadığı bir kadın onu örtülü görünce yolunu kesmiş, rica ediyordu:

— Afedersiniz, sizden bir yardım rica etsem?

— Tabii hanımefendi. Yardım edebileceğim birşeyse derhal.

Kadın saçlarını eliyle arkaya doğru atarken gözlerini Sema'nın gözlerine dikip, yalvarıyordu;

— Kızım... Kızım çok sapıttı! Onun için yardım istiyorum.

Sema, "Demek kızı dinsiz oldu, kadın da beni örtülü görünce herhalde hoca zannedip benden yardım istedi." düşüncesiyle sordu:

— Benim size ne gibi bir yardımım olabilir?

Kadın gözlerini kısarak söyledi nasıl yardımcı olacağını.

— Siz büyü yapar mısınız? Kızımın buna çok ihtiyacı var da...

Sema adeta buz kesilmişti.

Kadın onu benzete benzete büyücüye benzetmişti. Önce "Şuna haddini bildireyim." diye düşündü. Sonra kitapta okuduğu güzel sözlerden birini hatırladı: "İnsanlara kızarak herkes kötü söz söyleyebilir, ama kızgın olduğu zaman faydalı sözü herkes söyleyemez. Sadece kâmil mü'min söyler."

Sema, kısa bir hesap yaptıktan sonra bir kanaate vardı. Sabırlı olacaktı, ama en azından etraftan nasıl görüldüğünü öğrenmek istiyordu:

— Ben büyücüye mi benziyorum?

Kadın Sema'nın kızdığını anlamıştı. Özür diler gibi konuştu:

— Şey, pot kırdım galiba.

Sema zoraki gülümsedi:

— Biraz öyle oldu tabii. Ama yine de size faydalı olmak isterim. İnsanlar insanlara sırf büyü ile yardımcı olmazlar. Yardımcı olmanın başka yolları da vardır. Kaldı ki, büyü yaptırmak yardım değil kafirlikmiş.

Sema eksik konuştuğunu farkederek hemen düzeltti.

— Kaldı ki, büyücüler yardım etmiyor, bilakis insanların aralarını açıyor, yuvalar yıkıyorlar. İnsanları türlü çeşit yalanlarla aldatıyor ve milyonlarca, milyarlarca lira alarak insanları soyuyorlar o sahtekârlar. Ben size büyü yapmam, ama yapabileceğim bir iyilik varsa esirgemem.

Kadın yardım sözüne sevinmişti.

— Sahi mi? Gerçekten yardım eder misiniz? Belki okur üfler, bir şeyler yaparsınız. Kızımın durumu çok kötü.

Yılların, asırların etkisi vardı kadında. Müslümandan okumak üflemek dışında bir yardım gelebileceğini düşünemiyordu. Zorla değildi işte. Zihnindeki örtülü kadın şeması buydu.

Kökten dinsizlerin hüneriydi bunlar. Filmlerde ne zaman Müslüman gösterseler, ya sahte bir din adamı ya da dindar bir kadını büyücülük yapan tip gösteriyorlardı.

Bazı filmlerde de İslâm'a göre caiz olan okumayı gösterseler de onu mutlaka ikiyüzlü kötü insan tipinde veriyorlardı. Kapalı kadın gösterdiklerinde de durum aynıydı. Kadın ya fala bakar, ya bir can yakardı. Bazen de peçenin altında yapmadığı kalmayan iffetsiz birini gösterirlerdi.

Sema yine sordu:

— Kızınızın neyi var? Söyleyin ki ben de yardımcı olup olamayacağımı size söyleyeyim.

Kadın umutla Sema'nın eline sarıldı. Sema'dan en az on beş yaş büyüktü ama, neredeyse elini öpecekti. Sonra gözleri dolu dolu cevap verdi:

— Kızım çıldırıyor kardeş, ne olur yardım edin! Kaç büyücüye gittim, hiçbirinden fayda görmedim. Hatta... hatta...

Kadın ağlamaya başlamıştı. Sesi titriyordu:

— Nasıl söylesem... Utanıyorum... Beni alçak biri zannetmenizden korkuyorum. Ne yapayım, her şeyi kızımı kurtarmak için yaptım.

Sema hâlâ kızının neyi olduğunu öğrenememişti. Kadın sözünü tamamlamak istiyor, fakat utanıyordu.

— Utansam da söyleyeceğim. Kızımı kurtarmak için ona ölü tırnağı yedirdim.

Sema'nın hayretten ağzı açık kalmış, midesi bulanmıştı:

— Nee? Ölü tırnağı mı yedirdin?! Aman Allah'ım! Bunu nasıl yaparsınız?

— Hoca söyledi. Büyücü hoca.

— Allah öyle hocanın belasını versin! Tevbe estağfirullah. O hoca asla Müslüman değildir.

Kadın mahcup tavırla:

— Olabilir. Belki Hıristiyandır.

— Hayır, gerçek Hıristiyan da böyle canilik yapmaz, yapmamalı. Ne korkunç inanışlar bunlar. Çok büyük yalanlar. Vah vah! Kızınıza nasıl kıydınız?

Kadın gözyaşlarını silerek devam etti:

— Ne yapayım, onun istikbalini kurtarmak için yaptım bu fedakârlığı. Kolay mı yaptım sanıyorsunuz? Baktım kızımı hepten kaybedeceğim, bu korkunç şeyi yaptım. Tırnak büyüsüymüş bu.

Sema kadının gözlerine bu defa sert sert baktı.

— Afedersiniz ama, yaptığınız çok saçma ve hiç bir etkisi olmayan bir şey. Tırnak nasıl fayda sağlar? Siz kültürlü bir hanıma benziyorsunuz, tırnaktan medet ummak size yakışmaz. Ayrıca büyücülere inandığınız kadar Allah'a inansaydınız, belki bu gözyaşlarını dökmezdiniz. Adı hoca olan o dinsiz imansızlar, kimi insanlara da saç, dışkı, regl kanı gibi pis şeyler de yediriyorlarmış. Bu namussuzlar yüzünden gerçek hocalara da halk güvenmez oldu. Böyle akıl veren hocaları niçin ihbar etmiyorsunuz? Kadın üzgün üzgün sordu:

— Ben şimdi gavur mu oldum?

Sema, bilmediği konularda fetva vermek istemiyordu.

— Bilmiyorum. Ama Allah affedicidir. Tevbe ederseniz çöllerin kumu, denizlerin köpüğü, ağaçların yaprakları kadar günahınız olsa, affeder. Ama Allah'a verdiğiniz sözde duracaksınız.

Kadın çok sevinmişti bu duruma.

— Beni camiye götürüp günah çıkarttırır mısınız? Ne olur, ben yalnız olarak camiye girmeye korkuyorum.

Sema'nın adeta beyni dönmüştü. "Galiba bir deliye çattım." diye düşünerek sordu:

— Afedersiniz. Siz Hıristiyan mısınız? Gerçi öyle olsa kiliseye gitmek isterdiniz, Müslümansanız günah çıkarmadan söz edemezsiniz. Doğrusu sizi anlayamadım.

Kadın utanmıştı.

— Ne oldu? Bir hata mı yaptım?

— Günah çıkarmadan bahsediyorsunuz da. İslam dininde günah çıkarma yok ki. Aslında Hıristiyanlıkta da yokmuş. Allah'a karşı işlenen günahı kim çıkarabilir ki? Allah'ın arşında gözü olanlar, insanları kendileri affetmeye kalkınca ortaya çıkmış günah çıkarma işi. Kul suçu Allah'a karşı işleyince, bir başka kul onu nasıl affeder? Öyle değil mi?

— Ne bileyim, filmlerde göre göre... İslâmlığı da doğrusu pek bilmediğimden...

Sema çok zeki olduğu için, okuduğu kitap ve vaazlardan ne öğrendiyse onu hemen değerlendiriyordu.

— Sizi anlıyorum. Benim de fazla bilgim yok. Ama sizin tevbe etmek için, ne imama, ne herhangi birine ihtiyacınız var. O günahı bir daha işlememeye karar verdiniz mi? O günahı bir daha işlemezseniz, bir de Allah'dan affınızı dilerseniz, tevbe etmiş sayılırsınız. Bu konuda daha yeni bir vaaz dinledim, kitap okudum.

— Öyle mi! Peki, size çok teşekkür ediyorum. Hemen tevbe edeceğim...

Sema hâlâ kadının kızına ne olduğunu öğrenememişti.

Cadde kenarında ayak üstü konuşuyorlardı. Sema sordu:

— Sahi, kızınızı unuttuk. Neyi vardı da onu kurtarmaya çalışıyordunuz?

Kadın derin bir nefes aldı.

— Bakın ben sizi sevdim. Siz kızımı kurtarabilirsiniz. Gelin şurada arabam var. Bize gidelim, kızımı görün, onunla konuşun. Ne olur kurtarın bizi... Yolda olup biteni anlatırım. Hadi arabama binelim.

Sema hiç tanımadığı bir kadının arabasına binip gitmenin yanlış bir hareket olduğunu biliyordu. Seyrettiği filmlerde sonu hüsranla biten böyle nice sahneler görmüştü. Bir an duraklayıp düşündü. Sonra "Benim hiç düşmanım yok ki, bana tuzak kursunlar." diye kendisine güç vermeye çalıştı.

Kadınla beraber yürümeye başladı. Eğer araba şehir dışına çevrilirse, kendisini arabadan aşağı atacaktı.

Mercedese bindiklerinde kadın anlatmaya başladı.

— Bir baktım sen önümden geçiyorsun. Hemen arabayı sokağa park edip senin önüne çıktım. Ne yapayım, uçan kuştan bile medet umuyorum. Kolay değil, bir evlat kaybediyorum. Babası öldürecek onu zor zaptediyorum.

Sema ilk defa bir mercedes'e binmişti. "Çok zengin bir aile, zenginliğin halledemediği dert ne olabilir." diye düşündükten sonra sordu:

— Kızınızın derdini söyleyecek misiniz?

Gülümseyerek devam etti:

— Meraktan çatlayacağım.

Kadın yine derin bir iç çekerek, nihayet söyledi:

— Tanrı derdimi dağlara vermesin. Kızım, bir Çingene gence âşık oldu. "Ölürüm de başkasına gitmem." diyor.

Sema şok üstüne şok yaşıyordu. Şaşkınlıkla sordu:

— Aaa! Kızınıza ölü tırnağını bu yüzden mi yedirdiniz? Tırnak yedirecek kadar vahşeti bu yüzden mi işlediniz?

— Ne yapsaydım? Herhalde göz göre göre kızımı ölüme atamam değil mi? Gerçi ölüm bu olaydan daha iyidir. Hiç olmazsa insanın şerefi lekelenmiyor ölüm olayında. Ama bu iş, alnımıza kocaman bir leke sürecek. İnsan içine çıkamaz olduk.

Sema yan yan kadına bakarken, o devam ediyordu:

— Şekerim, kızın aklı başından gitmiş. Bir de hiç utanmadan, "Çingene Aydın'a aşığım." demez mi? Az kaldı çıldırıyordum. Bari millete söyleme.

Sema derin bir nefes alarak mırıldandı!

— Demek öyle. Bu kadar kötü bir şeymiş Çingenelik.

— Tabii şekerim. Siz bilmiyor musunuz?

Kadın Sema'nın hayatının bu yüzden roman olacağını bilmiyordu. Kadın, Sema'nın Çingene güzeli olabileceğine hiç ihtimal vermiyordu. Çünkü Sema bilinçlice kapanmış görünümündeydi. Ve kadın, Çingeneler kapanmaz sanıyordu.

Başına gelişi güzel bir örtü takmış olsaydı, belki şüphelenebilirdi. Ama bir Çingenenin böyle örtünmesi, özellikle bilinçle Müslüman olmuş olması, bu kadına göre mümkün değil ki, halinden şüphe etsin. Nereden bilecekti, Çingeneye âşık olan kızını tedavi için bir Çingene denilen kıza müracaat ettiğini...

Sema, kadının sorusuna tatsızca cevap verdi:

— Çingeneleri tanımaz mıyım! Çok iyi tanırım. Ben asıl Çingene olmayanlara akıl erdiremedim. Baksanıza, kızına ölü tırnağı bile yediriyor. Sahi, ölüyü nereden buldunuz? Hâlâ etkisinden kurtalamadım da.

— Sorma kardeşim! Öyle zor oldu ki anlatamam. Mezardan çıkarttırdım. Yaşlı bir adamın ölüsüymüş. Elleri tırnakları çürümek üzereydi. Görüyorsun değil mi? Onu kaybetmemek için yaptığım fedakarlığın boyutu ne kadar büyük!

Serpil'in midesi ağzına gelmişti sanki. Bir anda tırnakları kendisi yemiş gibi bulanmıştı.

— Allah aşkına artık anlatmayın! dayanamıyorum.

— Görüyorsunuz değil mi? Sizin dinlemeye tahammül edemediğiniz şeyi ben kendi ellerimle yaptım.

Kadın bu vahşetine bir kılıf bulmuştu. Zaten herkes yaptığı her şeye bir kılıf bulmuyor muydu? Kadın devam etti.

— Eee, ne yaparsınız şekerim, ana yüreği işte.

Serpil alay edercesine tasdikledi:

— Yaa... Evet... Ana yüreği o yüzden böylesi fedakarlığa katlanıyor (!) peki ben size yardımcı olabilir miyim acaba?

— Olursun olursun. Hele kızımı bir gör.

Sema, doğduğu günden beri böyle bir görevle karşı karşıya kalmamıştı. Kızın değil, asıl bu ailenin bu ırkçılık denen illetten kurtulması gerekiyordu. Bu aileye Çingenenin kendilerinden aşağı olmadığını, bilakis bu korkunç fiili işleyenin en kötü Çingeneden bile aşağılık biri olduğunu nasıl anlatacaktı?

İslâm'da davet metodunun bile zamana, kişilere ve olaylara göre değiştiğini okumuştu ama, böyle bir olay karşısında ne yapacağını okumamıştı.

— Kızınız şimdi ne yapıyor?

— Odasında. Kapısını kilitliyoruz. Bıraksak Aydın'a kaçacak! Ne yapalım.

— Yazıık! Kız aklını oynatır.

Kadın hırsla gaza basarak cevap verdi.

— Oynatsın ayol, oynatsın! Çingeneyle evleneceğine oynatsın. Sen bir sosyete kızısın. Baban zengin... İstediğini elde edebilirsin... Eee. Nerden bulursun Çingeneyi! Koca İstanbul'da başka adam bulamadın mı?

— İstanbul'da mı oturuyorsunuz?

— Evet. Yazın birkaç ay buradaki evimize geliriz. İzmir'i çok seviyorum. Gönlümce eğlenirim burada. Üç yıldır burnumdan geldi bu kız yüzünden.

Sema'nın bu çirkin insanlıktan midesi bulanmış, şaşkınlığını henüz üzerinden atamamıştı. Bu insanların önce imana ihtiyacı olduğunu çoktan anlamıştı. On beş yirmi dakika sonra asansördeydiler.

Sema asansör yukarıya çıkarken düşündü:

"İnsanlar, asansörle yükselerek yükselemezler. Ah bunu bir anlasa insanlık, bir anlasa!"

Aklına Mehmet'i geldi. Kadına baktıktan sonra kısaca anlattı:

— Biliyor musunuz, bir Çingene kızını seven gence, sırf Cingene değil diye kızı istemediler de çocuk aklını oynattı. Garibanım sokak sokak geziyor şimdi. Annesi bin pişman ama iş işten geçti. Siz de bir gün pişman olabilirsiniz.

— Allah korusun! Böyle uğursuz şeyler söylemeyin.

Sema konuşmayı kesmişti.

Çok geçmeden oturma salonundaydılar. L tipi koca salon, antika eşyalarla süslenmişti. Sema, şaşkın şaşkın sağa sola göz atarken, kadının sesiyle kendine geldi:

— Siz oturun. Ben Nergiz'i alıp geleyim.

Bu arada yardımcıları gelmişti. Sema, şaşkın şaşkın sağa sola gözatarken, yardımcı kadının sesiyle kendine geldi:

— Ne alırdınız efendim?

İri gözlü, sert bakışlı yardımcı kadına bakan Sema yavaşça cevap verdi:

— Teşekkür ediyorum, birşey istemem.

— Rica ederim alın bir şey. Çay, kahve, meşrubat; isterseniz bir içki.

Sema ürpermişti.

— Aman, Allah korusun! İçkiyi, üzerine milyarlar verseler içmem. Ama madem ki çok ısrar ediyorsunuz, bir kahve rica edeyim.

Yardımcı kadın gittikten sonra, Sema yine etrafa bakıyor, kendisini korku filmlerinde oynayan biri gibi görüyordu. Acaba kahveye birşey atarlar mıydı!

Çok geçmeden kadın kızıyla beraber gelmişti. Kızı Sema'yı görünce çıldırmış gibi üzerine atıldı.

— Seni büyücü yobaz seni! Sen de beni Aydın'ımdan ayırmaya çalışıyorsun değil mi?

Sema bir anda kızın elinden kurtulup yüksek sesle bağırmaya başlamıştı:

— Kendinize gelin lütfen. Ben başı açık birinden gördüğüm kötülüğü, başka başı açık birine ödetmiyorsam, siz de bir kapalıdan gördüğünüz kötülüğü -tabi gördünüzse- benim başım örtülü diye bana ödetemezsiniz. Ben Müslümanım tamam mı! Sevenleri birbirinden ayırmak için kılımı bile kımıldatmam! Hem, ben de sevdiğime kavuşamıyorum. O acının nasıl bir şey olduğunu çok iyi bilirim.

Ters ters bakan genç kız sordu:

— O halde neden buradasın?

— Bilmiyorum. Anneniz getirdi. Durumunuzu yolda öğrendim. Çok da üzüldüm. Büyüye gelince, ne yaparım, ne yaptırırım, ne de öyle cinayetlere aklım erer. Bana boşuna saldırdınız.

Genç kız biraz mahcup olmuştu.

— Benim kapalı birini görmeye bile tahammülüm yok. Sizi de onlardan sanıyorum. En iyisi siz bu evden gidin.

Sema hızla kapıya doğru yürüdü.

— Tabii ki hemen giderim. Siz isteseniz bile kalamam bu evde. Bu ev insanlığını unutanlarla dolu. Çingeneyi insan yerine koyamayanlar yurdu burası. Dindara da tahammülü yok. Üstelik ben henüz bilinçli bir Müslüman da değilim. İslâm'dan birkaç maddeyi uygularım. Çünkü o kadarını biliyorum. Bilmediğimi de öğrenmeye devam ediyorum.

Genç kız birden durakladı.

— Durun, gitmeyin!

Sema kapıya yaklaşmıştı. Dönüp kıza baktı:

— Ben sizin emrinizde gezen uşağınız değilim ki, siz isteyince durayım, istemeyince gideyim. Ben şahsiyetli bir Müslümanım. Bu hakaretleri hazmedemem.

Genç kız koşarak Sema'nın yanına gelmiş, ona yalvarmaya başlamıştı:

— Ne olur, beni affedin. Aylardır kapatıldığım odamda çılgına döndüm. Sinirlerim çok bozuk. Benim kusuruma bakmayın da gelin, biraz konuşalım. Ben sizi ötekileriyle karıştırdım.

Sema genç kızın yalvarmalarını samimi bulmuştu. Geri dönüp aynı koltuğa oturdu. Genç kız ve annesi de karşısına oturmuştu. Genç kız içini dökmeye başladı.

— Aslında ben dincilerden nefret ederim. Ama siz dinci değil, Müslümansınız.

Sema, okuduğu, *Irkımı Ben Yaratmadım* isimli kitaptaki ibareyi hatırladı.

"Siz dinden ve gerçek Müslümandan korkmayın. Zaten gerçek İslâm'a uyulsaydı, dünya bu acıyı çekmeyecekti."

Sema sabırla sordu:

— Sahi, sizleri tanımadım. İsminiz neydi? Benimki Sema.

Annesi cevap verdi:

— Kızım Nergiz. Benim adım Fatma.

— Nergiz Hanım. Bana açılmak ister misiniz? Belki bir yardımım olur size. Fazla umut da vermiyeyim ama...

— Tabii, tabii... Buna çok ihtiyacım var. Yalnız benim odama gidelim.

Annesine bakarak devam etti:

— Herkesin yanında rahat edemiyorum.

Fatma Hanım Sema'dan hâlâ umutluydu. Belki kızına okur, üflerdi. O yüzden izin vermişti.

Genç kızın odasına girdiğinde Sema yine şaşırmıştı. Ne kadar aktris ve şarkıcı resmi varsa, hepsi duvarlarda asılıydı. On yedi yaşında olmasına rağmen, hâlâ çocukça işler yapmıştı Nergiz. Belli ki henüz olgunlaşmamıştı. Hoşgörü ile baktı Nergiz'e. Kendisi de bu yaşlarda aktrisleri çok sever, hangi oyuncuyu izlese, kendisini onun yerine koyardı. Şarkıcıların da resimlerini biriktirmek ister, bazen defterine yapıştırırdı.

İNSANLIK

İnsan denince kendine göre insanlık
Kendisiyle kendini silen insanlık
Nurdan aydınlığa siyah giydirdi
Bilinmez karanlığı giyen insanlık!

Genç kızın derdi de aynıydı. Gözyaşları içinde Sema'ya yalvarıyordu.

— Siz dindar insansınız. Ne olur bana hacı hoca bulun da annemle babama büyü yapsınlar. Ben Aydın'dan başkasını ölürüm de almam.

Sema acı acı güldü.

— Yani sen de benim ancak büyücülüğe yarayabileceğime karar vermişsin. Sen de beni anlamıyorsun. Benim o tarakta bezim yok. Başka bir çare bulalım. Aydın ne iş yapıyor?

— Darbukacı.

— Yaa. Bari mesleği başka olsaydı, aileni belki ikna etmek mümkün olurdu.

— Ne önemi var. Özal'ın kızı bile davulcuya gitti. Suç mu, günah mı? Onları aşağılamak yakışık alır mı? Ne yapsaydı, Aydın hırsız mı olsaydı? Ona kimse Çingene diye iş vermiyor. Vaktiyle okuyamamış da. Eee... Çıkış yolu var mı Aydın'ımın.

— Yanlış anladın beni.

Genç kız onu duymamıştı bile.

— Aydın çok temiz bir insan. Her gece kulübe gidip onun çaldığı darbukalarla eğleniyorlar, ona iltifatlar ediyorlardı. Sıra kızlarını vermeye gelince yan çiziyorlar. Madem Aydın kötüydü, şereflerini lekeleyen biriydi, bu leke nasıl lekeyse, onu dinlerken siliniyor mu?

Sema bir çıkmazdan başka bir çıkmaza giriyordu. Balık yalnız baştan kokmamıştı; hem baştan, hem de kuyruktan kokmuştu. Çok da acımıştı genç kıza.

— Ne yapsak, nereden başlasak bilemiyorum. Ailen

Allah'a güvense, Allah'ın sözüyle Çingenelerin dışlanan bir ırk olmadığını anlatırdık. Anladığım kadarıyla ailenin dini yaşantısı için bir endişesi yok. Allah'ın dinini referans alarak kabul etmeyene dinden bahsetmek de abes kaçar. Ne yapmalı bilemiyorum. Aslında tek sorun, Aydın'ın Roman ve darbukacı oluşu gibi geliyor bana.

— Yanılıyorsunuz. Aydın milletvekili olsa onların fikri yine değişmez. Aydın: "Seni bana versinler, hemen bu işi bırakıp başka iş bulurum." diyor. Zaten babam da onu yanına alır. İşi bozan Çingene oluşu. Ben onun herşeyine razıyım, ama onlar değiller. Onlar sahtekâr da olsa, Çingene olmayan birini tercih ediyorlar.

— Peki Aydın Arap olsa evlenmenize izin verirler miydi?

Genç kız düşünmeden cevap verdi:

— Vermezdi, ama bu kadar diretmezdi.

— Peki Kürt olsa...

— Yine vermezler. Kürtlerden de nefret ediyorlar. Canım, bana ne onlardan. Benim konum onlar değil ki.

— Merak ettim, Aydın bir İngiliz veya Fransız olsa ailenin tepkisi ne olurdu?

— Ben istersem hiç düşünmeden ve de şeref duyarak verirlerdi. Aslında ben çoktan kaçıp gideceğim de, hatta bir defa kaçtım. Beni hemen bulup geri aldılar. Geri dönmeseydim Aydın'ı hapislerde çürüteceklerdi.

Sema kaçan kızlarını geri aldıklarını duyunca, Serpil'in ağabeylerinin ne kadar asil insanlar olduğunu daha iyi anlamıştı.

— Allah Allah! Bunlar nasıl insanlar böyle! En iyisi

onlara Allah'ın mesajını götürelim. Belki kalplerine merhamet gelir. Ama bu işi ben yapamam. Müftü Beye gider durumu anlatırım. Bir bilen kişi alır size gelirim. Mehmet'ime kavuşmam için bana dua edersin. Kalplerine iman girerse, ardından merhamet de girer diyor okuduğum kitap.

Genç kız hırsla ayağa kalktı.

— Hayır! Onların kalplerine merhamet giremez!

Gözyaşları oluk oluk akarken devam etti:

— Onların kalpleri taş olmuş. Onlar beni ölüme gönderiyorlar. Evet, resmen ölüme gönderiyorlar. Daha önceki sevgililerimin bana nasıl ihanet ettiklerini hepsi biliyor. Aydın'ımın da gözü benden başkasını görmüyor. Öyle dürüst, öyle dürüst bir insan ki, anlatamam. Çok da merhametli. Ama ailemin dürüstlükte gözü yok.

Sema dalgın dalgın cevap verdi:

— Çığırından çıkmayan, bozulmamış Çingeneler çok merhametlidirler, bilirim. Merhametsiz olanlar da gaspçı ve hırsız olur, nice insanın felç olmasına, nicelerinin delirmesine, nice insanların evlilik paralarının gasp edildiğinden evlenmeden önce yuvaların yıkımına sebep olduğunu yazıyor o kitapta. Ben bilen kişi getireyim, senin ailenle konuşsun. Onlara Çingeneliğin kötü birşey olmadığını, darbukacılığın da ırsi bir meslek olmadığını, isterlerse o işten vaz geçirteceğimizi anlatsın. Ama ailenin Allah'a inanmaları gerekir. Yalnız inanmak da yetmez. Allah'ın hükmüne güvenmesi lâzım ki dini tavsiyeler etkili olsun.

Nergiz elini sallayarak cevap verdi:

— Ohoo! Siz de ailemi dinci zannettiniz galiba. Annem-babam, Aydın'ın sözünü ettirmiyorlar ki birşeyler söyleyesiniz.

— Ben yine de bana düşen görevi yapacağım. Annenle de babanla da Hocayı konuşturacağım. Seni verirler mi bilmem. Ama ben Romanların durumunu izah edeceğim onlara. Bir umut, belki onlarla aynı kromozomları paylaştıklarını, milyonlarca yıl öteye gidince, Çingeneyle aynı atadan meydana geldiklerini idrak ederler. Tabii, insanlık anlayışlarını değiştirebilirlerse.

Bir saate yakın sohbet etmişlerdi. Sema Nergiz'e Aydın'la nasıl tanıştığını merak edip sordu:

— Yaşın da daha küçük galiba. Bu kadar nasıl güvendin, sevdin onu? Üstelik okuduğum kitabın, dediği gibi, Allah'a güvenir gibi güvenmiştim.

Genç kız öyküsünü anlatmaya başladı.

— Ben daha on dört yaşındaydım. Flört etmeye başladığım zaman ailem hiç karışmadı. Modern ailede bunlar pek önemli değildir. Ahlaki değerlere önem vermiyorsan modern aile oluveriyorsun. Benim hayatıma daha on üç yaşımda giren adam, babamın fabrikasında müdürdü. Benden onbeş yaş büyüktü. Onu bir amca, bir ağabey gibi sevmiştim. Sonra kanıma girdi.

Genç kızdım, insanlara güvenim ziyan olmuştu. Annem küçük bir operasyonla beni eski halime getirtti. Bir yıl sonra okul arkadaşımla çıkmaya başladım. Evlenecekti benimle. Çocuktum, ona güvendim. Sonra beni teyzemin kızıyla aldattı. Yıkılmıştım. En deli dolu devremdi. Öyle olduğum halde aldatılmış olmak beni perişan etti. Buraya geleli epey zaman oldu. Fuara gittim arkadaşlarımla... Herkes gülüp, oynuyor, bense sadece olup bitenlere bakıyordum. Zaman zaman ağlıyordum. Düşünsenize, daha ondört yaşımdayken yaşadığım olaylar elli yılda yaşayacağımdan çok.

— Fazla serbestlik de, çok fazla baskı da zarar vericidir. Sizi o yaşlarda nasıl serbest bıraktılar? Birçok sosyetik ailede böylesi sınırsız serbestlik yoktur. Doğrusu şaşırdım. Eee, Sonra ne oldu?

— Aydın darbuka çalıyordu. Bir ara yanıma geldi. "Afedersiniz." dedi, "Bana öyle geliyor ki, sizin çok büyük bir derdiniz var. Acaba yardımcı olabilir miyim?"

Hiç düşünmeden "Hayır." dedim. Israr etti. "Durumunuz beni çok üzdü. Ne olur, size yardım edeyim." dedi. Yine reddettim.

Sonraları annem ve arkadaşlarıyla gittik fuara. Yine yanımıza geldi. Bana çok ilgi gösterdi. O gidişimizde ona âşık oldum. Tabii ki bu bir anda olmadı. Ve o hiçbir zaman bana eğlence aracı olarak bakmadı. Direk söylediği şuydu:

"Ailen seni bana verseydi, seninle canım pahasına evlenirdim." Gerçekten sözünde durdu. Ona kaçtım, yaşım tutmadığı için ailem beni geri aldı. Ama o bana "Seni bekleyeceğim, kimselere bakmayacağım." dedi ve gerçekten benden başkasını gözü görmedi. Hâlâ görmüyor. "Ölene kadar seni bekleyeceğim" diyor. Çok dürüst bir insan. Gerçekten onunla evlenemeyeceğimi bilsem, intihar ederdim.

— Ama intihar etmek çok büyük bir günahtır. Buradan gider gitmez hemen öteki dünyada olacaksınız. Sakın öyle birşey yapmayın.

— Gerek kalmadı ki, nasıl olsa onunla evleneceğim.

Sema bu genç kıza hiçbir şey yapamayacağını biliyordu. Genç kız bütün birikiminin ne kadar az olduğunu anlamıştı. Çok geçmeden gitmek için kalkıp salona geldi.

Nergiz'in annesi heyecanla sordu:

— Ne oldu? Onu ikna ettiniz mi?

— Bu hiç mümkün değil.

Tam bu sırada kapının zili çalmış, gelenin Nergiz'in babası Kaya Bey olduğu anlaşılmıştı.

Sema, gitmeden önce bu adama ve hanımına Roman konusunu anlatacaktı. Bütün bu inancına rağmen, yine de "Ben de Çingeneyim." diyemiyordu, ama Çingenelere yapılan hakaretleri de hazmedemiyordu.

Kaya Bey geldiğinde ona Sema'yı anlatan dertli anne devam etti.

— Kaya Bey! Bu hanım bizimle konuşmak istiyor.

Kaya Bey Sema'yı hiç sevmemişti, ama yine de müsaade etti.

Sema içinden besmele çekip konuşmaya başladı:

— Beni dinlemek istediğinizden anlaşılan, galiba size göre konuşacağımı zannediyorsunuz. Hayır, ben size göre konuşamam. Çünkü benim dini konularda pek bilgim yok. Bu konuda kitap okudum, ancak yirmi kitaplık konuşabilirim. İsterseniz yeni öğrendiğim birkaç cümleyi söyleyeceğim. Görüyoruz ki herkesten çare umuyorsunuz. Ben size yardımcı olabilirim. Ama önce bazı sorularıma cevap vermelisiniz.

Kaya Bey otoriter bir insandı. Böyle şartlı konuşmaya hiç tahammülü yoktu, ama çaresizliğinden kabul ediyordu.

Sema karı kocanın oturduğu kanepenin karşısında duran koltuğa oturdu.

— Kaya Bey! Sizce Çingenelerin ilk atası kim?

Adam başını kaldırmadan cevap verdi.

— Bunu bilmeyen mi var? Tabii Adem ile Havva.

— Peki Türklerin ilk atası kim?

— Ee, haliyle bizimki de Adem'le Havva. Bunun konumuzla ilgisi nedir?

— Geleceğiz efendim. Siz, bu sözünüzle, Çingenelerle temelde kardeş olduğunuzu kabul ettiğinizin farkındasınız değil mi?

Kaya Bey çok sinirlenmişti. Yerinden fırlayıp cevap verdi:

— Ne münasebet! Ben onlarla nasıl kardeş olabilirim?

— Efendim şimdi siz söylediniz. Atalarımız onlarla aynı diye. Söyledikleriniz bu anlama gelmiyor mu?

Adam çıldırmış gibi bağırıyordu:

— Bu çatlak kadını nereden getirdiniz? Kovun şunu kovun! Beni Çingeneyle kardeş yapacak kadar ileri gitme cesaretini bu kadın kimden alıyor? Bu ne küstahlık!

Sema hemen ayağa kalkıp yine kapıya doğru yürümeye başladı. Bir taraftan da yüksek sesle cevap veriyordu:

— Sen! Kendini beğenmiş şımarık adam. Seni doğuran anneyi kendin mi seçmiştin? Bir "Çingene" kadından dünyaya gelemez miydin? Ayrıca "Çingeneden" neyin fazla? Sadece paran, değil mi? Evet, sadece paran!.. Ama bir "Çingeneden doğsaydın, bu mümkün olmayacaktı. Çünkü okutulmadığın devamlı horlandığı için... Sonuçta ya hırsız, ya darbukacı, ya da sıradan bir iş sahibi olacaktın. Bana "küstah" dediniz. Allah'ın dünyasında kendinizden başkasına konuşma ve yaşama hakkı vermeyen sizden, evet sizden daha büyük... Neyse, yaşınıza hürmeten susuyorum.

Sema bu sözlerden sonra kapıyı hızla vurup çıkmıştı.

Adam şaşkına dönmüştü. Bir anda duyduğu sözleri tekrar anlamaya çalışıyordu. Hırsla hanımının yüzüne baktı... Kime ne söyleseydi. Her zalimin yaptığını yaparak hırsını hanımından aldı.

— Bana bak! Benimle alay eden bakışlarını düzelt, yoksa çok kötü olacak!

Sema asansörün kapısına geldiğinde Kaya Beyin tok sesi duyuldu.

— Dur bakiim!

Sema gayri ihtiyari durmuştu. Adam devam etti:

— Sen şimdi ne demek istedin?

— Ne demek istediğim belli değil mi?

— Kızını Çingeneye ver, diyorsun.

— Hayır, öncelikle siz Çingeneden daha üstün değilsiniz bunu anlayın diyorum.

— Çingeneleri görmüyor musun, çadırda yaşarlar, hırsızlık yaparlar.

— Sistem sahip çıksaydı onlar hırsız olmazdı. Ayrıca bütün Çingeneler çadırda yaşamıyor. Gezgin değiller. Çadırda ve gezgin yaşamak suçsa, yörükleri de küçük görmemiz lazım. Yörüklerin de bir kısmı göçebe ve çadırda yaşar. Türkler de önceleri göçebe idi. Sonra Türkiye'ye yerleştiler. Bazıları yanlış yaptı. Türkiye Cumhuriyeti'ni sadece kendilerinin sandılar, kendinden başkasını da adam yerine koymuyorlar. Demek ki "Çingeneler" de güzel bir eğitim görse, onlar da çok medeni insan olurlar. Kaldı ki şu anda bile öyle asil ve medeni Çingeneler var ki, siz onların seviyesine ulaşamazsınız bile.

Kaya Bey şaşkındı. Bir kapalı genç kızın bu kadar kültürlü olması da şaşırtmıştı onu, Çingeneler hakkında söyledikleri de.

Ses tonu biraz yumuşamıştı. Sakin bir tavırla sordu:

— Hani Çingeneler buçuktu.

Sema devam etti.

— Ya evet, hem buçuk, hem lanetli değil mi? Onların hepsi vahşi iftiralarıdır.

— Yok ya... Peki İslam dini bu konuda, onları lanetli addetmiyor mu?

— Hayır! Daha yeni öğrendim öyle bir şey yok. Bilhassa İslâm, bir başka ırkı küçük görenleri ayet-i kerime ile uyarıyor. Bir dakika yanımda Kur'an meali var, size o ayeti bulayım.

Kısa sürede Sema ayeti bulmuş, okuyordu:

— *"Ey insanlar! Muhakkak ki, biz sizi bir erkek ve bir dişiden yarattık. Sizi tanışmanız için şubelere ve kavimlere ayırdık. Şüphesiz ki, Allah indinde en şereflisiniz, takvada Allah'ın emrini dinleme konusunda kim daha dikkatli ise en üstün olanınız odur. Muhakkak ki Allah, herşeyi bilen, her şeyden haberdar olandır."* (Hucurat: 13)

Ayrıca yine Hucurat suresinde bakın Allah şöyle diyor; "Ey mü'minler! Bir topluluk diğer bir toplulukla alay etmesin. Belki de alay ettikleri kendilerinden daha iyidir..."

Siz Çingenelerle alay ediyorsunuz, ama belki de bazı Çingeneler sizden daha iyi insanlardır. Bunu biliyor musunuz?

Sema, karı-kocaya gözattıktan sonra sordu:

— Daha devam edeyim mi?

Adam şok halindeydi. Hanımı ise bunları hiç duymak istemiyordu. Sema, hanımın durumunu anlamazdan gelip devam etmek istiyordu: Kaya Beyin şok halinin olumlu olduğunu anlamıştı.

— Cevap vermediniz efendim?

Adam mırıldanır gibi söylendi.

— Demek ki Hazreti- Muhammed'le Allah'ın dediği çatışmış.

— Hayır! Asla böyle şey olmaz. Peygamberimiz Allah'ın ilham etmediği bir sözü din adına söylemez!

Bakınız Veda Hutbesi'nde ne diyor:

"... Müslüman Müslümanın kardeşidir. Böylece bütün Müslümanlar kardeştir. Allah katında en hayırlınız, Allah'tan en çok korkanınızdır. Arabın Aceme -Arap olmayanın Arap olana üstünlüğü yoktur. Üstünlük ancak takva iledir." Yani, İslâm'ı yaşamak iledir.

Müslümandan ummadığı tavrı gören, her Müslüman tanımazın sözünü Kaya Bey de söylüyordu.

— Bak seen, Neler de biliyorsun? Sen hafız mısın?

— Hayır. Sadece uzun zamandan beri, hem açık öğretimde okuyorum, hem de, bu konuyla ilgili çok araştırma yapıyorum. Kısacası, benim de özel bir durumum olduğu için bu konularla ilgileniyorum. O yüzden bu konuları iyi biliyorum.

Adam bu defa rica ediyordu:

— Önce geçin, içeri geçin, şöyle oturun da size hoşunuza gitmeyecek birşey söyleyeyim.

Kaya Bey'in hanımı bu tekliften hoşlanmamıştı. Kocasının etkilenmesinden korkuyordu.

— Tamam tamam. Bu konuları dinlememize gerek yok. Sema Hanım, siz gidebilirsiniz.

Kaya Bey itiraz etti.

— Yoo. Hanım, dur da bu hanımefendi kızımızı dinleyelim ve terletelim. Dur Hanım dur! Çok yeni şeyler duyuyorum. Peki madem ki Çingeneler de bizim gibi İslâm ise, neden hocalar hutbelerinde bundan söz etmiyorlar? Ben Allah'a şükür, bayram namazlarını hiç kaçırmam. Ama böyle şeyler duymadım.

— Vaaz Müslümana yapılır. Hocalar cemaatin içinde neden "Çingenelere" ayrı hitapta bulunsun ki? Siz hiç ayrı ayrı Abazalara, Çerkezlere, Türklere, Lazlara, Kürtlere Zazalara, Arap ve diğerlerine hitabeden bir hoca duydunuz mu? Müslüman Müslümandır. Vaaz da Müslümana verilir. Hoca ırk mı takip edecek?! Gerçi biraz değinse iyi olur, ama o kadarını bilmiyorum.

— Sahi be çok doğru söylediniz!

Kadın çileden çıkmıştı.

— Ne demek doğru söylediniz? Çingeneleri hoş mu karşılıyorsun?

— Hanım! Söyledikleri mantıklı geldi bana. Gerçekten dünyaya gelirken annelerimizi biz seçmiyoruz.

Kadın çıldırmış gibi Sema'nın üzerine yürüdü.

— Derhal çık evimden! Seni ne için getirdim, sen neler yapıyorsun?

— Ben gerçeği söylüyorum. Ama nefsiniz öyle büyük öyle büyük ki, gerçeklere tenezzülünüz yok. Halbuki bütün insanlar, bu dünyaya doğarlar, öteki dünyaya gitmek için ölür, orada tekrar dirilirler. Birgün siz de bunu anlarsınız, ama iş işten geçmiş olur.

Sema kapıyı vurup çıktığında Kaya Beyin beyninde devrimler yaptığını anlamıştı. Doğruca evine gitti, çünkü vaaz vakti geçmişti. Mehmet'in acısına rağmen ruhunda da anlayamağdığı bir rahatlık oluşmuştu. "Doğru söylemek insana böyle huzur verirse, doğru yaşamak ne yapmaz." diye düşünürken ağabeyinin sesiyle irkildi.

— Nerdeydin Sema?

Sema her şeyi olduğu gibi anlatmıştı.

— Aferin sana. Benim kız kardeşim ancak budur. Oku kız. Seni sonuna kadar okutacağım.

* * *

Sema, hergün vaaz kaseti dinleyerek dini bilgi ihtiyacını gidermeye çalışıyordu. Sema artık haberleri de kaçırmıyordu. Yalnız her geçen gün yabancı kelimeler kullanılan haberlerde birçok kelimeyi anlayamıyordu. Anlamadığı kelimelerin listesini yapmaya başlamıştı bile. Küçük bir defter almış, her gün anlamadığı kelime veya cümleleri not ediyordu.

* * *

Aradan bir yıl daha geçmişti. Mehmet artık Sema'yı tanımıyordu bile. Sema perişandı ama yapacağı bir şey kalmamıştı.

Sema'nın artık Mehmet'i görmesi de ailesi tarafından yasaklanmıştı. Seda ve durumu bilen komşular sadece Sema'yı suçlamaya devam ederken, Mehmet'in ailesi kendilerini suçluyorlardı. Sema, "Bunca derdi, ancak İslâm'a teslim olursam çekebilirim." diye kendisini dini ilimlere vermişken, şeytanın kendisini aldatmasına fırsat verecek nefsani zayıflıklara düşmemeye çalışıyordu.

Birgün Hatice Hoca'nın yanındayken kapıdan giren kadına takıldı gözleri. Bu kadını bir yerden tanıyordu, ama nerden tanıdığını çıkaramıyordu. Gelen kadın da onu tanımıştı.

— Sizi hatırladım. Siz de beni hatırladınız mı?

— Bir yerde gördüm sizi. Ama nerde gördüğümü çıkaramıyorum.

— Hani, kızını Çingeneye vermemek için uğraşan...

— Haa... Hatırladım. Hani şu kızına ölü tırnağı yediren kadının evindeki. Sahi ne oldu onların durumu?

Kadın üzüntüyle cevap verdi:

— Malesef kız intihar etti. Onu kurtaramadılar. Annesi olacak cadaloz sebep oldu buna. Nuh dedi Peygamber, demedi. Zavallı babası sizden sonra yumuşamıştı, ama kadın baskın çıktı. Kızı ölünce kendisini yerden yere attı. "Yavrum! Öleceğini bilmiyordum, inanmıyordum tehditlerine, inansam sana kıyar mıydım." diye dövündü, dövündü durdu.

Bu haber Sema'yı çok etkilemişti. "Cehalet kurbanlarından biri daha gitti." diye üzülüyor, o yüzden de, "Milletimizi uyarmak gerek, gerçekleri bildirmek gerek." diye geçirdi içinden. Şimdi Mehmet'i daha çok düşünüyordu. Hergün dua ediyor, hergün ondan haber alıyor, ama başka bir şey yapamıyordu. Son olarak ailesinin Mehmet'i hocalara götürdüğünü bol bol para döktüklerini duymuş, onlara bir mektup yazarak, Mehmet'i doktora götürmelerini rica etmişti. Ama söz geçiremiyordu. Üzüntüsünden göz torbaları şişmiş, perişan hali gözden kaçmaz olmuştu.

"En kötü karar, kararsızlıktan daha iyidir."
sözü doğru değil. Kötü karar verenin iyiyi
bulması zordur, ama kararsızın
iyiyi bulma ihtimali daha fazladır.

Yıllar Sonra

Serpil eşinden ayrılmıştı. Artık kocaevine dönmeyecekti ve dönmemişti de. Kendi kendisine "Ne olurdu, her şey başladığı gibi devam etse." diye düşünüyor, ama asıl olarak, yuvasını yıkanın içkiye izin veriliş olduğunu biliyordu. Bu ayrılış Serpil'in günlerce ağlamasına sebep olmuştu.

Şimdi dul bir kadındı Serpil.

Sema ise, cehaletin açtığı derin yaradan kurtulamıyordu.

* * *

Serpil çok sıkıntılar çekiyor, çeşitli çalışmalar yapıyor, başörtüsünü savunuyor, çeşitli yerlerde mevlüt okuyor, kendince çalışıyordu. Mahalleden tanıdığı genç delikanlı olan Melih ilgileniyordu Serpil'le.

Yıllar hep olumsuzluklarla geçerken Serpil yeni bir yol çizelgesine gelmişti.

Bir gün, Risale-i Nur dersi veren, kendisini bir cemiyete vakfetmiş olan Melih'in grubuyla parti yüzünden çıkan bir tartışma olmuş, orada Serpil yanlış anlaşılmıştı. Ortalık karışmıştı... Kendisini İslâm'a adayan Melih de Serpil'i savunur duruma geçmişti. Bu durumu düzeltmek için Serpil Melih'in yanına gidip ona anlatıyordu:

— Bak ablam. Sen benim mahallemin çocuğusun. Sen beni, ben seni tanırım. Yemin ederim ki duydukların tamamen yanlış!

Melih Serpil'den bayağı küçük olmasına rağmen, Serpil'le ağırbaşlı bir alim gibi konuşuyordu. Ciddi ve takva sahibi bir gençti. Aynı ciddiyetiyle cevap verdi:

— Ben bilmez miyim, kaç gündür seni savunuyorum. "O çok temiz, çok mücahide biridir." diyorum. Fakat bazı insanlar başkasını anlayamıyor. Özellikle seni anlamayanlar var, buna çok üzülüyorum, diyordu.

Daha sonraları da Serpil'i devamlı müdafaa ediyordu Melih. Serpil kendisine sahip çıkan bu genci çok sevmişti. Bir şey olsa Melih'e sorma ihtiyacı hissediyordu. Yaşı ne olursa olsun, makamı ne kadar yüksek olursa olsun, birbirlerine nikahı düşenlerin sık sık görüşmesi dinen sakıncalı görünen bir fiildi. Zaruri konuşmaların da bir ölçüsü vardı. Ölçü aşılırsa, ya onların kalbi bozulur, veya çevre fitne çıkarırdı.

Ama Serpil henüz bunları bilmiyordu. Bu yüzden de etraftan bazı kişiler bu ilgiye bir şeyler yakıştırma gayreti içine girmiş; bir gün topluluk içinde Serpil'e tuhaf şeyler söylemişlerdi.

— Kız, yoksa Melih'e kızını mı vereceksin? diye sormuştu birisi.

Serpil'in daha önce aklında olmayan şey aklına gelmişti. Kızı henüz küçüktü, ama büyüyünce verebilirdi.

— Neden olmasın? Kızım isterse veririm, ama kızım onu istemez ki, demiş, bu sözü de etrafa "Serpil Melih'e kızını verecek" diye yayılmıştı.

Hakkındaki söylentiler yayılınca bunalıma giren Serpil Melih'e de bu konuda derdini açmıştı:

Serpil derdini dökerken Melih aklındaki sözünü Serpil'den saklamamıştı:

— Kendimi dine vakfetmiştim, evlenmeyecektim. Ama fikrimden vazgeçtim. Ben seninle evlenmek istiyorum!

Serpil adeta şoke olmuştu. Ne yapacağını şaşıran Serpil, "Sen delirdin mi? Ben senden ne kadar büyük biriyim, sen bunu bilmiyor musun?" cevabını verince, Melih ona farklı cevaplar bulmuştu:

— Yaşın ne önemi var? Hazret-i Hatice, Efendimiz'den onbeş yaş büyüktü ve çok mutluydular.

Günlerce kendisine gelememişti. Böyle bir teklif beklemiyordu.

Kimileri de Serpil hakkında dilden dile dolaşan dedikodular üretiyorlardı. "Serpil Melih'le nikahsız yaşıyormuş." diyor, Serpil'i kahrediyorlardı.

Serpil farkına varmadan kara bir leke almıştı. Bazıları da Serpil'in kafasına giriyordu:

— Evlen kız Melih'le. Ondan iyisini mi bulacaksın? Seni çok beğeniyor, "Mücahide bir kadın." diyor senin için. Onunla mutlu olursun, hizmetlerini daha iyi yapar, Melih'ten de dersler alırsın, diyorlardı.

Günler böyle devam ederken, Serpil bu iftiranın dul oluşundan kaynaklandığını biliyor, çok üzülüyordu. Herşeyden önce kendisinden küçük bir gençle evlenmesinin ayıp olduğu üzerinde duruyorlardı. Artık dayanılmaz olmuştu söylentiler. Serpil büyük bir bunalıma girmiş sonunda, Melih'le evlenmiş dini nikahını kıymıştı.

İşte Serpil'in hayatı bundan sonra değişecek, ummadığı durumlara düşecekti.

Nikahtan sonra Serpil'in aklı çocuklarındaydı. Onları yanına alacaktı, ama şimdilik bir evleri yoktu. Melih fikrini söyledi Serpil'e:

— Biliyorsun, ben yurtta kalıyorum. Hemen bir iş bulurum. Askere gidene kadar küçük bir yer kiralarız, ben askere gidince sen annemle kalırsın. Ben askerden gelince de geniş bir ev kiralarız, çocuklarını yanına alırsın.

Belirli heyecan ve hevesler geçene kadar, erkeklerin çoğu dul aldığı kadına bunları söylüyordu, ama belki binde biri sözünde durabiliyordu. Melih sözünde duracak mıydı, yoksa binlerce kadın gibi Serpil'de bir anlık heyecanların kurbanı mı olacaktı, henüz hiçbir şey belli değildi.

Serpil nikah olunca, kendi evinde kalacağını sanıyordu.

Serpil henüz bunalımdan çıkmamıştı. Şaşkınlıkla sordu:

— Annenin yanında mı kalırım? Annen bu işe ne der? Nikahlandığımız duyulunca ailem ne yapar bilmiyorum.

Serpil birşey söyleyecek gibi olup yutkundu.

Melih anlamıştı Serpil'in bir derdi olduğunu.

— Ne diyecektin?

— Şey... Diyecektim ki, galiba hata yaptık. Sen beni boşasan... Yol yakınken dönsek bu yoldan. Millet galiba bu evliliğimizi çok yadırgayacak. Birbirimize bacı gardaş dedik.

Melih kararlı bir ses tonuyla cevap verdi;

— Tabii ki öyle diyecektik. Nikah olana kadar herkes herkese ya bacı der, ya abla-kardeş der. Başka ne diyecek ki? Bacı demekle bacı olunmaz. Nikahımız birbirimize düşüyor mu, düşmüyor mu? Sen ona bak. Tabii ki düşüyor... O kadarını biliyoruz. Hem yanlış inanışı yıkarız. Efendimiz Hazret-i Zeyneb'le bu yüzden evlendi. Luzumsuz şeylere kafanı takıp huzurunu kaçırma. Unutma, Hazreti Hatice kırk yaşındayken, Hazreti Muhammed (sav) yirmi beş yaşındaydı.

Melih'in kendinden ve dininden emin konuşması Serpil'i etkilemişti.

— Peki sizinkiler, yani ders arkadaşların ne der bu işe?

— Ne diyecekler! Onlar İslâm'a göre bu nikahın caiz olduğunu biliyorlar. Caiz bir şeye kim haram diyebilir ki? Hem onlar ne karışır.

— Bilmem ki. Bana çok kötü şeyler söyleniyor. "Sen ondan büyüksün, seni sonra beğenmez, bir paçavra gibi atar" diyorlar.

— O söz, başka gençler için geçerli olabilir. Ben o

gençlerden değilim. Senin gibi temiz ve davasına bağlı bir kadına eziyet eder miyim? Biliyorsun ben hiç evlenmemek niyetindeydim.

Serpil, âşık birinin, yüreğinden büyük konuştuğunu henüz bilmiyordu.

Serpil duraklayarak sordu:

— Şimdi ne yapacağız? Nereye gideceğiz?

— Anneme gidelim. Ben de hemen iş arayayım.

Melih annesine götürmüştü Serpil'i. Annesi çok güzel karşılamıştı onları. "Sen mutlu olacaksan ben karışmam." diyerek onlara moral vermişti.

Bir kaç gün sonra iş aramaktan dönen Melih bitkindi. Üzgün üzgün sebebini anlattı Serpil'e.

— Nereye başvurdumsa bana iş vermiyorlar. "Askerliğin var, yap askerliğini sonra gel." diyorlar.

Şimdi ne yapacağız? Seni yurda da almıyorlar.

— Allah kerim. Elbet bir kapı açar.

Şimdilik nikahı gizliyorlar, birkaç kişiden başkasına bildirmiyor, gizli nikahın nikah olmayacağını da bilmiyorlardı. Ummadığı sıkıntıyı çekiyordu Serpil. Halbuki evlenince sokakta kalma problemi biter sanıyordu.

Gizli nikah sıkıntı vermişti ona. Serpil bu durumun caiz olmadığını, Efendimiz'in "Nikahınızı çevreye duyurun." dediğini öğrenmiş, "Bu işi açığa vurmalıyız." demişti.

Artık söylüyorlardı. Fakat gelen ters tepkiler yüzünden Tepecik'ten ayrılmak zorunda kalmışlar, çaresizlik içinde, kalacak yer arıyorlardı. Serpil bu dönem İstanbul'a yerleşmeyi düşünüyor, hep bir sebep arıyordu.

Uzun süre sağda solda kalmışlar, oldukça zor aylar geçirmişlerdi.

Çileleri böyle devam ederken, Melih'in günü gelmiş, Melih askere gitmek için yola girmişti.

— Ben gelinceye kadar annemle kalırsın. Sakın üzülme! Bu günler geçer. Askerden gelince göreceksin, seni çok mutlu edeceğim. İki günlük dünyada senin gözlerinden, benim yüzümden yaş akmayacak. Allah izin verirse bunu sana ispatlayacağım, demişti.

* * *

Kocası askere giden Serpil sıkıntılı günler geçiriyor, ne yapacağını bilmiyordu.

* * *

Sema aynı tempoda devam ediyordu, hem açıköğretimde okuyor, hem de dini konularda kendini yetiştirmeye devam ediyordu.

Tam bir dindar kız olmuştu. Dersten döndüğü bir gün gözlerine inanamamıştı Sema. Mehmet, yalın ayak, üstü başı kir içinde duvar dibinde oturuyordu. Onu öyle perişan halde gören Sema, ağlayarak Mehmet'in yanına yaklaştı. Üzüntüsünden ne konuşacağını bilemez halde, Mehmet'in başucunda duruyor, gözlerinden sicim gibi yaşlar dökülüyordu.

Mehmet dalgın dalgın Sema'ya bakmış, sonra eline aldığı konserve kutusuyla oynamaya başlamıştı. Sema Mehmet'in bu halini gördükçe hıçkırıklarına engel olamıyordu.

"Mehmet'im! Yaktılar mı seni!.. Soysuzlar kıydılar mı sana?

Mehmet yine Sema'ya çevirmişti gözlerini, anlamsız anlamsız bakıyordu.

Serpil'in ağladığını gören başka biri yanına gelmiş, Serpil'e teselli veriyordu:

— Sen ona bakma abla. O deli, deli. Seni anlamaz bile. Kendini üzme!

Sema'nın içi adeta yanıyordu;

— Evet. Deli ama zalim ve akıllı deliler yüzünden deliren bir deli. Siz onun önceki halini bilseydiniz, neden ağladığımı anlardınız. Zavallı Mehmet... Dinsiz bir fikrin kurbanı oldu.

Sema ne yapacağını bilmez halde, bir müddet ağladıktan sonra Mehmet'e sordu:

— Mehmet, beni tanıdın mı?

Mehmet bu defa derin derin Sema'nın gözlerine dikmişti gözlerini. Ne ürpertici bakıştı bu! Sema'yı korkutuyordu. Sanki Sema'nın gözlerinden girip düşüncelerini okumak istiyordu.

Cevap gelmeyince tekrar sordu:

— Mehmet, beni tanıdın mı? Ben Sema.

Mehmet hiçbir şey söylemeden sadece bakıyordu. Sema yalvarırcasına bağırdı:

— Ne olur, cevap ver, beni tanıdın mı?

Mehmet başını yere eğdikten sonra cevap verdi:

— Başımdan çekilin, sizi tanımıyorum.

Sema hayretle devam etti:

— Nasıl tanımazsın? Sema'yı unuttun mu?

Yine cevap vermiyordu Mehmet. Sema'nın bütün ısrarlarına rağmen tek kelime konuşmuyordu.

Sema kararını vermişti. Hemen Mehmet'in evine gidecekti ve ailesini ikna edecekti.

Bir saat sonra Mehmet'in evindeydi. Kapıyı Mehmet'in annesi açtı.

— Buyrun.

— Selamun Aleyküm. Beni tanımadınız mı? Ben Sema.

— Kadın Sema'nın ismini duyunca yüzüne baktı.

— Sen! Sema'sın?

— Evet.

Kadının gözleri dolu dolu olmuştu.

— Gel, kızım, yıllar hepimizi değiştirmiş. Zor tanıdım seni.

Sema, bir zamanlar çok kırıldığı bu ev halkının yüzünden "Bu eve bir daha girmeyeceğim." dediğini hatırladı... Ama şimdi bu eve kavga etmek için gelmişti. Kadının ona güzel davranmasını istemiyordu.

İkisi de karşılıklı olarak kanepeye oturduklarında, Sema söze nereden başlayacağını bilemiyordu.

— Ben... Aslını isterseniz sizinle kavgaya gelmiştim, ama nedense kavga edemiyorum. Ne oldu, Mehmet nerde?

Kadın hazırdı ağlamaya. Gözlerinden boncuk boncuk yaşlar süzülerek cevap verdi:

— Ah, sorma evladım. Bir kuru gurur uğruna oğlumu yaktım. Yavrum aklını oynatalı kontrol edilemiyor.

— Şimdi pişmansınız demek.

— Pişman olmaz mıyım? Leyla-Mecnun aşkı çağımızda olmaz sanıyordum. Meğer oluyormuş. Gitti fidan gibi yavrum, gitti! Şimdi nerelerdedir, onu bile bilmiyoruz. Evde zaptedemiyoruz.

Sema hiç vakit geçirmeden konuya girmişti.

— Ben onu gördüm.

Kadın çıldırmışcasına ayağa fırladı.

— Nerde? Ne zaman? Ne yapıyordu? Nasıldı? Ne olur, çabuk söyle! Yavrumu nerde gördün?

— Otobüs terminalinde.

— Şimdi orda mı?

— Evet, bir saat önce oradaydı.

Kadının aklı başından gitmişti sanki. Telaşla Sema'nın kolundan tutup onu sokağa çıkardı.

— Ne olur, beni yavruma götür! Aylardır onu arıyoruz. Bir de, sen üzülme diye sana duyurmadık. Seda'ya özellikle rica ettim. Hadi hemen gidelim.

Caddeye çıkıp bir taksi çağırmışlar, otobüs terminaline doğru yol almışlardı. Kadın heyecandan titrerken Sema onu teselli etmeye çalışıyor, arada bir de merak ettiği soruları soruyordu.

— Şimdiki aklınız olsa, benimle onu evlendirir miydiniz?

— Nikah olur muydu ki "Evlendirir miydin?" diye soruyorsun? Keşke nikah düşse de, ben oğlumun istediğini alsaydım. Yanıyorum kızım, oğlum için yanıyorum. Ama Şeriat'ın kestiği parmak acımaz!

— Doğru da, Şeriat kesmez de, "Şeriat kesti" denirse o parmak ömür boyu acır. Şimdi acıdığı gibi.

Kadın Sema'yı duymuyordu bile.

— Şöför kardeşim, ne olur çabuk git. Yavruma, yavruma kavuşacağım. Belki oradan çekip gider. Onu bulmuşken kaybetmeyeyim.

Sema'nın gördüğü yere geldiklerinde, sadece Mehmet'in elindeki konserve kutusu duruyordu, Mehmet yoktu.

Annesi çıldırırcasına bağırmaya başladı.

— Mehmetiiim, yavrum, nerdesin? Yavrum, neredesin? Nerdesin?..

Dizlerinin üstüne çöküp bağıra bağıra ağlıyordu:

— Neredesin fidan boylum? Neredesin? Hadi gel annene, geeeel, gel yavrum gel!

Kadın iyice yerlere serilmişti. Sema şaşkınlıkla kadını teselliye çalışırken, etrafta insanlar toplanmış, onlara bakıyorlardı. Herkes anında birer senaryo uydurmuştu.

Birisi;

— Oğlunu vurmuşlar da kadın ondan ağlıyormuş,

Bir başkası:

— Kadının oğlu varmış, teröristmiş. Onu tutuklamışlar, o yüzden ağlıyormuş.

Herkes bir şey söylerken, boyacı çocuk Sema'yı görmüştü.

— Abla, siz o deli için ağlayan abla değil misiniz?

— Evet, benim kardeş.

— Siz şimdi onu mu arıyorsunuz?

— Evet kardeş. Bu hanım onun annesi.

— O deli şuradaki çorbacıda. Gelin size göstereyim.

Kadın bu sözü duyar duymaz kendine gelmiş, yalvarıyordu:

— Nerede kardeşim? Oğlum nerede? Ne olur, beni ona götür!

— Gel götüreyim teyze. Bir arkadaşım götürdü onu çorbacıya.

Çok geçmeden anne oğlunu camdan görmüştü.

"Oğlum" diye çığlık atarak içeri girdi. Oğluna sarılıp öpüyor, kokluyor, tekrar tekrar kucaklıyordu.

Kirli saçlarını öperken de anne yüreği ile öptüğü her haliyle anlaşılıyordu. Mehmet, annesinin yüzüne bir müddet baktıktan sonra bir şeyler hatırlar gibi sordu.

— Sen ne istiyorsun benden?

— Oğlum! Sen beni tanımadın mı? Ben senin annenim, annen!

— Benim... Annem.. Yok!..

— Yapma yavrum... Fidan boylum, yapma! Ne olur beni tanı. Ben senin için aylardır ağlayan annenim...

Mehmet yine gözlerini annesinin gözlerine diktikten sonra cevap verdi:

— Benim... Annem... Yok!

Kadın kendini kaybediyor, gözyaşlarıyla yalvarıyordu:

— Senin annen benim yavrum ben. Ne olur beni hatırla!

Ne yaptıysa oğlu onu hatırlamıyor veya öyle görünüyordu.

Çaresiz ceylan gibiydi anne. Yardım ister gibi etrafına bakıyordu.

Sema bir köşede sadece ağlıyordu. Sonunda uyanmıştı.

— Böyle olmaz, vakit geçirmeden onu eve götürelim, yıkayıp temizledikten sonra da hastaneye...

Bir taksi tuttular. Mehmet'i taksiye bindirmek istiyorlardı, ama Mehmet ısrarla binmek istemiyordu. Halkın yardımıyla sonunda muvaffak olmuş, Mehmet'i taksiye bindirmişler, onu orta yerde oturtup evin yolunu tutmuşlardı.

Anne oğluna hem sarılıp öpüyor, hem de ağlamaya devam ediyordu. Sema zorlukla teselliye çalışıyordu:

— Artık ağlamayın. Tedavisini yaptırınca birşeyi kalmaz. Sevdiğine kavuşamaz ama aklına kavuşur. Allah'tan sabır dileyelim. Bu acı, Rabbü'l Âlemin'den ferahlık nimeti, sabır nimeti gelmezse, dayanılmaz.

* * *

Uzun zaman geçtikten sonra Serpil Sema'ya gitmişti. Sema'nın evine geldiğinde onu namaz kılarken görmüş, demek, bir feizle namaza başlayıp bırakanlardan değil, diye düşünüp sevinmişti. 0

Serpil hem sevinmiş, hem de Sema'yı yaşlanmış ve çökmüş gördüğü için de üzülmüştü.

İçeri girdiklerinde Sema tesbih çekiyor, gelenleri duymuyordu. Serpil Sema'nın arkasından dakikalarca ona baktı. Omuzları çökmüş, gençlik halinden sanki eser kalmamıştı.

Sema duasını yaptıktan sonra seccadeden kalkınca Serpil'i gördü. Birdenbire en yakın arkadaşını karşısında görünce gözlerine inanamadı. Serpil olduğundan iyice emin olduktan sonra bağırdı:

— Serpil!.. Sen neredesin? Neredesin sen?

Neden beni aylardır hiç aramadın. Neden sormadın?

Serpil çok mahcup olmuştu.

— Bilemiyorum Sema! Yaşadığım hayat bana seni unutturdu. İzmir dışındaydım.

İki arkadaş koltuklarına oturup bir müddet hasret giderdikten sonra, Serpil sordu:

— Eeee nasılsın bakalım Sema? Kocanla aran nasıl?

Sema yaşlı gözlerini yere dikerek cevap verdi.

— Ben... Ben evlenemedim Serpil. Evlenmedim. İsteyenler oldu, her seferinde "Evlenebilirim" zannettim ama başaramadım. Mehmet'in aklını bozmasından sonra evlenmem mümkün değildi. Gençliğim bitti sayılır. Neden evleneyim, kendimi kendim beğenmiyorum. Bu sevgi çok kötü bir şeymiş Serpil. Ağır, çok ağırmış. Diri diri yanmakmış aslında.

— Mehmet'i hiç gördün mü?

— Hayır, düne kadar hiç görmedim. Aklını oynatmadan birgün önce görmüştüm. Elime bir mektup vermişti. Koca Sayfada iki mısra vardı mektubunda.

— Ne yazmıştı?

— Çok içli bir beyit. Diyordu ki:

Ne olur
Hissettiklerimi hissediyorsan eğer,
Bana iki satır yazıver.

Bir de duydum ki, çıldırmış! Ben de çıldırıyordum,

ama nedense çıldırmadım... Galiba iman beni çıldırmaktan kurtardı.

Sema hüzünle devam etti:

— Biliyor musun, ben dün Mehmet'i nasıl gördüm.

Serpil'in şaşkın bakışları arasında olup biteni anlattı.

Sema dünden beri meğer şokta olduğundan Serpil'le konuşurken birden kendine gelmiş, kanat çırpan serçe gibi çırpınıyordu:

— Kalk!.. Kalk Serpil, Mehmet'ime götür beni. Onu görmek istiyorum! Ne olur hemen kalk.

Apar-topar evden çıktılar. Mehmetlerin evine geldiklerinde, kapının ziline ısrarla bastılar. Dakikalar geçmesine rağmen kimse kapıyı açmıyordu. Yan komşusunun sesiyle irkildiler:

— Kimi aradınız?

Sema verdi cevabı:

— Mehmetlerin evini...

— Onların kapısı burası değil, öteki kapı.

İki kapı birbirine çok yakındı, telaştan şaşırmışlardı. Mehmetlerin kapısına doğru giderken, Sema'nın gözü pencereye takıldı. Mehmet, Sema'ya bakıyordu. Öldürücü bir bakıştı bu. Sanki hasret ateş olmuş, Mehmet'in gözünde yanıyordu.

Sema çakılıp kalmıştı... Yıllardır kalbinden söküp atamadığı, kendisi için aklını oynatan genç delikanlı, çökmüş bir adam olarak karşısına çıkmış, sanki dün gördüğü o değilmiş gibi ona bakıyordu. Dakikalar sonra kendine gelen Sema, bitkin bir ses tonuyla mırıldandı:

— Mehmet'im! Döndün mü canım?

Başka birşey söyleyemeden, duvara kapanıp ağlamasını sürdürdü. Artık ev halkı da, komşular da duymuş, herkes dışarı çıkmıştı. Ahşap pencereden Sema'ya bakmaya devam eden Mehmet, bu haliyle sadece Sema'yı değil, bu manzarayı gören herkesi ağlatıyordu. Mehmet'in Sema aşkını duymayan kalmamıştı.

Serpil Sema'yı kolundan tutup içeri soktu. Ev halkının hepsi, Sema'yla beraber ağlıyordu.

Bir ara Mehmet'in annesiyle Sema göz göze gelmişlerdi... Sanki dün hiç görüşmemişlerdi. Kelimelerin anlatamadıklarını, birbirlerine gözleriyle anlatıyorlardı.

Mehmet tepki göstermiyordu; ama sadece gözlerini Sema'nın gözlerine dikmiş, ona bakıyordu.

Sema karşısına geçip yaşlı gözlerle konuştu:

— Hoşgeldin Mehmet. Beni tanıdın mı?

Mehmet cevap vermiyor, aynı şekilde derin derin Sema'nın gözlerine bakıyordu.

— Konuş, ne olur Mehmet! Beni tanıdın mı?

Mehmet'in en son gönderdiği beyti ona okudu;

— Hissettiklerrimi hissediyorsan eğer, bana iki söz ediver.

Cevap vermiyordu Mehmet. Vermiyordu işte.

Ağlama sesleri biraz susmuştu. Herkes Mehmet'e, Mehmet ise yalnız Sema'ya bakıyordu. Saatlerce uğraştıkları halde, tek kelime konuşmuyordu Mehmet.

İstanbul akıl hastanesine götüreceklerini söylüyordu annesi.

— Hemen, yarın, yarın götüreceğim oğlumu!

Serpil ve Sema kadının gözlerine baktılar. "Marifetini gör." der gibiydiler. Kadın bunu anlamış, utancından başını çevirmişti.

Çareleri yoktu. Büyücü sahtekarların, "Büyü var, çözeceğiz" safsatalarıyla epey oyalanmışlardı. Yeni yeni uyanıyorlardı. Bu iş doktorsuz olmazdı. Artık kalkmalıydılar. Akşam olmak üzereydi. Serpil telaşını dile getirdi:

— Biz gidelim. Ama gitmeden bir şey sormak istiyorum. Mehmet düzelirse değişen birşey olacak mı?

Annesi cevap verdi:

— "Allah bilir." cümlesinden başka birşey söylemiyordu.

İki arkadaş ayağa kalkmış giderlerken, Sema son defa Mehmet'e baktı. Mehmet de gözlerini kırpmadan ona bakıyordu.

Evden çıkmış giderken Sema dönüp pencereye baktığında, yine Mehmet'le gözgöze geldi. Mehmet hareketsiz bir halde Sema'ya bakıyordu yine. Bir müddet durdu Sema... Birkaç adım atıp tekrar baktı Mehmet'e. Mehmet ağlıyordu bu kez. Yine hareketsiz, bakıyordu; ama gözyaşları sicim gibi akıyordu yanaklarından.

Sema da ağlayarak oradan ayrılmak zorunda kalmıştı.

Serpil'le bir müddet sessizce yürüdükten sonra konuşmaya başladılar.

Sema, içindeki ızdırabı haykırıyordu sessizce:

— Kahrolası ırkçı inanış! Nice genci mahvetti. Hep Çingenelerde değil, kiminde Kürt-Türk, kiminde başka ırklardan dolayı can yakıyor. Ah, bilinçsizlik ah... Biraz da aklı korumayı bilseydi, Mehmet bu hale gelmezdi. Allah'tan sabır isteseydi, olmazdı bunlar. Başta ırkçılık olmasaydı, hiç olmazdı ya...

Irkımı Ben Yaratmadım kitabında bir tesbit vardı. "Türkiye'ye aydınlık getirdik diyenler yalan söylüyorlardı. Kızlarına kolsuzluk, erkeklerine yolsuzluk getirdiler, onun adına da "Aydınlık getirdik" diyorlardı. Birkaç şehre sinema getirmekle, kadınları örtüsünden çıkarmak, meyhane ve kadın satış evleri açmakla Türkiye'yi aydınlattık sanmışlardı. Aynı kitabın tesbitlerine göre İslâmdan aldıkları intikamdan dolayı gözleri dönmüştü. Sevinç ve mutluluk onların akıllarını başlarından aldığı için, İslâm'ın gidişini, medeniyetin gelişi sanmışlardı. Köy-kent cehaletten kırılırken, onlar, dans öğrenenleri bilgili sanıp, Türkiye'nin kan ağlayan beldelerinde cehaletten yanan canların farkında bile olamamışlardı.

Doğru ancak bu kadar olur.

* * *

Sema defalarca "Çingene ile nikah olmaz inancı doğru değil." demiş, defalarca ama Mehmet'in annesi hâlâ "Nikah caiz değil." oiyordu.

"Kimse ne oldum dememeli,

Ne olacağım demeli!" -Anonim-

Herkes Sözünde Dursa Herkese Yiğit Denirdi

Serpil'in eşi askerden henüz gelmemişti. Serpil bazen annesinde bazen tanıdıklarında kalarak Melih'i bekliyordu. Ama Serpil çok acılar çekmişti. Onlar öyle acılardı ki, Melih'in anlaması mümkün değildi.

Selime Hanıma gitmiş bazı isteklerde bulunmuştu.

Selime Hanım Serpil'in istediklerini almıştı.

— Al Serpil'ciğim. On dosya kağıdı, iki zarf. Mektubunu çabuk yaz da çarşıya çıkalım.

Serpil söylentilerden habersiz, sevdiğini sandığı bir yazara mektup yazmaya başladı.

Selime hanımdan da odaya girmemesini rica etti:

— Girip çıkan varken dikkatim dağılır. Ne olur, bir müddet gelme ablacığım.

— Tabii gelmem kızım. Sen rahatına bak. Ben de güzel bir öğle uykusuna yatayım. Öğle uykusu sıhhattir.

Selime Hanım gülerek devam etti:

— Bende pek işe yaramasa da,kadını güzelleştirir. Ben de uyuyayım da hiç olmazsa kendime güzel görüneyim.

Serpil de gülerek katılmıştı bu fikre:

— Evet, çok doğru. Bir kasetten dinlemiştim. Efendimiz (sav) öğle uykusunu tavsiye etmiş. Duyduğum zaman çok şaşırmıştım. Bir de zeytine şaşırdım. Zeytini çekirdiği ile yutmak çok iyi bir şeymiş. Doktorlarda öyle tavsiye ediyorlarmış. Eee! O söylerse yanlış olur mu? Asla olmaz!

— Çok doğru. Neyse, ben gideyim de sen yaz. Benden de selam yaz hocana. Gerçi o kadına biraz kızıyorum, ama yine de seviyorum onu.

Serpil Selime Hanım'a manalı manalı baktı.

— İnsan dinine hizmet eden insanı sevmez mi abla? Şu fani dünyada o da bilirdi istediği gibi dinlenerek gezerek yaşamasını? Ev hanımı olur, istediği zaman çalışır, istediği zaman dinlenirdi. O zaman düşmanı olmazdı, kıskananı olsa da. Ama o "Ben bu âleme, hoşa gidecek şekilde yaşamak için değil, İslâm'ın istediği gibi yaşamak için geldim." diyor. Sen de ona kızıyorsun. İşte bu hoşuma gitmedi.

* * *

Kalemi eline aldığında heyecanlıydı.

"Yazar da cevap alamazsam" diye bir endişe yaşıyordu. Sonunda mektubunu yazmaya başladı.

"Esselamu Aleyküm.

Canım Hocam, Sevgili Ablam,

Sana bu mektubu çok mecbur kaldığım için yazıyorum. İnşallah cevap verirsin. Biliyorum, sana yazan çoktur, ama bir umut, diyorum. Belki şansım yaver gider.

Canım Ablam, defalarca sana mektup yazıp yazıp yırttım. Fakat bu defa kararlıyım.

Sözlerime nerden başlıyacağımı bilemiyorum. Bir karmaşık ruh alemindeyim. Hayatımın hangi ucunu tutsam, karşıma karmaşa çıkıyor. En önemlisi şu anım. Kendimi dünyada yapayalnız hissediyorum. İnsanın bence en büyük derdi, kendisini yalnız hissetmesidir. Bilirmisin bilmem ablacığım, bu his kor gibidir, yakar insanı."

Serpil uzun uzun hayatını yazdıktan sonra, kendisini üzen bir başka şeyi de belirtmeden geçemedi.

"Ben çevremde mücahide olarak tanınırım. Beni kim görse 'kaset doldur.' diyor. Bir an şeytan içime 'Acaba doldursam mı' diye vesvese verdi. Bu düşüncem bir anlık gelip geçiciydi. Bu konuda da birşeyler yazarsan sevinirim. Sakın etkili olmaz demeyin bana cevap yazın. Beni boş vermeyin hocam."

Serpil, içindeki duygularla mektubu doldurmuş, sonra gidip postaya vermişti.

Rahatlamıştı Serpil. Sanki öz ablasına mektup yazmış gibi hissediyordu kendisini.

Düşünceli düşünceli yürürken, bir elin omuzuna değdiğini hissetti. Birden geriye döndüğünde, ağabeyi Hüseyin'i gördü.

Melihle evlendikten sonra, başta çilekeş annesi olmak üzere, bütün akrabaları ona yüz çevirmişti. Şimdi ağabeyinin kendisiyle konuşması ona çok büyük sevinç kaynağı olmuştu.

— Aa! Ağabey, sen misin? Birden çok sevinip şaşırdım da.

Aslında Serpil çok sevinmişti. Bu ağabeyi daha önce "Serpil'e hakaret etmişti şimdi ise onunla konuşuyordu.

— Seni görünce dayanamadım. Zaten hastayım da. "Ölümlü dünya, dargın gidip elimize ne geçecek?" dedim.

— Neyin var ağabey?

Ağabeyi üzgün üzgün Serpil'e baktı.

— Ne yok ki. İçtik içkiyi içtik, pisi pisine gidiyoruz şimdi. Allah'a ne diyeceğim bilmiyorum. Galiba kanserim de var. Benden saklıyorlar, ama ben biliyorum... Bari imanlı gitseydim.

Serpil, kanser sözü üzerinde hiç durmamıştı. "Vesvese" diye düşünüyordu.

— O kadar istiyorsan tevbe edersin ağabey. Zor birşey değil ya.

— Artık bu saatte olur mu? Gerçi zaten imanlıyım ben. Sadece günahım var. Bilirsin, günah da işlesem, ben Allah'ımı severim. Dinimi severim.

— Bilmez miyim ağabey, çok iyi bilirim. Kızınca ağzından çıkanı kulağın duymaz, ama sonra sakinleşirsin.

Ağabeyi birden konuyu değiştirmişti.

— Bana bak Serpil! Sakın seninle konuştuğumu kimseye söyleme.

— Neden ağabey?

— Neden olacak be kızım. Sen o herifle evlenince o kadar attık-tuttuk, "Konuşursam şöyleyim-böyleyim." dedim. Şimdi "Erkeklik öldü mü?" diye adama sorarlar. Sen sakın söyleme olur mu?

— Olur ağabey, söylemem. Yeter ki sen üzülme. Yalnız, bu yaptığın, nefse fırsat vermektir. Hep nefsin hilesi onlar. Ne olur insan hatalı bir sözünden dönerse? Sanki şerefi kirlenirmiş gibi bir imaj vermişler.

İkisi beraber yürürken Hüseyin tedirgindi:

— Haklısın, ama ne yapalım be. Alışmışız bir kere. Sanki sen o gençle evlenince büyük suçluymuşsun gibi, sana tavır aldık. Sinirimiz geçti ama şimdide sözümüzde boğuluyoruz.

Ayak üstü bir müddet konuşmuşlardı. Ağabeyi, "Epey konuştuk. Bir kaç hafta geçsin bize gel olur mu?" dedikten sonra vedalaştı.

— Sağol abi. Tabi gelirim. Yalnız sana şunu söyliyeyim. Eller dinsiz ya da kötü yola düşmüş bacılarından utanmazken, senin benden utanacağına zaten ihtimal vermemiştim ağabey.

— Biliyorum biliyorum. Onları sonra konuşuruz. Hadi bana eyvallah kardeşim. Bir sıkıntın olursa bana gel.

Serpil yalnız kalınca bir müddet ağabeyiyle barışmasının sevincini yaşadıktan sonra yine kendi alemine dalmıştı. Serpil'in hayalleri çok farklılaşmıştı.

Serpil uzun uzun hayatını yazdıktan sonra: "Beni yanına al." dediği için hayallerine göre hocası "Hemen gel." diyecekti.

Onbeş günü iple çekmişti. Selime Hanım'a dert yanmaya başlamıştı:

— Hâlâ cevap gelmedi abla. Öyle sıkılıyorum ki. Buralarda duramayacak hale geldim. Ne oldu bana bilmiyorum. Buralar beni sıkmaya başladı.

Selime Hanım Serpil'in yüzüne bakarak cevap verdi.

— Sıkıntı mekandan değil insanın içinden gelir. Taktın kafayı İstanbul'a. Orada para gökten yağmıyor ki. Sana kaset doldur diyoruz, dinlemiyorsun. Sesini harcıyorsun.

Serpil'in birden yüz hatları değişmişti:

— Allah korusun! Rabb'im beni şeytana uymaktan muhafaza etsin.

Birden postacıya ilişti gözleri. Postacı bahçe kapısından girmişti. Kalbi heyecanla çarparken, Serpil yerinden fırladı. Hemen dış kapıya doğru yürüdü. "Mutlaka hocamdan mektup var." diye düşünmeye başladı.

Sonra "İmkansız." deyip birden bire umutları sönüverdi. Kendi umudunu, kendi neşesini kendisi bozmuştu.

Postacının sesiyle irkildi.

— Postaaa!

Kapıyı açmış, postacıdan mektubu almıştı. İçeri girdiğinde önce mektuba baktı, onu öptükten sonra titrek elleriyle açmaya başladı.

Heyecanı had safhadaydı. Mektup, beklediği yazardan geliyordu.

Hemen okumaya başladı:

Ve aleyküm selam

Değerli mücahide kardeşim Serpil. Gönderdiğin dert dolu mektubu aldım. Adeta benim uykularımı kaçırmaya niyet etmiş gibi yazmışsın. Muvaffak da oldun kardeşim.

Gerçekten durumun beni çok üzdü.

Ne yazık ki böyle bir mektup sadece senden gelmediği için, üzüntülerim kaça katlanıyor sen düşün. Sen bir değilsin ki, derdim katlanmadan dursa. Keşke imkanım olsa da hepimize kucak açabilsem.

Ben önce sorularını cevaplandırmaya çalışıp, asıl istediğin konuya daha sonra değineyim.

Ben, benden derdine çare isteyen herkese şunu söylüyorum. "Kardeşim, bir işi yapmadan önce, iyi mi yapıyorum kötü mü yapıyorum diye sormuyorsunuz; sonra işler şarpa sarınca, "Ne yapayım, diyorsunuz. Ama artık yapacak birşey de kalmamış oluyor. Sen de öyle yapmışsın. Keşke bu evliliğini bana daha önce sorsaydın, "Kesinlikle kendinden çok küçük biriyle evlenme, hayatı zehir etme, çocuğun olmazsa, eşinin yakınları sana düşmanmışın gibi bakar." derdim. Dört-beş yaş küçük oluşu idare edebilir, ama İslâm'a uymayan ölçülerle yaşayan bu günün insanları seni üzerler diye, onu da tavsiye etmezdim.

Bunu yazarken, sakın "Haram işledin." demek istediğimi zannetme. Benim inancıma göre, günümüzde kadınlar kendilerinden küçük erkeklerle evlenebilmeli. Bu konu patlamaya hazır sosyal bir konudur. Zira, erkeklerde yetmişliklerin gözü bile onsekizlik kızlarda olduğu için, yaşlı veya ortayaşlı dul hanımların çoğu evlenemiyor. Dengesizlik aldı başını gidiyor. Ben devlet olsam, yaşlı ve dul erkeklerin, -şu ortamda- genç kadın özellikle genç kız almalarını yasaklardım. En azından dengeler düzelene kadar yapardım bunu. Senin evliliğin, tekrar ediyorum, suç değil. Ancak, insanlarımız, kendisinden çok küçük bir kız alan erkekleri alkışlarken, kendisinden epey küçük biriyle evlenen kadını, kızı aşağılamaktadır. Halbuki tam tersi, asıl yaşlı bir erkek, kendisinden çok küçük bir kızla evlenirse, ilerde problem çıkması kesin bir olay olacağı için kınanmalıydı, maalesef durum âdil bir şekilde değerlendirilmiyor; ama dinen caiz olan bir evlilik, sanki gayri meşru, gibi eleştiri alıyor. Pardon, yanlış söyledim, gayri meşru yaşayanlar o kadar eleştiri almıyor, hakarete maruz kalmıyor. Üstelik reyting onların elinde gidiyor. Hemen söyleyeyim, benim eşim de benden üç yaş küçük, ama aramızda yaş hiç problem olmadı.

Sen, otuzbeş yaşındaki bir erkek, 26 yaşında bir genç kız aldığında o erkeğe "sübyancı" dendiğini duydun mu? Ama sen kendin için bunu duyduğunu yazıyorsun. Duyarsın, çünkü bu ülkede ve diğer ülkelerde, bütün kötülüklerin veya olumsuzlukların bedelini genelde kadınlar öder. Sahabe devrinde ise bu böyle değildi.

Eğer güçlüysen korkma, zaten senin için söyleyecek bir şey kalmamış. Evlenmişsin. Ailesi eşine baskı yapmazsa, mutlu olma ihtimalin var. Bir de aileden baskı gelirse;

"O senden yaşlı, gel sana bir kız alalım," derlerse, işte o zaman diri diri yanarsın Serpil. Kocan bir anlık bi-

le o sözlerin etkisinde kalsa, bir ömür o acıyı unutamazsın. Dilerim Allah'tan, senin böyle bir problemin olmaz. Hiç bir kadının, hiçbir erkeğin, böyle acı verici bir sitemi bir saniyelik bile duymalarını istemem.

Mektubunda beni sevindirici bir kesit de var. Diyorsun ki, "Melih hiç evlenmeyi düşünmüyordu, benim mücahide oluşumdan dolayı bu kararından vazgeçtiğini söylüyor. Ailesi de çok iyi karşıladı, diyorsun. İşte verdiğin bu bilgiler bana umut verdi. İnşallah hüsrana uğramazsın Serpil. Dilerim, Melih de sözünde durunlardan olur.

Evliliğinizde bir yanlış da, eşinle askere giderayak evlenmeniz olmuş. İnsanlık hali, bazen kural dışı böyle evlilikler yapılsa da, -çünkü haram değildir,- dinen pek tavsiye edilen bir durum da değildir. Erkek, ailesinin maişetini temin edecek güce gelmeden evlenmemelidir. Sizde müstesna bir durum olmuş, Allah mesut etsin, demekten başka... konuşmanın bir manası kalmıyor.

Her şeyde ifrat ve tefritte olan insanlar üzerine gelirlerse kendini üzme. Yaptığın iş haram değilse, üzülme... İnsanların görüşü önemli ama, onların görüşü İslâm'a uygunsa önemlidir, değilse hiç önemi yok!.

Mektubunda, "Bir an aklıma, İslâm'a muhalif işler geliyor." diyorsun. Sakın ha. Gerekirse sokakta simit sat. Kadın böyle işler yapamaz diyerek seni ayıplayanlara da de ki; bana yardım etmediniz! Bana düzene göre muamele edenler, beni İslâm'a göre yargılayamazlar! Siz hangi kurala göre beni yargılıyorsunuz?" dersin.

Sözlerinin içinde çok güzel cümleler var. Ancak her güzel cümle mutlak İslâmi'dir anlamına gelmez. Dikkat et, seni şeytan ve şeytanlaşmış insanlar, mantıklı konuşmalar ve vesveselerle aldatabilirler. Senin gibi mücahid ruhlu bir kadın bunları düşünemez. Her halde bunalım geçirdiğin için bir anlık vesveselerdir bunlar. Bir anlık düşünceler, uygulamaya geçilmedikçe düşüneni küfre, günaha sokmaz. Tabi tevbe ederse. Kötü düşünceden memnunluk duyarsa iş değişir.

Sorularından biri oldukça önemli. Mektubunda diyorsun ki: "Ben çok mücahide biriydim. Azimli, kararlı ve yürekliydim. Birden bire o kadın gitti, yerine yılgın, korkak, sanki hiçbir şeyi başaramayacak bir kadın geldi. Kendimi anlayamıyorum. 'Nasıl bu hale geldim?' diye kendimi yedim bitirdim."

İçinde bulunduğun durum, insan üstü veya insan altı bir durum değildir. Her insan zaman zaman bitkinleşebilir... Maneviyatının voltajı düşebilir... Umutları umutsuzluğa dönüşebilir... Mevsimleri ansızın değişebilir... Yeterki akiden düzgün olsun. Düzgün akideli insan eğrilerek düşse de doğru kalkar. Sana rahmetli Necip Fazıl Kısakürek' in bir sözünü yazayım.

Ona bir gün diyorlar ki:

— Üstad! Siz bizim lokomotifimizdiniz. Bir yıldır sesiniz çıkmıyor, neredeydiniz?

O, üstün zekasıyla şu cevabı veriyor:

—Her lokomotif, hızlı yol alırken, bazen tünele girer, sonra tekrar çıkar. Ben de tüneldeydim, çıktım.

İnsanların insanı yıpratarak üzerine gelmesi seni böyle bir atmosfere sokabilir. Kalbindeki kırgınlık bütün bedenini sarar. Efendimiz, "Vücudumuzda öyle bir parça vardır ki, o hastalanırsa bütün vucut hastalanır." buyu-

rur. Bu parça manevi hastalığı kastediyorsa kalp, değilse guatırdır. O yüzden Müslümanın Müslümanı üzmesi harımdır. Üzülen kalp Allah'a yorgun olarak yönelir. Fakat insan kendisini yenileyen olduğu için, bu durumdan kolay çıkar. Kendini, hak yolda, şeytanın hidayetiyle değil, Allah'ın hidayetiyle geliştirmeye çalışırsan üzülme, sen de girdiğin tünelden çıkarsın. Ama yanlış yolda gidersen, çıktım sandıkça batarsın.

Gelelim mektubuna cevap verişimin asıl sebebine:

Israrla benim yanıma gelmek istediğini söylüyorsun. Vereceğim cevaba belki çok üzüleceksin, ama buna mecburum. Senin gibi, aynı istekte bulunan binlerce kardeşim var, fakat benim sizleri ağırlayacak bir yerim yok... Keşke imkanım olsaydı da sizler gibi mağdur durumda kalan kardeşlerime yardımcı olabilseydim.

Benim sana şu anda yapabileceğim tavsiyelerin hepsi seni sinir edebilir. Ama benim başka imkanım olmadığı için, sana şunu söylüyorum. Elalemin en iyisinden, senin ailenin en kötüsü sana daha faydalıdır. -Sapık, tacizci aile hariç- Sen ağabeylerinin yanına git."

Serpil son cümleleri okudukça soğuk soğuk terler dökmüş, mektubu elinin içinde buruşturmuştu.

Bir müddet ağladıktan sonra, İstanbul'daki arkadaşına telefon açmaya karar verdi. Selime Hanımı bekliyordu. O gelince ondan telefon açmak için izin isteyecekti.

Sanki saniyeler haftalar gibi uzuyordu. Nihayet Selime Hanım gelmiş, Serpil telefonunu açmış, arkadaşına İstanbul'a gitmek istediğini söyledikten sonra, soruyordu:

— Hiç korkma canım. Bir yerde iş bulana kadar senin evinde kalır, sonra ev tutup yanından ayrılırım. Beni kabul ediyor musun?

Arkadaşının "Ne iş yapacaksın?" sorusuna cevabını üzüntüyle veriyordu:

— İslami faaliyet yaparak bir yerden aylık alabilseydim çok iyi olurdu. Ama kadınlara her yerde az maaş veriyorlar veya hiç vermiyorlar. Paraları kasasına dolduranlar da, parası olmayanlar gibi dert yanıyor. Bu yüzden en güzel para hizmetçilikte var. Yada kapı kapı gezer, kitap satarım.

İki arkadaş anlaşmış, Serpil İstanbul'a gitmek için hazırlanmıştı.

Ertesi gün garaja giden Serpil, İstanbul için biletini kestirdiğinde hayal ediyordu. Kendisini reddeden yazar hocasına da bir kere uğrayarak ona kırgınlığını dile getirecekti.

Herkes, dünyaya kendi penceresinden bakar.
Halbuki, bazen de başkasının
penceresinden bakılmalıdır!

Buzağıya Tapanlar da İnsan Soyundandı

Serpil İstanbul otobüsünün ön koltuğuna oturmuştu. Otobüs yarım saat sonra kalkacaktı.

Herkes kendi ruh dünyasına göre hissederdi zamanın akışını. Serpil'e göre de zaman sanki durmuştu. Neden gitmiyordu ki bu otobüs? İnsanlar neden acele etmiyordu? Çok geçmeden yanına bir genç kız gelip oturmuştu. Serpil kendi dünyasından baktı ona. Genç kız gülümseyerek selam verdi Serpil'e. O da selama karşılık vererek yine kendi alemine dalmıştı.

Dışarıyı seyrederken geçmişini düşünmeye başlamıştı. Hiç ummadığı olumsuz hayat onu bulmuş, mutsuz etmişti. Şimdi kararsız kararsız bakıyordu gökyüzüne. Bazen yaşamaktan yorulduğunu hissediyor, sonra, hangi şartlar haiz olursa olsun, hayatın büyük bir nimet olduğunu anlayarak tevbe ediyordu.

Sonra otobüsteki insanlara gözgezdirdi. Bütün kadınlar ona mutsuzları oynayan sahne oyuncuları gibi geliyordu.

Şu kız... Rol icabı gülüyor... Şu kadın da öyle, yalancı kahkahalar... Herkes ne de güzel rol yapıyordu.

Serpil yanında oturan genç kıza sordu:

— Nereye gidiyorsunuz?

— İstanbul'a gidiyorum.

— Orda mı oturuyorsunuz?

— Hayır. İzmir'de oturuyorum.

Serpil tam "Neresinde oturuyorsunuz?" diye soracaktı ki, genç kızı Tepecik'te gördüğünü hatırladı.

Genç kız devam etti:

— Siz nerde oturuyorsunuz?

— Tepecik'te.

— Ben de Karşıyaka'da oturuyorum.

Serpil genç kızın yalan söylediğini anlamıştı. Çok iyi hatırlıyordu, onu sık sık işe giderken görmüştü.

Yalanını yüzüne vurmamak için sormadı. İçinden kahretmişti. En kötü batakhanelerde oturanlar oturduğu muhiti saklamazken, bu genç kız saklıyordu.

Kendi ırkından utananları kim yetiştirmişti herkes gibi Serpil de bunları bilmiyordu.

* * *

İstanbul'a geldiğinde arkadaşının Fatih'teki evini aramaya başlamış öğleye doğru evini bulmuştu. Arkadaşı onu görünce sevinmiş bağırıyordu.

— Canım arkadaşım, hoşgeldin sefa geldin! Buyur, içeri gir.

Misafiri ilk karşılayış çok önemliydi. Misafir sonradan kovulmaz, ilk karşılayış sonu tesbit ederdi.

İki arkadaş içeri girdiklerinde, Arkadaşı çayı ocağa

koymuş Serpil'le sohbeti koyulaştırmışlardı. Serpil'in aklı fikri, tek umudu gördüğü yazardaydı. Onu bir an önce bulmak istiyordu. İlk işi ona telefon açmak olmuştu.

Telefona cevap veren kişi, bir dakika beklemesini sonra yazarla görüşeceğini söylemişti.

Beklediği kişi telefondaydı.

— Buyurun!

Şimdi ne diyecekti ona. Hakaret etmeye kıyamıyordu. Düşünürken yine aynı sesi duydu.

Yazar tekrar ediyordu aynı sözü.

— Buyrun, sizi dinliyorum.

Kekeleyerek sordu:

— Nasılsınız can ablam, iyi misiniz?

— Hamdolsun bacı. Allah bu günümüzü aratmasın. Siz nasılsınız?

— Size çok kırgınım, ama yine de kılınıza zarar gelsin istemem. Allah size sıhhat ve afiyet versin.

— Bana kırgın mısınız? Sizi tanıyabilir miyim? Tabi neden kırıldığınızı da öğrenmek isterim.

— Hani size gelmek için mektup yazmıştım ya. Hatırladınız mı?

— Bana bir tek mektup gelseydi sizi mutlaka hatırlardım. Fakat yüzlerce kardeşimden "Yanınıza geleyim." diye mektup aldığımdan, sizi nasıl hatırlayabilirim siz söyleyin.

— Doğru ya, birden düşünemedim. Şey... Sizi görebilir miyim? Neden kırıldığımı da o zaman anlatırım.

— Olur, yarın değil, öbür gün buyurun görüşelim. Belki kırgın kalbinizi de düzeltiriz.

Serpil telefonu kapattığında gözyaşlarını tutamıyordu.

Arkadaşı şaşırmıştı:

— Hayırdır inşallah! Yaptığın konuşmalarda ağlayacak ne vardı?

— Sen anlayamazsın onu. Çok sevdiğin insana çok kırıldığın halde yine onu seversen, nefret edemediğin halde nefret etmek istersen, onun sesi bile seni ağlatır.

— Aaa! Hiç bile değil. Ben nefret edilmesi gerekenden hemen nefret ederim. Sen de öyle yap.

— Senin ölçülerinde bu mümkündür, ama bana uymuyor. En azından şimdilik.

Eğer sevdiklerimiz hiç hata yapmaz diye inanıyorsak, onu Allah gibi görmüş oluruz da farkında olamayız

Gerçek Buluşma Gününe Bakmalı

Serpil'in beklediği gün gelmişti. Ablasıyla buluşacağı yerin merdivenlerini çıkarken heyecanı had safhadaydı.

Nihayet onun karşısındaydı. Kalabalık bir ortamda bulmuştu onu. Okuyucuları, öğrencileri etrafındaydı. Serpil bir müddet kendisini tanıtmadan ablasını izleyecekti. Sarılıp hoşbeş faslından sonra kendisine gösterilen sandalyeye oturmuştu. Serpil etrafına gözgezdirdi. Genişçe bir salon duvarları boydan boya kitaplıklarla kaplıydı, cam kapaklarının ardından yüzlerce kitap gürünüyor. Yerler yaylalarımızın yeşili çim rengi halıyla kaplıydı kitap ve çiçek ve birkaç çekyat dışında başka bir eşya göze ilişmiyordu.

Ablası masanın başında telaşlı telaşlı telefon açıyor, ısrarla birini soruyordu. Aradığı kişiyi bulamayınca Serpil'e döndü.

— Aceleniz var mıydı kardeş? Sizinle ilgilenemiyorum ama...

— Hayır. Sizi ziyarete geldim. Konuşacaklarımı sonra söylerim.

— Biraz telaşlıyım. Bir problem var da kusura bakmayın, birazdan sizi dinlerim.

Misafirlerden biri teklifini sundu:

— Biz de yardımcı olalım isterseniz.

— Şimdilik olamazsınız. Çünkü bu gün kendime çok kızgınım.

Misafirler içinde olan ortayaşlı kadın gülerek sordu:

— Allah Allah! İnsan kendisine nasıl kızar? Ya da kızabilir mi?

— Tabii kızar. Kendisinin suç işleyip işlemediğine bağlı bu iş.

— Hayırdır inşallah! Neden kızdınız?

— Neden olacak. Bugün profesör İhsan Süreyye Sırma ile konuştum. Çingeneler hakkında araştırma yaptığımı söyledim, ondan bazı konular hakkında bilgi istedim. Ne öğrensem iyi? Çingenelerle kıptiler ayrı ayrı kavimlermiş. Ben Çingeneyle kıptiyi aynı ırk sanıyordum. Çok eksiklerim var. Durmadan okuyayım diyorum, ama istediğim kadar okuyamıyorum. Bizler de, "Yazar her şeyi bilir." sanıyoruz. Bu da üzücü bir şey. İnsan, olduğundan fazla bilinmemeli. Bu durum beni rahatsız ediyor. Daha cinsdaşlarımın ırkını bile bilmiyorum. Hâlâ kendime kızmayayım mı?

Serpil bu konuşmalara çok şaşırmıştı.

— Olamaz, Kıpti diye Çingenelere söylüyorlar hocam.

— Yakında öğreneceğim. Bu Çingeneler konusu çok canımı sıkıyor. Bu konuda bir roman yazacağım. Ama kişilikli, hayatı roman olabilecek bir Çingeneye henüz rastlamadım. İnsan korkuyor, romanını, dik duruşlu, şahsiyetli diye yazarsın, gün gelir o kişi bozulur, bu defa insan fıtratını tanımayan okuyucu zanneder ki, o kişi hakkında doğru yazmadı. Halbuki insan bu, bugün çok iyi yarın çok kötü, ertesi gün yine çok iyi olabilir. Bu yüzden problem var. Düşünmezler, Muhammed ümmeti bozulur da yazarın kahramanı bozulmaz mı? Eğer aradığımı bulamazsam araştırma, inceleme çalışması yapacağım.

Orta yaşlı hanım yüz hatlarını kırıştırarak söylendi:

— Onlarla uğraşma hoca hanım. Onlar çirkefleşmişler. Düzelmeleri mümkün değil. Küfürlerini kavgalarını duysan, onlar için roman yazmaya değmeyeceğini anlardın.

Yazar bu söze çok sinirlenmiş, tam cevap vereceği anda Serpil girmişti devreye.

— Çingene olmayanlar küfür etmiyorlar mı?

Kadın şaşırmıştı:

— Onlar da küfür ediyorlar, ama ne bileyim, Çingeneler düzelmez diyorum.

Herkes birşey söylüyordu:

Bir başka kadın:

— Canım, onlar da insan. Neden küçümsüyorsunuz?

Hoca Hanım acı acı güldükten sonra konuya girdi.

— "Onlar da insan" demek bile fazlalık olarak kullanılan sözlerden biri. Tabii ki insan. Zaten benim kafama takılan şey şu: Çingenelerin insan olduğu kesin de, onları insan yerine koymayanlar insan mı? İşte ben onu düşünüyorum.

Serpil'in aklı kıpti konusuna takılmıştı.

— Hocam, ben merak ettim, kim o İhsan Süreyya Sırma? Söylediği mutlaka doğru mudur?

Yazar ablası cevap verdi:

— Allah'tan başka hiç kimsenin sözü mutlak doğru olamaz. Peygamberler din konusunda yanlış yapmazlar, çünkü onlar Allah'ın tenbihiyle konuşurlar. Hocamıza gelince, o, hem düzenden, hem Müslümanım diyenlerden darbe yiyen bir araştırmacıdır. Doğrularını alırız, şüphe ettiğimiz sözleri varsa almayız veya araştırırız. Bu kural her yazar için geçerlidir.

— Başka ne dedi? Doğrusu merak ettim. Çok da şaşırdım. Ben de şimdiye kadar kıptilerle Çingeneleri aynı kişiler sanıyordum.

— Kıpti dediğimiz kavim, Eski Mısır kavmiymiş. Ama ben bunları yeni öğreniyorum. Bilmediğim konuların zaten haddi hesabı yok.

Serpil'in bu konu çok hoşuna gitmişti.

— Hocam! Sizce Çingeneler neden bu kadar dışlanıyor?

— İnsanlığa İslâmî ölçülerde bakılmadığından dolayı dışlanıyorlar. İslâm'a göre insan, insandır. İnsanlığın ölçüsünü İslâm'dan almayanlar, bazı ırkları aşağılık, bazı ırkları da üstün ilan etmişlerdir. Bir de Allah'ın Kur'an'ına baksalardı, insanın değerinin sadece inançla değişeceğini anlayacaklardı. Ne yazık ki bu konuyu, özellikle ırkçı ideolojiler duymak bile istemiyorlar. Her şeyi tanımaya çalışan insan, hâlâ kendisini tanımıyor. Durmayalım kardeşler, hiç durmayalım. Düzenli bir şekilde okuyalım? İslâm'ı yaşayarak insanlığa anlatalım.

Serpil her şeyi unutmuş, konuyla yoğunlaşmıştı. Bildiği şeylerdi bunlar, ama bunu "Hocam" dediği kişiden duymak çok hoşuna gitmişti. Tarifsiz bir sevinç vardı içinde.

Birden, aklına geleni sordu:

— Peki hocam, siz Çingeneler hakkında ne yaptınız? Onların gururlarıyla oynandığını biliyorsunuz. Bilmek yeterli mi?

— Ben konferanslarımda bu konuya değiniyorum. Hatta bir defasında benim Çingene olduğuma karar vermişler. Ben de "Değilim" demedim. Benim böyle tuhaf protestolarım vardır. Bazı yazılarımda da. Birkaç da şiirim var bu konuda. Öykülerim var. Fırsat bulup bastırmadım. Şimdi bir de roman yazacağım... Roman'a zaman bulamazsam hikaye olarak yazacak, yine de vermek istediğim bilgileri okuyucuma ulaştıracağım. Ne yapayım, Çingeneliği kabul eden kardeşlerime de, Çingeneliğin aslını bilmeyen kardeşlerime de küçük bir hediyem olacak bu eserciğim. Benim gücüm buna yetiyor. Sahi, bende daldım gidiyorum. Sizi dinlemedim.

Serpil, kendisini tanıtıp bütün hayatını, bütün olayları başından sonuna kadar anlatmış, sonra da sitemini ilave etmişti:

— Yaa... Hocam, benim elimden tutmadınız. Sizi affedemiyorum.

— Söyledim ya. Hanginize yetişeyim?.. Benim elimden gelen bu kadar. Hem sana bir şey söyleyeyim mi Serpil. Benim yanıma kim büyük umutlarla gelmişse ve de ben bu büyük umut sahiplerinin elinden tutmuşsam, tutabildiğim kadar, inan üç-beş kişi hariç hepsinden darbe yemişimdir. Çünkü çok büyük umutlarla geliyorlar. Ben onların umut ve hayâllerine yetişemem ki. İnanır mısın, son günlerde psikolojim bozuldu. İnsandan korkuyorum.

Serpil, yazar Hanım'ı dinledikten sonra misafirleri beklemeyi yeğledi.

Misafirler gittikten sonra ricada bulundu.

— Sizin Çingene şiirinizi rica etsem okur musunuz? Hem ben çok farklıyım. Ben asla nankörlük yapmadım.

— Ezberimde yok ama şuralarda bir yerlerde olacak, dur senin için bulayım onu.

Çok geçmeden şiiri bulmuş, Serpil'e okuyordu.

BEN BİR ÇİNGENEYİM

Müslümanın terk ettiği,
Muhatap olmadığı,
Devletin görmediği,
Bir Çingeneyim ben.

Ben de dokuz ayda doğdum,
Ben de nefes alır veririm,
Ben de üzülür, ben de ağlarım.
Beni sormaz hiç kimse,
Uğramaz tebliğci bize...
Toplum beni yargılayıp atar,
Rengime, ırkıma bakar...
"Çin"le Gane" adındaki masalı,
Bana mâl ederler üstü kapalı.

Benim de annem-babam var,
Benim de umudum, sevincim var.
Selâm vermezler bana, nasıl geleyim?
Selâm vermezler, çünkü,
Ben bir Çingeneyim.

Serpil çok sevinçliydi.

— Varol hocam! İşte seni bunun için çok seviyorum. Çingeneleri bile kendinden küçük görmüyorsun.

— Bileyi neden kullandın? Bence o "bile" Burada çok sevimsiz bir ektir. Benim Çingeneden neyim fazla?

— Ne bileyim? Hiç ırkçı değilsin. O yüzden seni çok seviyorum, dedim ya.

— Kardeşlerimin hiç biri ırkçı değiller ki. Irk ayrımını İslâm'a göre düşünmeyenler yapıyorlar.

Hoca Hanım şüphelenmişti Serpil'den. Çingene konusu üzerine çok gidiyordu.

Serpil'in aklı fikri Çingenelerle kıptiler konusuna takılmış kalmıştı.

— Kıpti konusunu nereden öğreneceğiz?

— Araştırıyorum. Durmadan araştırıyorum.

— Rica etsem ben de yanınızda bulunabilir miyim?

— Yanımda birileri varken hiç çalışamam. Ama kütüphanelere, arşivlere beraber gidebiliriz. Ayrıca ben bulduğum her şeyi sana okurum. Gerisini de kitaptan okursun.

* * *

Günler geçmişti. Yazarla Serpil iyice samimi olmuşlardı. Yazar Hanım Serpil'e sormak istediklerini soracaktı.

— Serpil!

— Efendim Hocam.

— Bir şey soracağım ama seni kızdırmaktan korkuyorum.

— Sana kızsam da söylerim Hocam. Nedir sormak istediğin?

— Bak Serpil. Çingeneleri çok iyi bilirim. Kasımpaşa'da oturdum, Çingene komşularımız vardı. Merhametlileri çoktur. Onları yakından gördüm. Çünkü içlerinde yaşadım. Biraz senin Çingene oluşundan şüphe ediyorum. Eğer Çingeneysen, çekinmeden bana söyle. Benim için Müslüman olmak önemlidir. Kim hangi ırktan olursa olsun, beni hiç ama hiç ilgilendirmez. Diyeceksin ki "O halde neden soruyorsun?" Neden sorduğumu sonra söylerim. Sen önce Çingene olup olmadığını söyle. İmanlı birisin. Irk ayrımı oyununa gelmezsin.

Bu sözler üzerine Serpil, "Ondan saklamanın bir anlamı yok." diye düşünerek cevap verdi.

— Evet. Ben bir Çingene Müslümanım hocam! Daha doğrusu kendimi öyle biliyordum. Fakat babam Türkmüş. Aslında annem de Zenci ama bana Çingene diyorlar.

— Çok güzel! Seni tebrik ediyorum. Kendisini saklamayanlar daha çok saygı görür Serpil. Sen ırkından utanırsan, başkası o ırka nasıl güzel baksın istersin? Bak Serpil! Bu konularda bir çığır açmak lazım. İnsanlar ırklarından değil, kötü iş yaparlarsa yaptıkları işlerden utanmalılar. Gel, seninle bir ilki gerçekleştirelim. Soran olursa herkese Çingene olduğunu söyle. Melezim filan da deme ha!

Serpil biraz düşündükten sonra cevap verdi:

— Söylerim tabii. Ama şu kıpti ile Çingene konularını da araştıralım. Biz kimiz, nereden geldik? Neden böyle aşağılanıyoruz? Bunları iyice öğrenmek istiyorum.

— Tamam. Yarın gel, bazı kaynaklara bakalım. Sonra topladığımız belgeleri beraberce okuruz.

Ertesi gün masanın üzerine kaynakları dizen yazar hanım, fikrini Serpil'e açıkladı:

— Önce kıbtilere bakalım. İlk olarak, Büyük Türkçe Sözlük ne diyor, onu okuyalım.

Kıpti olarak değil, kıbtî olarak ele alıyor bu sözlük. İşte yerini buldum. "Kıbtî. Eski Mısırlıların Araplaşmış torunları olan Mısır köylüsü. Fellah, Çingene. *(Birlik Yayınları, Sayfa: 634-635.)*

Burada böyle tarif etmiş. Fakat aynı Lügat Çingene için bak ne diyor:

"Çingene; dünyanın bir çok yerine Hindistan'dan yayıldıkları sanılan, esmer renkli, elek kalbur gibi ufak-tefek şeyleri imal ederek, Çalgıcılık ve falcılık yapan göçebe kavmi. Yüzsüz, arsız, hayırsız, çığırtkan kimseler."

Serpil bu ifadelere çok sinirlenmişti.

— Gördün hocam, gördün işte. Sözlüklerde bile arsız, yüzsüz, fala bakan insanlar diyor. Demiyor ki, içlerinde çok namusluları, çok dürüstleri de var. Fala inanmayan Müslümanları da var. Söyle, lügatlarında bile bizi böylesine aşağılayan insanların karşısında ben nasıl "Çingeneyim" diyeyim? Benimle daha çok alay etsin diye mi? Küçük görsün diye mi söyleyeyim? Söyle hocam, söyle... Bir kavmin hatalarını bizim gibiler neden yükleniyor ve ben nasıl "Çingeneyim" diyeyim?

— Bunu yazanı bulsam sorardım ona. Senin ırkından fala bakan yok mu? Genelevlerinde ve sokaklarda zinaya götürülenler, Çingeneler midir? Senin ırkından namussuz, şerefsizler yok mu? Arsız yüzsüz yok mu?

Çingenenin elbette kötüsü var, bunu kabul ediyorum. Ama temiz Çingeneleri de hep aynı kategoriye koyuyorlar. Benim dayanamadığım nokta burası.

Bu işe baştan başlayacağız. Önce, Çingene kardeşler, kendilerini hiçbir ırktan aşağı görmemeyi öğrenecek ve meydan okuyarak, "Çingeneyim, kimin ırkı benim ırkımdan daha üstündür?" diyecekler. Sonra bu lügatları değiştirteceğiz. Bazı hatalı yönleri kaldıracağız, ya da kaldırtacağız.

Aksi halde adaletsizlik olur. Bu gün hangi ırkın edepsizi, arsızı, namussuzu yok ki? Lügatı yazanlar da bütün ırkların aynı ağacın dallarından birer dal olduklarını bilmeleri gerekiyor. Onlar da yeryüzündeki genel kanıya aldanmışlar demek ki. Onlar da gerçeği öğrenmeliler.

Bazen devrimler lügatlardan başlar. Birgün bunlar düzelecektir. Sen de artık kendini üzme. Şimdi başka kaynaklara bakalım. Gerçi, insan ister Türk ister Çingene, ister Kıbti, ister Alman veya Abujinli olsun, ne farkeder ki? Yine de biz araştıralım. Sonra da sana Çingenelerle ilgili yazdığım öykülerimi ve bulduğum belgelerden bazılarını okuyayım.

— Çok iyi olur hocam. Lügat moralimi bozdu. Senin şiirde yazdığın gibi, ben de dokuz ayda dünyaya geldim. Benim de kederlerim, sevinçlerim var. Ar'ım namusum var. Bu kadar hakaret hazmedilir mi?

— Ben de şaşıyorum Serpil. Neden devlet ırklara yapılan hakaretleri yasaklamıyor.

Bütün ırklara hakaret yasak olsun. Sadece Çingeneye veya Türk'e değil. Ben de neler söylüyorum. Bazıları, devlet dine hakaret edene ceza vermesin diye çalışıyor.

Hoca hanım Serpil'e karşı mahcup olduğundan, ikinci lügata bakmak için acele ediyordu.

Aceleyle Osmanlıca Türkçe Ansiklopedik Büyük LÜGAT'ın sayfalarını çevirip, yüksek sesle okumaya başladı:

"Kıbt: Mısır'ın eski yerli halkı.

Kıbti: Kıbt soyundan olan. Çingene. Çingene ile alâkalı." *(Türdav Yayınları, Sayfa: 526)*

Bak, diğer kaynaklarda neler var. Önce Ana Britanika'dan başlayalım.

"Kıpt, Yunanca KOPTOS. Yukarı Mısır'da Kina ilinde tarım kenti. *(Ana Britanica. Cilt 13. Sayfa 256.)*

Demek ki kıbt, Mısır'da şehirmiş. O Mısır halkına kıpt, oralı olanlara da Kıbti denmiş. Gerçi bunların hiçbiri önemli değil ama, yine de insanın bunları bilmesi gerekiyor.

Aynı eserin Çingeneler kısmına gözatalım;

"Çingeneler, Çingenece, rom. İlk yurtları Hindistan'ın kuzey kesimi olan, bugün başta Avrupa olmak üzere bütün dünyaya yayılmış, kafkas ırkından esmer tenli topluluk..." *(Anabritanica Cilt 3)*

— Neden her yerde bizim esmer tenli olduğumuzu illâ da yazma ihtiyacı duyuyorlar? Bu söz Çingeneleri delirtiyor. Benim öyle arkadaşım var ki, sizden daha beyaz. Yalnız biz miyiz esmer olan. Lütfen, Allah aşkına bakar mısın, Araplar için ne diyor.

— Tabii, hemen bakıyorum. Ama şunu da söyleyeyim, dışlanmanın etkisiyle esmer sözü seni sinirlendirdiği için onu hakaret kabul ediyorsun. Araplar konusunu yazan bazı sözlük ve ansiklopediler, Arapların rengini konu etmiyor, ama işte bazıları da yazıyor. Mesela:

Büyük Türkçe Sözlük'te, "Arap, Arabistan halkından veya bu halkın soyundan kimse... Siyah derili, zenci" *(Büyük Türkçe Sözlük. Birlik Yay. Sayfa 47.)* diyor.

Serpil biraz rahatlamıştı.

— İyi bari, hiç olmazsa burda...

— Seni anlıyorum ama sen renge neden aklını takıyorsun ki, Çingenelerin esmer olmayanı çok olduğu gibi, beyaz ırkın da esmerleri çok var. Millet esmer olmak için aylarca güneşte yanıyor. Rengin ne önemi var.

— Hangi dergi veya gazete bizimle ilgili bir şey yazsa, illâ esmerliğimizi konu ediyor?

— Sen onlara aldırma. Anabritanicada bile çelişki var. Değişik cümleler bulmak için, güzel ve ilginç yazmış olmak için saçmalıyorlar. Bu arada başka ırkın insanlarından bahsederlerken renklerini konu etmediklerinin farkında bile değiller.

Irklar hiç önemli değil biliyorsun... Bazı bilim adamlarına göre, iki zenci aileyi İngiltereye getirseler, bu zenciler kaç asır sonra bilmiyorum ama, tamamen İngilizler gibi sarışın olurlar. Aynı şekilde sarışınlar da Afrikada yaşasalar, nesilden nesile değişe değişe onlarda zenci olur. Biliyorsun iklimlerden doğar renk farklılıkları.

Kur'an-ı Kerime göre ise, ırklar özellikle yaratılmıştır. İklimler onun sebebi olabilir. Allah herşeyi bir sebebe bağlı olarak yarattığını söylüyor.

— Evet.

— Normalde böyle bir bedel yok -yani İslâm'da yok, zalim zihniyetler size kendi uydurdukları bedeli ödetiyor! Ayrıca ırkınızın bedelini sadece siz ödemiyorsunuz. Kürtlerin durumuna bir bak! Amerika'da da zenciler asırlardır bu bedeli ödüyorlar. Sonra iş değişti. Amerika bile ırk konusunda İslâm'ın çizgisine geliyor. Otobüslerinden tuvaletlerine kadar, her şeyleri ayrılmıştı. Zenciler başkaldırdıktan sonra biraz düzelttiler beyaz adamın kara vicdanını. Bu defa zenciler beyaz adama karşı ırkçılık yapmaya başladı. Yani kanı kanla... İfrat insanlığı mahvetti. İnşallah İslâm'ın, bu cani gidişin tek çaresi olduğu anlaşılacak. Senle ben gibi. Bak, ikimiz birbirimizi nasıl seviyoruz. Sen de, ben de birbirimizi küçümsemiyoruz. Neden? Nedeni gayet açık. Ölçü İslâm olunca, ayrı ırklardan, ama aynı millet olduğumuzu biliyor ve iman ediyoruz.

— Hocam, sana hak veriyorum. Ama kaç kişi anlar ki bu bakış açısını. Çingeneler de, Çingene olmayanlar da zor anlayacaklar gibime geliyor.

— Savaş vereceğiz Serpil! Hurafeleri yayanlardan daha çok çalıştık mı, bu iş hallolur. Bunca Müslüman

"Kara Davut" kitaplarının kara lekelerini temizleyemeyecekler mi? İmanın gücü, şeytanı yener. Önemli olan, iman ile yola çıkmaktır.

* * *

Haftalar sonra Serpil, yazar Hanım'ın evindeydi.

— Kaç haftadan beri kütüphanelerden arşivlere, arşivlerden kütüphanelere zikzak dokuyorum. Okuduklarımdan anladığım kadarıyla...

Serpil sözünü bölerek sordu:

— Sahi hocam, Çingeneler hakkında neler yazılmış? Yaptığınız araştırmalarda neler elde ettiniz?

— Çok şeyler yazılmış. Kimi çok fazla onur kırıcı. Bulduğum sonuç ise seni çok şaşırtacak!

— Hani o belgeleri okuyacaktık...

Hoca hanım dosyada biriktirdiği dökümanları çıkarıp masaya sererek Serpil'e gösterdi.

— İşte bunların hepsi Çingenelerle ilgili. Hepsinin fotokopisini çektim. Bazılarını okuyalım ama üzülmek yok.

Bu arada tanımadıkları bir hanım gelmiş, konuyu bölmüştü.

Kadın önce Serpil'i sordu, sonra derdini anlatmaya başladı. Serpil sıkılmıştı. O bir an önce konuya girmek istiyordu. Dertli kadınsa devam ediyordu şikayetine.

— Bildiğin gibi değil kızım, Çingeneyi padişah yapmışlar önce babasını asmış. Ben de gelinimin annesine yüz verdim, tepeme çıktı. Bir de edepsiz ki, sorma! Uysam, Çingeneler gibi kavga edeceğiz.

Serpil kadına baktıktan sonra sordu:

— Siz Çingeneden başka bir kelime bilmiyor musunuz? Her iki kelimede Çingenelere hakaret ediyorsunuz.

Kadın Serpil'e hayretle baktı.

— Aaa! Ben! Ben mi Çingeneye hakaret ettim? Ağzıma Çingene sözünü bile almadım.

Serpil hocasına baktı:

— Görüyorsun değil mi hocam? Hiç hakaret etmemiş!

Hoca Hanım, Çingenelere hakaret etmenin vahşi boyutunun onlara hakaret edenin de bunu fark edememiş olduğunu biliyordu. Hakaretin artık doğal hale geldiğini, hakaret edenlerin bile bunu fark edemediklerini biliyordu. Serpil'e karşı mahcup oluyordu, ama elinden, birşey gelmiyordu.

Irkçılık belasının insanlığı ne hale getirdiğini biliyordu. Yunanistan'daki bazı fanatik Yunanlılar'ın Türkler'e yaptıklarını da biliyordu. Serpil'e döndü:

— Yunanlılar birbirine kızdıkları zaman, "Türk gibisin" derlermiş. Kötü birşeye örnek verdikleri zaman Türk'ten bahsederlermiş. Ne yaparsın Serpil, hak yerleşmeyince batıl yerleşir.

Kadının şaşkınlığı hepten artmıştı.

— Aaa! Ne dedim ayol? Binbir dereden su getirdiniz.

Hoca hanım, kadına teselli verir gibi konuştu.

— Siz üzülmeyin. Arkadaş biraz kırıldı da. Çingenelere hakaret onu üzüyor.

— Canım ben Çingeneleri ağzıma almam. Onlardan korkarım.

Serpil:

— Neden korkuyormuşsun?

— Siz korkmaz mısınız? Hırsızlık yaparlar. Adam öldürürler.

Misafirlerden Çerkez Hanım çok bilinçli, dindar bir sosyologdu. Başörtüsü yüzünden çağdaş ve okumuş gericilerin hakaretine maruz kalmıştı yıllarca. Onun için ışlanmayı çok iyi bilen biriydi.

Aynı kadının, Çingeneler hırsızlık yapar sözüne tepkiliydi.

— Maşallah bizden sizden hiç hırsız yok, adam öldüren yok (!) Ahmet'in intikamını, hiçbir şeyden haberi olmayan Mehmet'ten alan sizinkiler değiller mi? Erzincan'ın Başbağlar Köyü böyle bir adaletsizliğin yüzünden hunharca katledilmedi mi? Yakılıp yıkılmadı mı? Bunlar gibi neler de neler... Bir kişiye kızanların durumunu koz bilip koca Madımak otelini yakanlar kimlerdi? Sanıldığı gibi o işi dindarlar mı yaptı? Dindar, insan yakamaz Eğer gerçekten dindarsa... Dindar, ama dini bilmeyense bir şey diyemem. Beni söyletmeyin... Bizden, sizden derken ırklarımızı kastediyorum. Temelde biz bir bütünüz. Halkız.

Kadın bu konuşmalardan hiçbir şey anlamıyordu.

Hoca Hanıma dönerek sordu:

— Kızım, bu kadınlar benden ne istiyor? Neden böyle tuhaf şöyler söylüyorlar?

Serpil dayanamamıştı:

— Ben Çingeneyim. Bu yüzden sözlerin beni bayağı sinirlendirdi.

Aslında Çingene değildi ama Çingeneliği sahiplenme adına bunu söylemiyordu.

Kadın daha çok şaşırarak Serpil'e cevap verdi.

— Tevbe tevbe. Sus kızım! Böyle laflar etme. Çingeneler lanetlenmiştir. Sen neden onların ismini ağzına alıyorsun? Sen Çingene olabilir misin? Bak, kapalı bir Müslümansın. Sen Çingene olsan Müslüman olabilir miydin? Sakın kızım, sakın bir daha bu sözü ağzına alma. Neûzubillah, harap olursun!

Serpil, Hoca Hanıma acı acı baktı. "Görüyorsun" der gibiydi bakışı.

Hoca Hanım da çok üzülmüştü.

— İşte ben de bunun için söylüyorum. Müslümanların tekrar Müslüman olması lazım. Bu defa bilinçli olarak girmeliler İslâm'a.

Yıllardır Çingeneden hep aşağılanarak bahsedilmiş. Bak şu kupüre: "Çingeneler, hırsızlık ve namussuzluklarıyla ün yapmışlardır. Bulundukları ülkede insanları taciz etmiş, onların mallarını, paralarını çalarak kendilerinden nefret ettirmişlerdir." Bu da sözlük işte. Aç kaldıkları için çaldılar, sonra eğitilmedikleri için devam ettiler, dese ya. Sanki çalmak ırksal bir özellikmiş gibi anlatıyor.

Bu yazıyı yazan adam, eğer göçebe bir anadan dünyaya gelip, çadırlarda aç kalsaydı, o da çalacaktı. Şimdi dünyaya gelişteki avantajı kullanarak Çingeneler aleyhinde atmış. Evet, hırsız Çingeneler yok mu? Var. Var da, benim üzerinde durduğum konu, bunların hırsız olarak yaratılmadığı. Irkçı zihniyetlerin bunları dışlaması sebebiyle çalmaya başlamışlar.

Serpil:

— İşte ben de onu söylüyorum. Hırsız olan Çingeneleri, bu fiilden vazgeçirmek için onlara sosyal haklar verilmeli. Bir de her Çingenenin çalmadığı anlatılmalı. Benim annem, aç kalırdık da, yine bize "Sakın çalmayın." derdi.

Yaşlı kadın şaşkın şaşkın konuları dinlerken, Hoca Hanım devam etti:

— Hayır! Yalnız sosyal haklar vermekle düzelme olmaz. Almanya Çingenelerin altına arabalarını bile verdi. Onlara aylık bağladı. Fakat hırsızlığa alışmış olanlar yine çaldılar. Bu iş ancak Allah'a iman etmekle, Allah'ı sevmek ve Allah'tan korkmakla ve hesap gününe iyice inanmakla düzelir. Hem maddi imkân verilecek, hem İslâmi eğitim ve öğretim olacak! Kısacası, iyi dindar olan hiç kimse hırsızlık yapmaz!

Yani elbirliğiyle çalışırsak bu işler düzelir. Fakat günlerden beri okuduklarım beni şoke etti. Çingeneler en imtiyazlı yaşantıya Osmanlı'da rastladıkları halde, Osmanlı'da bile, Çingenelerin tek sorunu paraymış gibi düşünülmüş. Onlara vaazlar verilsin, okutulsun, mektep-medrese gösterilsin diye çok az insan kafa yormuş, çaba harcamış. Halk da Çingeneler konusunda bilinçlenmemiş.

Bu konuda Çingeneleri en çok savunan Sultan Abdulhamit Han olmuş. Biliyorsunuz, millet meclisini ilk defa kuran da o. Seçime gidilmiş, o zamanlar millet meclisinde dört milletvekili varmış Çingenelerden. Hani bu günde olsa ya. Bunu Özal yapmadıysa kim yapar. Özal'dan daha büyük düşünen biri tabi.

Serpil çok şaşırmıştı.

— Neee! Osmanlı mı ilk millet meclisini açtı?

— Evet, o açtı.

— Sahiden, Çingene milletvekilleri var mıydı?

— Vardı ya! Şimdi de var mı acaba! Gerçi Müslüman milletvekilleri her ırkın vekilidir. Ama yine de mademki her ırkın milletvekili var, o halde Çingene de olmalıydı. Bir ırkı temsilen değil, bu ülkenin insanı olarak olmalıydı bu. Biz bir milletiz. O halde millet olmanın gereği yerine gelmeli. Irklarla değil, inancımızla değer kazanmalıyız. Zaten inancımızdan dolayı bir milletiz. Ne Çingene başkasını, ne başkası Çingeneyi hor görsün. İki günlük dünyada kardeşçe yaşayıp gidelim.

Serpil yine sinirli sinirli konuşuyordu:

— Hocam, siz onu, Çingeneyi aşağılayanlara söyleyin.

— Hiç farketmez. Eğer bir insan öteki insana İslâm'ın ölçüsüyle bakmazsa, fırsat onun eline geçtiğinde o da zalim olur. Ben bazı Çingeneleri görüyorum, onlar da çadırdaki Çingeneleri aşağılıyorlar! Tabi ki aşağılık işler yapan aşağılanır. Özellikle kötü fiil desteklenmez. Fakat onların da elinden tutmak lazım. Onlar da medenileşirler. Kaldı ki, çadırdakilerin de hepsi hırsız değildir, hepsi can yakmaz.

Yaşlı kadın şaşkınlığını gizlemeden sordu:

— Siz beni delirtecek misiniz? Çadırdaki gezginci Çingeneyi nasıl insan yerine koyarsınız?

Hoca Hanım kibarca sordu:

— Sizce onların ilk ataları kim?

— Bi... Bilmem, galiba Hazreti Adem'dir.

— O halde nasıl insan olmazlar?

Serpil tekrar söze girdi:

— Sizce nasıl düzelir bu durum? Biz ne çadırdayız, ne gezginciyiz. Ama herkesin suçunun bedelini biz ödüyoruz. Çocukluğumdan beri Çingeneliğim bana birtek gün göstermedi. Hoca insan bir lokma yemek vermediği gibi, Çingeneyim diye horlandım, kovuldum, hakarete uğradım. Bu durum nasıl düzelir?

— Önce bu işe devlet el atmalı. Sonra Hocalar, yazarlar ve medyanın tümü... Kara Davut'un kara sesi susturulmalı. Yayınevleri bu hurafeleri ortadan kaldırmalıdır. Yani Kara Davut'taki yanlışlar kitaptan çıkarılmalı. Manen Beyaz Davud olsun.

— Devlet ne yapabilir ki?

— Herşey yapar. Ama devletin insanlığa ait bir stretejisi, planı programı olmalı. Çadırdaki çocukları önce çadırdan çıkarmalı, çocukların okutulmasını mecbur tutmalı. Gerekirse kendisi okutmalı. Çalmanın çok ayıp ve günah olduğunu anlatmalı. Ama laikcilik belası burda da engel teşkil ediyor. Hemen çağdaş yobazlar yaygarayı basarlar. Kilise yüzünden çıkan laikliği İslâm'a karşı bir kalkan olarak kullandıkları için, bu konu çok çalışmakla düzelir. Ayrıca bu insanlara iş temin edilmeli. Ev ve yer verilmeli. Sonra tekrar hırsızlık yaparlarsa, ağır cezalar verilmeli. O zaman bakılmalı bu insanlar düzelir mi düzelmez mi? İnsan, insan hamurundandır. Yeterki o hamuru bozulmadan ele alan olsun.

Bu konuda İslâm'ı bilen Çingene kardeşlerimiz de durmadan çalışmalılar. Bazı kardeşler sadece zikir yapmakla, "Sövene dilsiz gerek, dövene elsiz gerek." felsefesiyle kımıldamak istemiyorlar, bu olmaz. Her Müslüman, ırkı ne olursa olsun bu işe el atmalıdır! Bazı Çingeneler de, Çingene olmayanı adam yerine koymuyorlar. Bu da yanlış, bu da aynı şekilde suçu devam ettirmektir. Bak, sana bir küpür okuyayım.

Serpil çok heyecanlıydı.

— Hocam! Ben şimdi küpür müpür dinleyemem. Siz konuşun bana. Ben çok küpürler okudum. Yüzde doksanı Çingeneleri arsız, hırsız ve namussuz tanıtıyorlar. Bazı Çingeneler diye ayırt etmedikleri için, hakkımızda kötü söz söyleyen herkese sözlerini iade ediyorum.

Yaşlı kadın kendi derdini unutmuş, şaşkınlıkla bu konuşmaları dinliyordu. En çok şaşırdığı şey de, hocanın, Çingene olduğunu söyleyen kadınla candan ilgilenmesiydi.

Çingene Serpil ile yan yana oturan hanım sık sık çantasını kontrol ediyor, sonunda çantasını kucağına alıp elini üstüne sıkı sıkı bastırıyordu.

Hoca hanım Serpil'in isyanını haklı bulurken, önemli bir noktaya da parmak basmak istiyorlardı.

— Bak Serpil, "Çingeneler hırsızdır." diyenlere ne kadar kızıyorsun değil mi? "Neden iyileri ayırmıyorlar?" diye, sen de aynı hataya düşme. Çingene olmayan Müslümanlar içinde de Çingene konusunu iyi bilenler var. Onların içinde Çingene Müslümanları çok candan sevenler var. İşte birisi benim. Senin sevdiğin insanlar içinde Müslümanı horlamayanlar yok mu?

— Var tabii ki, İzmir MGV'deki Müslümanlar. Manisa'daki Rukiye Ablam. O da biliyordu ama beni hor görmedi. Bunlar toplumun İslâm'ı bilen kısımları.

— İyi ya! Demek ki insanlar İslâm'ı bildikçe insanca bakışı da öğreniyorlar. Aynı noktaya geliyoruz Serpil. İnsanlık Allah'ın mesajına kulak verirse, kalben destekler ve uygularsa kurtulacak demektir. O halde biz çalışıp bunu insanlığa duyurmalıyız. Fakat illa da Allah'ın emirleriyle yapmalıyız bunu. Aksi halde bazı ülkelerdeki gibi mabet ayrımı yapılır.

— Ne demek o? Mabet ayrımı yapılır mı?

— Tabi ki yapılmış. Bazı beldelerde Hıristiyanlar kiliselerini ayırmışlar. Çingeneler, Çingene kilisesine, ötekiler de kendi kiliselerine gidiyorlarmış.

En korktuğum şey de cami ayrılığıdır. Gerçi bunu da duymaya başladık. Allah tefrikanın şerrinden bizi korusun. Ölümler içinde en acı ölüm bu bence.

Serpil şaşkınlık üstüne şaşkınlık geçirirken, bu şaşkınlıklarına şimdi bir yenisi eklenmişti.

— Ne diyorsunuz hocam! Kiliseyi mi ayırmışlar?

— Evet, özellikle Fransa'da...

— Batı dünyasında da mı Çingeneleri hor görüyorlar?

— Tabi öyle. Her yerde durum aynı. Sen bunu bilmiyor muydun?

— Kilise ayrımına varacak kadar ileri gidildiğini bilmiyordum.

— Bak, elimde bir küpür var. 10 Şubat 1995'te bir gazetede çıkan küpür:

"Çingeneleri öldürüyorlar!

Avusturya'da son üç gün içinde 5 Çingenenin arka arkaya bombalı teröre kurban gitmesi Viyana'da düzenlenen bir gösteri ile kınandı.

Saint Stephan Katedrali önünde toplanan yaklaşık iki bin kişi, Neo Nazilerce düzenlendiği sanılan ırkçı saldırıyı şiddetli protesto etti."

Görüyorsun, bazı ülkelerde ırkçılık çığırından çıkmış. İnsanlık, ilk babasının aynı kişi olduğunun idrakine varıncaya kadar bu savaş sürer gider. Kimi yerde ölümle sonuçlanır, kimi yerde manevi baskının kahredici durumuyla.

Yaşlı kadın neredeyse patlayacaktı.

— Yeter be kızım, yeter! Benim derdimi hiç dinlemiyorsun. Tutturdunuz bir Çingene...

Ters ters Serpil'e baktıktan sonra devam etti:

— Hem de ne işse, Çingene olmayanlar bile kendisini Çingene yapıyor. Sanki matah bir işmiş gibi. Tevbe tevbe. Ömrümde "Ben Çingeneyim." diyeni hiç görmedim.

Hoca Hanım sordu:

— Sizin derdinizi ben anlayamadım. Ben sizin için ne yapabilirim?

— Ne yapacaksın, bana akıl vereceksin. Gelinimin annesi beni deli etti. Ben öyle şirret kadının kızını evimde taşıyamam. Oğluma "Karını boşa." diyorum. "Yılanın yavrusu da yılandır, onu evimden çıkar." diyorum, beni dinlemiyor.

Serpil nefret dolu gözlerle kadına baktı:

— Demek annesinin suçunu kızı çekecek, sen de "Müslümanım." diye Allah'tan cennet bekleyeceksin! Bu ne biçim insanlık? Sen Allah'tan korkmuyor musun? Eğer oğlun senin ağzına bakarsa, ona yazıklar olsun!

Serpil'le yaşlı kadın kavga etmeye başlamışlar, birbirlerine hakaret ediyorlardı. Yaşlı kadın ilk saniyede tepkisini göstermişti.

— Hadi oradan Çingene! Hayırlı olsan, Çingene olmazdın.

Hoca Hanım bu sözden çok utanmıştı. Serpil'e dönüp tavsiyelerini sıraladı.

— Sakın unutma Serpil. İnsanların İslâmsız olanları seni hep aşağılayacaktır. Ama insan olan, inancı ne olursa olsun, hiçbir ırkın mensubunu, ırkından dolayı aşağılamaz. Aşağılayacak insan mı yok. Aşağılama enerjisini boşa harcamaz. Sana düşen şunları söylemektir.

"Allah'a şükürler olsun ki, beni Çingene, ama Müslüman Çingene yaptı. Sizin gibi İslâm dışı merhametsiz biri olmaktansa, merhametli bir Çingene oluşum ne kadar güzel! Kendimle de, ırkımla da iftihar ediyorum. Zira ben, anasına kızıp kızına ceza veren bir Çingeneye hiç rastlamadım." de. Seni üzenlere karşı ne hak ediyorlarsa onu söyle.

Yaşlı kadın hırsla ayağa kalmıştı:

— Anladım Hoca Hanım, anladım. Sen de aslında

Çingenesin, ama saklıyorsun. Çingene olmasaydın, bu Çingeneye böyle yüz vermezdin.

Kadın kapıyı hızla vurup çıktı. Çıktı, ona göre bir haklı vardı ve o da kendisiydi. Zaten bir insanın kendi suçunu gidermesi çok zordur.

Hoca hanım ve Serpil birbirlerine bakıp sustular. İkisi de ne diyeceğini şaşırmışlardı. Her ikisi de, aynı Adem'den (as) geldikleri halde, ayrı atadan gelen canlılarmış gibi, ayrılıkların esas alınmasının sonucunu görmüşlerdi.

Hoca Hanım üzgündü, Serpil'e teselli veriyordu:

— Üzülme Serpil! Gayret edersek bu durum düzelecek.

Serpil gözleri dolu dolu sordu:

— Nasıl düzelir hocam?

— Önce öğrenmek, sonra da çalışmakla. Günlerdir yaptığımız araştırmalarda Çingene kardeşlerim hakkında çok şeyler öğrendim. Öyle şeyler öğrendim ki, duyunca şoke olacaksın. Sonra da hep beraber çalışacağız.

— Çalışırız. Zaten ben yıllardır çalışıyorum. Ama Çingene olduğumu söyleyemeyeceğim. Sözümde durامayacağım, beni affet. Böyle kendini bilmezlerin ağzında sakız olmak istemiyorum.

— Bunları sonra konuşuruz. İstersen bu günlük konuyu burada noktalayayım.

— Hayır! Topladığınız bunca belge var elinizde, bunların neler yazdığını öğrenmek istiyorum. Bakalım şu sözler ve deyimler bu belgelerde de var mı?

Size bir kaçını sayayım:

"Çingeneyi kral yapmışlar, önce babasını öldürmüş."

"Çingeneye tırnak verseler, önce kendisini yırtar."

"Çingene kızını kral almış, kız kendi ekmeğini çalmış."

"Çingene Müslüman olmadan önce, minarenin ucunda namaz kılması lazım."

Daha neler, neler. Bunların İslâm'dan gelmediğini biliyorum. Uykusuz geçen yıllarımın ardından, Allah razı olsun sizler sayesinde öğrendim. Benim meselem Çingenenin dindeki yeri değil. Ben oraları aştım. Benim meselem, halkın bütün Çingenelere hırsız gözüyle bakma meselesi. Halkın bizi dışlaması. Ben onları severken, onların bana, bize hor bakması, evet, bugün Türkiye toplumu, hatta Müslümanlar Çingeneyi kabul ediyorlar. Ama dansöz olursa, şarkıcı olursa... Darbukacı ve falcı olursa. Bu durumda çok da iltifat ediyorlar. Ancak, Müslüman olmasını, şeriatçı olmasını kabullenemiyorlar. Ama biz de varız artık İslâm davasında. İslâm kimsenin malı değildir. Benim hazmedemediğim bunlar ve ben bu İslâmlaşmamış insanlara "Çingeneyim." demem, kendime onları güldüremem, diyorum.

Hoca Hanım gülümsedi:

— Söyleme canım. Seni zorlayan yok. Senin gibi bir dava erine de böyle korkaklığı yakıştıramıyorum. Anlaşıldı, senin ölçün de halk... Hani ölçün İslâm'dı, senin çizgin İslâmdı? Sen de başka türlü palavra atmışsın demek ki. Sen de ırka önem veriyorsun? Sende başka türlü bir ırkçısın, ama farkında değilsin. Farkında olsan, bu kadar kızdığın insanların ırkından görünmeyi istemez, Müslümanlığına önem verirsin. Sen de kendi ırkından kaçan bir başka ırkçısın! Densizlerin yüzünden suçsuz Türkleri de aynı katagoriye alıyorsun.

Serpil itiraz etti:

— Olur mu öyle şey. Ben asla her Türkü kasdetmiyorum.

Bir anda yine sessizlik oldu. İkisi de konuşmuyorlardı. Sessizliği Hoca Hanım bozdu.

— Neyse canım. Bu günlük bu kadar yeter. Sonra yine gelirsen, görüşürüz.

— Tabi, görüşeceğiz hocam. Sen bana kızsan da seni seviyorum. Ne zaman müsaitsen o zaman görüşürüz.

Serpil kapıdan çıkarken, hocasının sözünü hatırladı.

— Sahi hocam. Siz bana bir öykü okuyacaktınız?

— Haa... Evet, hatırladım.

Yazar Hanım, bir Çingene kızının, çocuğu elinden alınıp gece yarısı sokağa atılışının öyküsünü anlatıyordu. Sonra da, Yunanistan'da Türkler, Türkiye'de Kürtler, Batı rejimlerinde de zenciler hor görülmüştü ve yazar Hanım bunları işlemişti.

Serpil, Mehmet'i hatırladı:

— Evet, haklısınız hocam. Irkçılık belası kimilerini çıldırtmaya, kimilerini intihar etmeye götüren bir aşağılama!.. Ah, bilsen neler oldu hocam. Hepsini bir bir size anlatacağım.

Hoca Hanım Serpil'e sürpriz kararını açıkladı:

— Senin hayatını, benim gördüklerimle, bildiklerimle birleştirip hemen romana başlayacağım. Ama bu mücahide ruhun devam etmezse... Gerçi etmese bile ben

Çingenelerle ilgili mesajımı vermiş olurum, bozulursan günahı sana ait olur.

Serpil roman konusuna çok sevinmişti.

— İsmi ne olacak hocam?

— Çingene...

— Ne! Çingene mi?

— Evet, Çingene olacak romanın ismi.

— Ama Çingene isimli romanı kim alır da okur? Çingene olmayanlar, "Bana ne Çingeneden?" diyecekler. Çingene olan da kızdığı için okumayacak.

— Merak etme! Biz Allah için yapalım, Allah dilerse okutur. Ayrıca bu roman çok önemli. Şimdi öyküyü okuyayım da bir zulmü daha anla.

Şu öykülerin hangisini istersin, başlıkları okuyayım, sen karar ver:

- Çingene kızının yüreği,
- Ayakkabıcı,
- Çingene annemi isterim,
- Kırık pencere,
- Çiçekçi kız,
- Çingene imam,
- Kırılan kalem,
- Bütün çocukların ağlama dili aynıdır,
- Davulcu Ömer,
- Başkasının suçlusu,

Bunların içinden hangisini istiyorsun?

Serpil biraz düşünüp isimlerin tekrar okunmasını istedi. Aslında hepsinin okunmasını istiyordu, ama şimdilik tercih hakkını kullanıp cevap verdi:

— Çingene İmam olsun.

Yazar hanım Çingene imamı yazdığı günü düşünüp, aynı atmosfere girerek okumaya başladı.

"ÇİNGENE İMAM

Salih, çocuk yaşındayken başlamıştı hırsızlığa. Ne kadar çok çalarsa, ailesinden o kadar takdir topluyordu. Bu takdirler onu, gözüne kestirdiğini çalan bir hırsız yapmıştı.

Genç, delikanlı olduğundan beri hep çalıyordu.

Ne olduysa son hırsızlığında olmuştu. Gecenin yarısı girdiği bir evde yaşlı kadınla karşı karşıya gelmişti. Kadına, "Ne kadar paran varsa hepsini ver." demişti. Kadın gözyaşları içinde ona yalvarıyordu:

— Ne olur, oğlum! Allah'tan başka kimsem yok! Hastayım. Paramı alırsan tedavi de olamam. Kocam daha yirmi gün önce öldü, bir gelirim de yok. En ufak merhametin varsa, paramı alma.

Salih, başka zamanlarda merhametli olsa da, çalmayı tabii hakkı sanıyor, yalvarmalara hiç aldırmıyordu.

"Sesini çıkarırsan seni öldürürüm." diyerek kıyı bucak para aramaya başlamıştı.

Kadın korkudan titriyerek yatak odasının kapısına yaslanmış ona bakıyor, arada bir de konuşuyordu:

— Allah'ından bulasın evladım. Hiçbir hırsız çaldığının cezasını çekmeden Cennet'e giremeyecek. Ahirette elim yakanda olacak ve yaptıklarına çok pişman olacaksın! Ne olur, yol yakınken bırak beni. Ben yemedim, giymedim, kötü günüm için üç-beş kuruş biriktirdim.

Yaşlı kadın ne söylerse söylesin, Salih dinlemiyordu. Sonunda bulmuştu kadının parasını. Kadın bu durumu farkeder farketmez bir çığlık atıp yere yığıldı.

Çığlığı duyan komşular gelmişler. Salih'i yakalayıp polise teslim etmişlerdi.

Salih, hapishanedeyken bir kitap gönderilmişti ona. Sonra ikinci kitap, derken her ay bir kitap hediyesi geliyordu. İsimsiz birinden. Gizli bir dosttu kitab gönderen, ama kimdi? Salih meraktan çatlıyordu adeta.

Bu kitaplar Salih'in Allah'a dönmesine vesile olmuştu. Öylesine candan, öylesine içten bir dönüş yapmıştı ki, hırsız Salih gitmiş, Müslüman Salih gelmişti. Bir insan aynı anda, hem hırsız hem Müslüman olamaz.

Beş vakit namazını kılıyor, Kur'an'ı büyük bir merakla öğreniyor, haramlardan büyük bir titizlikle kaçıyordu.

Kafasına koymuştu Salih, İmam olacaktı. Cezaevinden çıkar çıkmaz, ilk işi İmam Hatip Lisesini bitirmek olmuştu.

Yılmıyordu Salih. Mutlaka imam olacaktı. İmam olma aşkı bitmek bilmiyordu. Hayalleri, rüyaları imam olmak üzerine kurulmuştu.

Gece-gündüz çalıştaktan sonra, nihayet imam olmuş, Beyler Mahallesindeki Ebu Bekir Camii'ne tayin edilmişti. Büyük bir aşkla görevine başlamış, ilk defa öğlen namazını kıldırmıştı.

Mutluluktan uçuyordu. Nihayet emeline kavuşmuştu.

İkindi namazı için ezan okunduğunda, hâlâ heyecanla namaz anını bekliyordu. Gözyaşlarına engel olamadan almıştı abdestini.

Fakat bir tuhaflık vardı camide. Kimseler görünmüyordu. Vakit de bir hayli geçmişti. Müezzine sordu:

— Bu millet nerde kaldı, acaba bir durum mu var?

Müezzin de şaşkındı. Bilmediğini söylüyordu. Beyaz sakallı yaşlı bir adamın geldiğini farkettiler. Salih imam hemen onun yanına koşarak sordu:

— Kimseler gelmedi amca. Bilmediğim bir durum mu var?

Yaşlı adam ağlamaklı bir haldeydi. Cevap veremiyordu. Salih imam ısrar edince, mahcup bir tavırla cevap verdi:

— Gelmiyorlar oğul, gelmiyorlar! "Biz Çingenenin arkasında namaz kılmayız, Çingeneden imam olmaz, onların kestiği yenmez!" diyorlar!

Olduğu yere çökmüştü Salih İmam. Bir müddet kendine gelememişti. Sonra güçlükle, bitkin bir halde doğrulup yaşlı adama döndü:

— Ben hırsızlık yaparken beni suçlayanlar, güzel iş yaptığım zaman da taktir etmesini bilmeliydiler. Övgülerinden vazgeçtim, bunlar beni adeta öldürüyorlar. Bu nasıl insanlıktır böyle? Ben Allah'ın kıblesinden başka bir yere mi dönüyorum? Beni de Allah yaratmadı mı? Söyleyin amca, bu nasıl Müslümanlık? Hani İslâm dininde, camide herkes birdi. Hiçbir ırk ayrımı yapılmazdı!

— Irk ayrımı hiç bir yerde yapılmamalı, ama kime anlatırsın evlat. Sen kendini üzme. Seni Allah biliyor ya, bu yeter. Hadi namazımızı kılalım. Elbet Allah'ın bu zavallı kulları da bir gün Müslümanlaşacaklar!

Önde imam, arkada amca ve müezzinle beraber namaza durdular. Salih gözyaşları içinde namaz kılıyordu.

Selam verdikten sonra iki kişilik cemaate dönüp dua etmeye başladı:

— Allah'ım! Birçok Müslüman senden başka gideceğimiz yer olmadığını biliyor. Bizi yaratan sen değilmişsin gibi davranıyorlar. Yarabbi hidayet ver.

Yaşlı adam imamın omuzuna elini koyarak konuştu:

— Üzülme oğlum. Ben ölene kadar senin cemaatin olacağım. Allah bir kişiyle de sana bin cemaat sevabı vermeye kadirdir. Hadi üzülme! Bize gidip biraz konuşalım.

Salih imam, yaşlı gözlerini yaşlı adama dikerek cevap verdi:

— Hayır! Artık ben Çingene değilim. Bıraktım Çingeneliği. Ben Hind kökenli bir Müslümanım. Romanım. Bu ülke de benim ülkemdir. Yılmayacağım. Kapı kapı gezerek bunları anlatacağım. İnsanlar toplu halde kötüdür, ama teke tek kaldıklarında iyileşirler.

Sonraki yıllarda da parasını çaldığı, ama adreslerini unutmadığı evlere gidip helâllik dilemişti. Özellikle son hırsızlığındaki teyzeyi unutmamıştı. Onu bulup bir miktar para verdikten sonra, her ay belirli bir miktar vereceğine dair senetler imzaladı.

Tam kapıdan çıkarken yaşlı kadın duygularını dile getirdi.

— Güle güle oğlum. Allah hidayetini daim eylesin. İyiki o kitapları okudun.

Salih imam bir an durakladı. Kitaptan bahsetmediği teyzeye uzun uzun baktı. Sonra da tatlı bir tebessümle cevap verdi.

— Sağ olasın gizli dost. Seni ahirette bile unutmayacağım.

Gerçekten de dediğini yapmıştı Salih Hoca. Gece gündüz demeden ev ev gezmiş, ırkların değil, inancın önemli olduğunu anlatmıştı. Gözyaşları içinde anlatıyor, derin bilgisiyle insanlara bilgi veriyordu.

Bir aydır hiç durmadan çalışmıştı.

Cuma günü yine namaz kılmak için camiye girdiğinde gözlerine inanmamıştı. Cami ağzına kadar dolmuş, cemaat imamı bekliyordu.

Bir an, sevincinden şaşkın hale gelen Salih imam, sonra Rabbine şükretti:

— Ey Rabb'im! Sana hamdolsun! "Çalışana veririm." demiştin, verdin Rabb'im. Sana şükürler olsun!

Her doğru bir yanlışı yok eder.

Doğru Yolda DoğruYaşayanlar Kalır

Aradan aylar geçmiş Serpil yine Hoca Hanımın evine gitmişti. Hocası masasının her tarafına, arşivlerden topladığı küpürleri ve Çingeneler konusunda bulduğu kitapları yaymış, kendine göre çalışmalar yapıyordu. Serpil tam karşısında oturmuş, hocasının çalışmalarını izlerken, Hoca Hanım sordu:

— Nasılsın Serpil, iyi misin?

— Hamdolsun Allah'a iyiyim hocam.

— Epeydir görünmüyorsun neler yaptın?

— Ev peşinde koşturuyorum. Yavrularımı çok özledim, onları yanıma alacağım. Çok ucuz bir ev buldum. Allah razı olsun, ev sahibi merhametli insanmış. Çok az kira alıyor. Bir şeyler satıp kirayı da, masrafımı da çıkartacağım inşallah.

— Başka neler yaptın?

— Hiç... Ya da hiç sayılır. Melih'le konuştuk. Durumuma çok üzüldü. Bundan başka kafama taktım bir kere, önüme gelene "Çingeneler hakkında ne düşünüyorsunuz?" diye soruyorum. Bir yerde kendimi zorlayarak

"Ben Çingene bir Müslümanım." dedim, şaşkınlıklarını görmeliydiniz hocam.

— Olumlu mu, olumsuz mu?

— Olumlusu da var, olumsuzu da. Bir geri zekalı öyle bir soru sordu ki, kendimi zor tuttum.

— Ne sordu?

— "Ölülerinizi nereye gömüyorsunuz?" dedi. İçimden, ananın gözüne gömüyoruz dedim. Bir başkası da "Çingenelerden Peygamber neden yok?" demez mi? "İnsan ırkında Peygamber var ya. Siz de, biz de bu şerefe ortağız." dedim. "Laz'dan, Çerkez'den, İngiliz'den, Fransız'dan peygamber var mı?" dedim. En önemlisi, "Sizin ırkınızdan var mı?" dedim. Bir bozuldu, görmeyin. Benim ırkımdan peygamber ister olsun ister olmasın bana ne. Benim, dünyaya değişmediğim Peygamberim var ya, o bana yeter, dedim. Doğru dememiş miyim Hocam?

— Çok doğru söylemişsin. Ayrıca, Çingeneden peygamber gelmediğini nerden biliyoruz ki? Allah, bütün kavimlere peygamber gönderdiğinin haberini veriyor.

— Hocam, bu sözünü bazıları duysa, "Nasıl Çingeneden peygamber olabilir." dedi diye seni mürted ilan ederler.

Hoca Hanım okuduğu küpürleri kütüphaneye yerleştirirken devam etti:

— Boşveeer. Biz işimize bakalım. Zaten her yaptığım işe, her söylediğim söze, kalbi fesat olanlar bir şeyler buluyorlar. Bunları boşverelim. Nerede kalmıştık?

— Önce Çingenelerin kim olduğunu ve özelliklerini tespit ettiğinizi söylemiştiniz. O konuyu ele alalım.

— Ne zaman söyledim?

— "Çingene dünyaya gelirken hırsız olarak gelmedi." dediniz. Peki neden böyle olmuş? Her yerde neden hırsızlıkları ön plana çıkmış?

— İşte bu sorunun cevabı çok uzun. Aslında satır aralarında söylemiştim. Önce bir çay demleyelim. Pardon ada çayı demleyelim. Sonra bu konuya gireriz. Yıllar sonra, "Çingenelerin kim olduğunu Çingene olmayan birinden öğrendim." der, beni hatırlarsın. Öldüğümde bazen de benim için dua edersin. Tabi ki şeytan veya nefs aramıza girmezse.

— Allah korusun Hocam! Senin yerine ben öleyim!

— Kimse kimsenin yerine ölemez ki. Bu gün benim için sen canını versen, benim canımı yine kurtaramazsın. Herkes kendi yerine ölür canım.

Serpil, masanın üzerinde duran fotokopisi alınmış yüzlerce gazete ve dergi kupürüne gözattı. Yüz hatlarını kırıştırarak başlıkları okumaya başladı:

Osmanlı'da Çingeneler, Çingenelerin Dünyası, Biz de Müslümanız, mutlu Çingeneler, Çingeneler Belediye Başkanlarını Seçtiler, Yine Göç Zamanı, Kartpostallarda Çingeneler, Roman Olsun Çamurdan Olsun, Büyücü Çingeneler.

Serpil'in, yığınla küpürleri okurken başı dönmüş, belgelerin hepsini okuyamamıştı.

— Aman, bunlar ne kadar çok böyle. Hepsini okudun mu?

— Tabii. Araştırma yapıyorum, kolay mı? Bazı korkularım da bu araştırmalarımla beraber geldi. Savaşlarda ölen Çingenelere şehit ünvanını bile çok görenler olmuş. Bu durumda gelecekte tehlike görünüyor.

Biz Çingeneleri aşağılarken, batıdaki bazı düzenbazlar Çingenelere "Sizin elinizden biz tutuyoruz." diye bu defa da farklı tuzağa itilecekler. Fakat ben çok iyi biliyorum ki, bizim Çingene kardeşlerimiz bu oyuna gelmeyecekler... Onlar Allah'ın açtığı kapıdan girmesini çok iyi öğreniyorlar.

Kefereler, Türkiye'de Çingene isyanı için hazırlık yapıyorlar. Ama onların oyunları Çingenelere vız gelir, vız! Onların ölesiye İslâm'ı seven Müslümanları var. Onları kimse aldatamaz. Yeter ki Çingenelerin hepsinin hırsızlık, yankesicilik gibi işler yapmadığına herkes inansın. Hor bakmasınlar! Eğer devamlı hor bakarlarsa, tam şuurlanmamış Çingeneleri düşman kucağına iterler.

Bakın hocam, şu yazıya bakın ne diyor:

"Avrupada Çingeneler örgütleniyor."

— Demin söylemek istediğim de buydu. Zalimin zulmü düşmana koz olur. Ah Çingene kardeşlerim ve ÇIngene olmayanlar bunu bir bilseler!..

Şu yazılara bak... Hemen hemen hepsinde onlara hakaret var. Ya da onları çeşni gibi kullanmışlar. Bu işe bir dur diyen olmalı... Çingeneler sömürülmemeliler. Çingenelerin aleyhine yazılmış, hem de İslâm adına yazılmış hakaret ve iftiraların hepsi, eserlerden ayıklanıp atılmalı.

Dönüp dolaşıp aynı yerlere geliyorum. Yığınla konu. Doğrusu bu kadarını bilmiyordum.

Serpil ayakta dolaşırken Hoca Hanımı dinliyordu. Hoca Hanım rica etti:

— Başım dönüyor Serpil, tepemde dolaşıp durma. Otur da, sorunun cevabını vereyim.

— Ne yapayım hocam. Heyecandan yerimde duramıyorum. Çocukluğumdan beri, Çingene olduğu için kendisini suçlu hisseden biriydim. Dışlanmaktan, hırsız Çingenelerin yüzünden bedel ödemekten bıktım.

— Haklısın canım, haklısın. Sizin bu derdinizi bütün dünya bilmeli. Kimse, elinde olmayan dünyaya geliş şartlarından dolayı böbürlenmemeli. Irkçı zihniyetler bu küstahlıklarına son vermeli. Zira kimsenin ırkı Çingenenin ırkından üstün değildir. Yalnız dürüst bir insan, hangi ırktan olursa olsun, hırsız ve yankesici Çingeneden üstündür. Yine dürüst bir Çingene de hırsız ve yankesici olan, zalim olan bir başka ırka mensubu insandan üstündür. Bu da bütün ırklar için geçerlidir.

— Çok doğru. Ben de yıllardır bunları düşünüyorum. İşte o yüzden kitap yazıyorum ya. Sana özet yapayım. Araştırmalarımın özeti yani.

Çingenelerin bildiğin gibi asıl yurtları Hindistan'dı. Emperyalist zihniyet onlara da kanca taktı ve ülkelerini gasbedip onları yurtlarından kaçmak zorunda bıraktı. Ya da onlara kendi yurdunda zulmettiler. Tıpkı fanatik Yahudilerin Filistin topraklarını işgal etmesi, sonra da Arapları kendi yurtlarından çıkarmaya çalışması gibi... Amerika'yı beyazların gaspedip, asıl sahipleri olan kızılderilileri topraksız bıraktıkları gibi... Yada Avustralya'daki Aburjinliler gibi. Böyle bir çok ülkede olduğu gibi, Hindistan'ın asıl sahiplerini oradan kovdular. Onlara kimseler kucak açmadı. İş ve okul vermediler. Bu sefer tabi aç kaldılar. Kimi elekçilik yaptı, kimi kalaycılık. Bu zanaatkâr kesim hırsızlığa yanaşmadı. Fakat herkes kalaycı olamazdı, olsa da o kadar iş bulunamazdı. O yüzden kimi hırsızlık, kimi yankesicilik yapmaya başladı. Çok azı fuhuşa başvurdu. Bazıları da falcılığa başladı.

Gittikleri ülkelerde, alnının teriyle, dürüstçe çalışan Çingenelerin değil, hırsızların, yankesicilerin ünü yayıldı. O zamanlar hepsi çadırda olan bu insanların hepsine hırsız, yankesici, falcı ve bunun gibi ne kadar kötülük varsa, hepsinden onları sorumlu tutup o gözle baktılar.

Tabii ki aç gözlü olacaklardı o devrelerde. Çünkü bu insanlar açtı. Karnı aç olanın gözü aç olmaz mıydı? Bunu anlayamadılar. Suçlu dünya suçuna devam etti.

Hep kötülerden bahsettik. Biraz da Çingeneleri sevenlerin övgülerini dinle. Bazı kişilere sordum, neler söylediklerini dinle. Sonra sana en büyük sürprizimi açıklayacağım. Öyle büyük bir sürpriz ki, belki büyük bir uyanışa, büyük bir sevince sebep olacak! Belki bazı Çingeneler bu müjdeme kızacaklardır. Kızanlar müjdemi almasın.

Araştırdıkça neler buluyor insan. Biliyorum, merak edeceksin neler olduğunu.

— Hiç ummadığım, duymadığım şeyler. Ayrıca yeni tesbit ettiğim çok önemli bir konu... Günlerden beri şoktan şoka, hayretten hayrete düşüyorum.

— Merak ettim. Nedir o?

— Şimdi söyleyemem.

— O halde ulaştığınız sonucun yorumunu yapın, neler hissettiniz?

Derin bir nefes alan Hoca Hanım cevap verdi:

— Tek kelimeyle, Çingenelere yapılan zulümden sonra insanlığımdan iyice utandım. Onlara yapılan vahşet son bulacak? En azından Çingene romanını okuyan herkes, Çingenelere farklı bakacak ve diyecek ki, "Çingenelerin eşkiyası, ona İslâm öğretilseydi, Çingenelerin evliyası olurdu." diyecekler. Bundan hiç şüphem yok. Çingene ırkı düzelmez, diye bir şey yok.

İman giren kalpte her şey düzelir. Bu eşkiya ve evliya örneğini Mustafa İslamoğlu'ndan aldım. O, diyor ki; "Vahyin inşaasından önce eşkiya olanlar, vahyin inşaasından sonra evliya oldular." Vahşi Araplar Kur'an'a uydukları dönemde, eşkiyalıktan evliyalığa terfi etmişlerse, neden hırsız Çingene terfi etmesin. Veya ötekiler, veya hepimiz, veya onlar!.

Yine Hocamızın ifadesiyle, sahabe sahabe olmadan, önceleri zaman ırmağında akan çöp gibiydiler. Vahiy ile inşaa olduktan sonra Kur'an'a öyle teslim oldular ki, Kur'an onları tefsir etti.

Neyse, iyi şeyleri de anlatalım demiştim. Bak, tarihte neler kayıtlı. Ama bunlar halka ulaştırılmıyor ve bilim adına, bilinmez kütüphanelerde gizleniyor:

Kurtuluş savaşı sırasında, Kahramanmaraş'ı eline geçiren Fransız komutan, bu başarısını davul çaldırarak kutlamak ister. Kahramanmaraş'ta abdal olarak hitap edilen Çingene Halil Paşa'ya, bol para karşılığında davul çalmasını söyler. Fakat Halil Paşa, öldürülme ihtimali olmasına rağmen, davul çalmayı reddeder ve yiğitçe bir tavırla, şu cevabı verir:

— Üç-beş kuruş para karşılığında, birkaç Fransız zibidisinin zevki için, Maraş halkına ihanet edemem!

Hâlâ Kahramanmaraş'ta bazı yerlerde anılan bu yiğit, nedense halka tanıtılmamıştır.

Rejimi biz kurduk diyenler kendi ırkının kahramanlarını her fırsatta anlatıyor, ama başka ırkın kahramanlarından hiç söz etmiyor. Çok üzgünüm, çok. Bu insanların asırlardan beri şerefleriyle oynanmış.

Serpil Mehmet'i düşünerek ilave etti:

— Kiminin de aklıyla-canıyla oynamış!

Serpil daha önce sorduğu soruyu tekrar etti:

— Ama bu kadar da kötülük olmaz ki hocam. Demek onlar da çok kötülük yapmışlar.

— Anlattım ya Serpil. Başka ülkelere göç eden bir topluluk... Onlara iş verilmemiş, aş verilmemiş. İşte o zamanlar bu topluluk gerçekten çok haddi aşan suçlar yapmışlar; insanları canlarından bezdirmişler. Sonradan bu insanlar'a İslâmi tebliğ hiç ulaştırılmamış. Şimdi durum aynı değil. Allah'a şükürler olsun bu hususta çalışan kardeşlerim var. Bu konuda Mustafa Necati Özfatura bakın ne diyor:

— "İslâm'ı sahiplenen dürüst Çingeneler her zaman olmuştur. Fakat bu nedense söylenmemiştir. Mesela, Makedonya'da, Osmanlı eserlerine sahip çıkıp gönüllü olarak muhafızlığını yapanlar, Çingenelerdi. Müslüman Türk ve Arnavutlara nazaran bu ülkede, İslâmiyet-i en çok yaşayanlar da onlardır.

Elbette Türk ve Arnavutlar'dan da İslâm'ı yaşayanlarda vardı; ama çoğunlukla Çingeneler yaşıyorlardı."

Serpil hayretler içinde dinliyordu.

— Çok doğru birşey söylediniz Hocam. Çingenelerin içindeki kötüler hep yazılıp çizilmiş, fakat iyiler kıyıda köşede kalan notlar halinde unutulmuş.

— İşte ben, Allah'ın izniyle, yazacağım romanla bunları ortaya sereceğim. Sonra kitap çıkınca, bütün güvendiğim yazarlara birer adet göndereceğim. Sahiplenir de okuyucularına tanıtırlarsa, biz de güzel reklam verebilirsek, Çingene isimli eserimi ulaştırmış olacağız! Bu da önemli bir adım olacak!

— Kitabınızda Çingenelerin yaşantılarına değinecek misiniz?

— Hayır. Onlar günlük yaşantıları tâlî konular. Ben ana konulara el atmayı düşünüyorum.

Sahi Serpil, daldık gitti Çingene işine, eşinden bahsetmedik. Çocuklarından bahsetmedik. Belki sıkılıyorsundur bu konudan. İstersen konuyu değiştirelim.

Serpil heyecanla atıldı:

— Hayır Hocam! Ben onlar hakkındaki problemlerimi arkadaşımla da konuşuyorum. Ben asıl bu konuyu çok merak ediyorum. Sizin bulduğunuz belgeler sonucu ortaya çıkan gerçeği.

— Hem de öyle büyük bir gerçek ki, duyunca şok olacaksın!.. Hayatın değişecek... Çünkü bu gerçekler şimdiye kadar bu şekilde izah edilmemişti, edilse de size ulaşmamıştı.

İstersen Çingeneler hakkında dergimizde çıkan bir röportajı okuyalım, sonra sıra sürprizimize gelsin. Sıkılır mısın?

— Çok uzun bir röportaj mı?

— Pek sayılmaz. Yine Makedonya ile ilgili. Nedense Makedonyalı kardeşlerimizi pek anmadık. İnşallah birgün onları ziyaret etmek de mümkün olur. Ne dersin, röportajı okuyalım mı? Bir de uzaktaki kardeşlerimizin durumlarından haberimiz olsun.

— Okuyalım tabiî. Röportaj kiminle yapılmış?

— Zaman gazetesi yazarlarından Selim Çoraklı ile. Giriş bölümünü okumuyorum. İkinci sorudan itibaren okuyalım. Röportajlar insanın ufkunu açar. Sohbet havasında geçmiş, sıkılmazsın.

— Peki hocam, okuyun da şu büyük sürprizinizi söyleyin artık!

— Okuyorum. Ardından süprizimi bekle.

"—Sizin Makedonya'daki Çingenelerle birçok temasınız olduğunu biliyoruz. Çingeneler'in oradaki nüfusları ne kadar?

— Çingene ismi çok itici olduğundan dolayı, bu isim yerine Balkanlarda kullanılan ROM ismini kullanmayı ben kendime prensip edindim. Bir defa her yerde olduğu gibi, Makedonya'daki Romlar da ezilmişlik psikolojisi içerisinde bulunmakta ve kendi kimliklerini saklamaya çalışmaktadırlar. Diğer toplumlar tarafından daima aşağılanmaya alışamamış bu insanların, bundan başka fazlaca yapacakları birşey de yok gibi. Tabi İslâm'ın vermiş olduğu şahsiyeti bundan istisna tutmak gerek. Buradan hareket ederek, resmi rakamlara baktığımızda, 1991 yılında 52103 olarak çıkan nüfus sayımı, 1994 senesinde 47408 olarak çıkmıştır. Çoğalmaların dışındaki beşbine yakın rakam, bu gizlenmenin verdiği neticeyi ortaya çıkarıyor.

Bir de 1994 sayımlarında birçok Rom'un kendilerini Türk olarak yazdırmasının tesiri de var tabi. Resmi olarak 47 bin olan nüfusun gayri resmi olarak 80-90 bin civarında olduğu da iddia edilmektedir.

— *Makedonya'daki Romların İslâmi anlayışlarında yeni bir ilerleyiş mi var, yoksa eskinin devamını mı yaşıyorlar?*

— Romlar arasında çok güzel bir İslâmi gelişmenin olduğunu gözlemlemekteyiz. Bunda eskiden kalan tarikatların tesiri olduğu gibi, bizlerin onlara sahip çıkmalarının da etkisi oldukça fazla. Dillerinin Türkçe olması onlarla diyaloğumuzu daha da kolaylaştırdı. Onlara Elif-Ba'dan, Peygamberimizin hayatına, Safahattan binlerce Türkçe vaaz kasetine kadar uzanan bir hizmet zinciriyle, elimizden gelen yardımı yapmaya çalıştık. IHH'nın da özellikle Kurban Bayramında yapmış olduğu kurban yardımlarının da tesirini gözardı etmemek gerekir. Gazetemiz Zaman'ın Makedonya baskısında da onlara yardımcı olacak birçok dini bilgiyi verdik ve Allah'ın izniyle İslâmi açıdan şuurlanmalarına biraz olsun katkımız oldu. Özellikle mübarek gecelerde düzenlediğimiz proğramlar, üzerlerinde çok kalıcı tesir uyandırdı.

— *Özellikle Makedonya'da Rom camileri var mı, yoksa normal camilere mi gidiyorlar?*

— Makedonya'daki Rom'lar büyük bir çoğunlukla Üsküp, İştip, Radoviç, Koçani ve Usturumca'da yaşamaktadırlar. Makedonya İslâm Birliği'nin Rom'ları dışlar vaziyetteki çalışmaları, onlara uzanacak bazı yardım ellerinin geç ulaşmasına sebebiyet vermekle beraber, özellikle birkaç gayretli hocanın çalışmaları sayesinde

Allah'ın izniyle camiler ayakta kalabilmeyi başarmış. Koçani'de 1, Radoviş'te 1, İştip'te 1 ve Usturumca'da 1 adet olmak üzere, Rom hocaların görev yaptıkları camiler mevcut. Diğerleri zaman aşımı ve sahip çıkılmaması sebebiyle yıkılıp gitmiş. Üsküp'te bulunan 18 adet camide ise maalesef Romlardan hiçbir hoca mevcut değil. Buradaki Rom Müslümanlar bütün camilere dağılmış vaziyette ibadetlerini yapmaya çalışmaktadırlar. Ancak Üsküp'te iki de tekkeleri bulunmaktadır. Yukarıda saydığımız illerde de tekkeler mevcut. Ancak bütün tekkelerde, biri hariç Bektaşiliğin hakim olduğunu söyleyebiliriz. Zaten tekkelere takılanların camilere gelmediği ayrı bir gerçek olarak ortada durmaktadır.

— *Makedonya'daki insanlara ve de özellikle Romlara İslâmi bakış açısı verecek alimler yok mu orda?*

— Makedonya'da İslâm Birliği -MEŞİHAT- adı altında diyanet hizmeti veren bir teşkilat mevcut. Ancak Arnavut ırkçılarının buraya hakim olması, diğer unsurlara hizmet götürmeyi büyük oranda engellemektedir. Makedonya'da görev yapan hocaların birçoğu Arap ülkelerinde yüksek tahsil yapmışlar. Ancak birçoğu statükonun esiri olarak sadece Meşihat'ça verilen resmi görevleri yapmakta ve birçok İslâmi faaliyete kulak tıkamaktadır. Bunun yansıması olarak bugün bazı İslâmi şuura sahip hocaefendiler Meşihat'tan ayrılarak İslâma hizmet etmeye gayret göstermektedir. Ama yine de Romların yaşadığı Doğu Makedonyaya bir iki istisna hariç fazla bir hizmet gittiği söylenemez. 1995 yılında yapılan yeni Meşihat Anayasasında da maalesef Romlara hiçbir hak verilmemesi üzerine, bizim çıkardığımız Makedonya Zaman gazetesinde "Meşihat Anayasası Üzerine Bir Değerlendirme" isimli yazı yazarak durumu tenkit etmiş, onlar da kamuoyunun tepkisinden korkarak yukarıda saydığımız illerdeki Romlardan Meşihat meclisine birer temsilci almışlardır. Göstermelik de olsa, alınan bu temsilcilerin iyi bir çalışma yaparak Romlara da İslâmi hizmet gitmesine yardımcı olmaları inşallah gerçekleşir.

— *İslâmi yönden Çingeneler'in siyasi bakış açıları nedir?*

— Romların siyasi olarak bakış açıları çeşitlilik arzetmektedir. Mecliste bir milletvekilleri olmasına karşılık, halkın büyük çoğunluğu Türklerin tek temsilcisi durumunda olan Türk Demokratik Partisi'ni desteklemektedirler. Zaten Romların birçoğu da devletin siyasi baskılarına rağmen kendilerini sayımlarda Türk olarak yazdırmışlardır. İslâmi manada bir siyasi şuurlanmadan bahsetmek henüz çok erken olur kanaatindeyim. Ancak ibadetlerini yapmaya çalışanların çoğunun Türkiye'den haberdar oldukları ve Refah Partisine sempati duydukları da bir gerçek.

— *Hıristiyan Çingenelerle temasınız oldu mu, onlar ne durumdalar?*

— Romların büyük bir çoğunluğu Müslüman olmakla beraber, Hıristiyan ve başka inançlara inananlar da mevcuttur. Romlar arasında özellikle Roma'nın iyi çalışmaları sayesinde Katolikliğin arttığı ve Katolik kiliselerine devam edildiği gözlenmektedir. Katolik kilisesi özellikle fakir olan Romlara maddi yardım yaparak onları kiliseye bağlamaya çalışmaktadır.

Maalesef Müslüman olmasına rağmen, yardımlardan

istifade edebilmek için kiliseye devam eden Müslüman Romlar da mevcuttur. İslâmi yardım teşkilatlarının Müslüman Romlara el uzatmaması neticesinde meydana gelen bu tür ciğer sızlatan bir hadisenin vebali büyük olsa gerek.

— Sizin deyiminizle soralım. İnsan olarak Romlarda ayrı bir özellik fark ettiniz mi?

— Allah (cc) insanı "Eşref-i Mahluk" olarak yaratmış ve hikmeti gereği kavimlere, kabilelere ayırarak hayatın devamını sağlamıştır. Kur'anî şuura mensup her insanın hadiseye böyle bakması imanının bir gereğidir. Bu açıdan, Müslümanın "RENK KÖRÜ" olması ve insanlara öyle yaklaşması icabeder. İnsanlara bu prensiple yaklaşmayı kendine bir hayat prensibi olarak kabul eden biri olarak, ayrı bir özellik hissettim diyemem. Biz onları daima bir kardeş olarak görmüş ve hizmetlerimizde ona göre bir strateji tayin etmiş bulunduğumuzun da bunda tesiri olsa gerek. Ama maalesef herkesin böyle olmadığı da bir gerçek.

Her ne kadar Müslüman kardeşimiz de olsa, Türkiye'den gelenlerin bazılarının onların yemeklerini yememeleri onlarda bir kırıklık meydana getirmektedir. Bunu kendileri birkaç defa bana izah ettiler ve kardeşliğe sığıp sığmayacağını sordular. Ben de insanların farklılığına vererek çalıştımsa da pek ikna oldukları söylenemez. Bu intibayı kırmak için, onları ziyarete gittiğim her zaman, tok dahi olsam yemek hazırlattırır, yer, öylece ayrılırdım. Onların samimane davranışları bende derin izler bıraktı diyebilirim.

— Sizin için ilginç olan, Makedonya ile alakalı bir hatıranız var mı?

— Makedonya'da kaldığım yıllar -25 ay- ben de, gittiğim günden, "Fundamentalist faaliyetler" de bulunduğumdan dolayı sınırdışı edildiğim güne kadar, hatıralarla yüklü bir zaman dilimi olarak hayatımı süsledi. İmana ve Kur'an'a susamış insanlara bir nebze de olsa bunu öğretme, hatırlatma, onlarda İslami şuuru uyandırmaya kadar, bende güzel anılar bırakan yüzlerce hadise mevcut. İnşaallah bunları "Balkanların Ateşiyle Yoğrulmalı" isimli bir eserde toplamayı planlamış bulunuyorum. Çalışma, son safhasına gelmiş bulunmaktadır. Buna rağmen yine de ilginç bir hatıramı okuyucularla paylaşmak istiyorum:

Kaldığım apartman da yedi aile Müslüman diğerleri ise Hıristiyandı. Akşamları apartmanda bulunan Müslüman çocuklara Kur'an öğretmeye başladım. Dil problemi yüzünden oldukça zorlanmamıza rağmen, birkaç talebe kısa zamanda Kur'an'a geçmişti.

Apartmanımızda babası Arnavut Müslüman, anası Makedon Hıristiyan olan üç çocuk daha vardı. Babaları ölmüş, çocuklara anaları bakmaktaydı. Biraz da sahipsizliğin vermiş olduğu ortamda çocuklar haylaz yetişmişlerdi. Benim Kur'an dersi verdiğimi öğrenince onlar da gelmek istediler. Ben de kabul ettim. O zamana kadar kendilerini Hıristiyan biliyorlarmış. Ben öncelikli olarak Kelime-i Şehadet, Tekbir, Besmele gibi İslâmi kavramları öğretmeye başladım. Çocuklar hemen kavrıyorlardı. Anneleri bunu öğrenince bizi polise şikayet etmekle tehdit etti. Ben de, biraz da hissiyatımın esiri olarak, istediği yere şikayet etmesini söyledim. O da çocuklarının terbiye olmayacağı için böyle söylediğini bildirerek, şikayetten vazgeçti.

Çocuklar epeyce şeyler öğrenmişlerdi ki, anaları onları Üsküb'ün dışında bulunan dayılarının yanına göndererek çocukların bizimle irtibatını kesti. Kurs bittikten sonra çocuklar döndüler ve ben Makedonya'dan dönene kadar irtibatımız devam etti. Dilim döndüğünce onlara birşeyler anlatmaya çalıştım ve apartmandaki küçük-büyük bütün çocuklara hem karşılaşınca, hem de giderken "Es-selamu Aleyküm" demeyi öğrettim. Bu selamlaşma öyle yayıldı ki, mahalleden hangi çocuk beni görse, hemen selam verirdi. Bu hadise bende derin izler bıraktı.

* * *

Doğruları söylemeye,
Gerekirse ölmeye, demeden olmaz.

Her Irkın Kahramanı Vardır

Hoca Hanım, röpörtajı okumayı bitirdikten sonra Serpil'e baktı:

— Gördün işte, İslâm'a sahip çıkan kim olursa olsun, İslâm da ona sahip çıkıyor.

Serpil geçmişteki isyan ve üzüntülerini, özellikle Mehmet'in durumunu hatırlayınca gözyaşlarını tutamadı.

— Dünya'nın her yanında güzelim dürüst insanlar varken, sanki kötülük ırkımızdan gelmiş gibi yıllarımızı mahvettiler hocam... Gençlerimize kompleks verdiler... Bizi mutsuz ettiler. Kendi kahramanlarımızı bile bilmiyoruz.

— İşte ben de bu yüzden yaptım bu uzun araştırmaları. Gece-gündüz çalıştım. Bazen iki saat uykuyla kırkaltı saat okudum araştırdım. Kardeşlerim için helâli hoş olsun! Onlara feda olsun uykularım. Dürüst insan uğruna bazen ölüme bile gidilir. Ama ben senin gözyaşlarında başka şeyler de sezdim.

Serpil duraklayarak yutkundu. Mehmet'i hatırlamıştı:

— Ah Hocam ah! Bir bilseniz üzüntümü. Çocuklarımdan bile fazla üzüyor beni. Ne de olsa çocuklarım düşman elinde değil, dost elindeler, yani babalarındalar.

— Aferin sana! Bazı anne veya babalar, çocukları ayrıldığı eşinde kalınca, çocuklarını perişan olmuş gibi hissediyor, onun elinden almak için öteki tarafa merhametsizce iftira bile ediyorlar. Bazıları da, çocuklarını anne veya babasına göstermemekle, karşı tarafı cezalandırmak gibi çirkin yollara başvuruyor. Ne gerek var! Gönder çocuğunu annesini veya babasını görsün!

— Hocam, daha zalim insanlar da var. Leyla ile Mecnun hikayesini geride bırakan kara sevdalı bir genç vardı. Çingene kızını sevdi, "Çingeneden kız alınmaz." diye çocuğu yaktılar.

— Evet, bazı kaynaklarda bu bühtanlara rastladım. Yahudi kızı alınırmış ama, Çingene alınmazmış!.. Gerekçeleri de, Çingeneler gittikleri yerin dinine girerlermiş. Doğal olanı da bu değil miydi o devrelerde? Sen İslâm'ı götürme, sonra da İslâm'ı sunmadığın insanlardan İslâm iste. Başka birşey daha var. Milattan sonra 9. asrın problemleriyle 20 veya 21. asrın problemleri aynı değil ki. O zamanlar, zavallılar durmadan göç ediyorlarmış. Aç, susuz gezmişler çağlar boyu. Bazen de korkudan dinlerini saklayanlar olmuş. Saklatan değil de saklayan suçlanmış! 'Neden o kadar korku verilmiş de bu insanlar dinlerini gizlemişler?' diye soran olmamış. Şimdi durum çok farklı. Kimsenin inancını gizlemesine gerek yok. Çünkü özellikle çağdaş yobazlara göre Müslüman olmasınlar da, hangi dinden veya dinsizlikten olurlarsa olsunlar, daha çok ilgi görürler. Neyse, nerden nerelere geldik.

Yazar Hanımın aklı Mehmet'le Sema'nın hikayesine gitmiş yakınıyordu:

— Vah canlarım, vah kardeşlerim! Ne kadar asılsız şeyler yüzünden yanmışlar! Peki, ailesi şimdi pişman mı?

— Herhalde pişman olacaklar. Tedavi ettireceklerdi. Kız onu bekliyor. Asla başkasıyla evlenmem, diyor.

— Bu zamanda sevdiği kız için aklını oynatanların varlığına bile inanmak güç. Gençlerin sevdikleri bir tane olmuyor ki, onu candan sevsin. Doğrusu kıza da şaşırdım. Öyle vefalı seven de çok azdır. İnşallah bunca konular arasında onları da işleyebilirsem, vicdansızlara belki birşeyler söylemiş oluruz.

Serpil sabırsızdı.

— Hocam! Artık şu sürprizine gelsek. İyice meraklandım.

— Peki Serpil, sıkı dur söylüyorum. Biliyor musun, yaptığım araştırmalar sonucu büyük bir şey keşfettim.

— Yüreğim ağzıma gelecek hocam. Neyi keşfettiniz. Söyleyin artık!

Hoca hanım mutluluk dolu gözleriyle Serpil'i süzdükten sonra açıkladı:

— Serpil, biliyor musun, ÇİNGENE DİYE BİR IRK YOK!

Serpil şok halinde hocasına bakıyordu:

— Neee! Çingene diye bir ırk yok mu?

— Evet yok. Çingene var, ama ırk değil sıfat Çingenelik. Her ırktan Çingene çıkabilir.

Serpil şaşırmıştı;

— Ne yani! Şimdi ben Çingene değil miyim?

— Hayır! Sen Hind kökenli melez bir Müslümansın. Ötekiler de Hind.Bütün Çingene bildiklerimiz de Çingene değillller. Sadece Çingenelik yapanlar Çingene.

Bir insanın Çingene olması için şu şartları taşıması gerekiyor: Hırsızlık, arsızlık, kavgacılık, yüzsüzlük, falcılık, keyfi dilencilik, utanmazlık, pis ve pasaklılık. İşte bunlar kimde varsa, onlar Çingenedir. Çingeneliği sıfat olarak kabul edersek.

Bu tanım madalyonun bir yüzü. İkinci tanımı bazıları "Biz ırk olarak Çingeneyiz." diyorlar. O anlamda Çingene normal bir ırktır. Bunu illada "Biz Çingeneyiz" diyen için bir açıklamadır. "Ben Çingeneyim." diyene saygım var. Ama benim araştırmalarımda Çingene ırkı diye bir ırk yok.

— Aynı şey Türkler'de de varsa ne olacak?

— O da Türk Çingenesi oluyor. Zaten araştırmalarım esnasında şuna da şahid oldum. Arsız, yüzsüz, hayasız ve kavgacı insanlara, ırkı ne olursa olsun, "Çingene" deniyor. Romanlar bu topraklara gelmeden önce de, arsız yüzsüz insanlara Çingene denirmiş.

Serpil yerinde duramıyordu.

— Aman Allah'ım! Peki yıllarca biz bu damgayı nasıl yedik? Sizden başkası bunu neden bulmadı?

— Buldu. Bilim adamları bunu biliyorlar. Ama bilim adamlarının çoğu halka bunu anlatamıyor. Çünkü bilim adamlarının çoğu halkı basit görüyor. Onlar anlamaz sanıyorlar. Bilmezler ki, halk bilimsel olarak bilmese de, hisseder. Doğruyu anlar. Zaten birçok bilim adamı, bilim yoluyla, insandan gayri her şeyi tanıyor. Ama halka insanı tanıtmıyorlar. Benim tesbit ettiğim şey de bu: Bilim adamlarınca bilinen bir gerçeğin, halka ulaştırılmadığı... Bilim adamlarının bildikleri halka ulaştırılmadığı için, işte ben şimdi bunu yapmaya çalışıyorum.

— Demek biz Çingene değiliz ha? Aman Allah, ne kadar şaşırdım!

— Evet, değilsiniz. Belki dedeleriniz, neneleriniz o günün şartlarında Çingenelik yapmışlardır. Fakat siz yapmamışsınız. Bu gün aç kalsa, en büyük tirilyonerler bile Çingene olabilir.

— Demek bunu ilk tesbit eden sizsiniz?

— Hayır, ilk tesbit eden ben değilim. Dedim ya... Bunun böyle olduğu bilimsel eserlerde yazılmış. Fakat halka açıklanmamış. Bu şekilde ele alan olmamış. Demek ki kimse benim kadar bu işin üzerine gitmedi. Bu zulme karşı verdiğim mücadeleyi Allah'tan başkası bilemez. Nasip meselesi. Demek ki Allah böyle bir çalışmayı bana nasib edip layık gördü! Herkes bir başka şeyi araştırır bulur. Onu da ben hiç düşünmemişimdir. Onca üzüldüğüm, ateş gibi yandığım, kahrolduğum bir konuydu. Sen bile, "Bu insanlara yapılan hakaretler nerden geliyor?" diye benim kadar araştırıp üzülmemişsindir. Sana bir anımı anlatayım:

Ben küçükken Adapazarı Kaynarca'ya gitmiştik. Kaynarca bizim kazamızdı. Sebebi neydi hatırlamıyorum, köye dönmek için geç kalmıştık. Kalabalıktık, ama kimler vardı hatırlamıyorum. Hatırladığım tek kişi annemdi. O zamanlar köyümüze yayan gidilip gelinirdi.

Biz, gece yarısı olmuş, hâlâ yoldaydık. Mevsim kıştı ve yollarda diz boyu kar vardı. Bir de kopar mı fırtına! Biz yolumuzu iyice kaybettik. Bir köye gelmiştik. Birisi: "Ben burayı hatırladım, burası Çingene köyü." dedi.

Hepimiz durakladık. İnsanlar kendi aralarında konuşmaya başladılar:

Birisi:

Bunlar insanı keserler. Hiç birisinin kapısını çalamayız, dedi.

Bir başkası:

Neyimiz varsa alır, bizi soyarlar, dedi.

Benim ayaklarım, özellikle burnum donmuş, zangır zangır titriyordum. Galiba tek çocuk da bendim aralarında.

Dar bir mahalle arasında epey durduk. Köyümüze devam etsek, yolda donarak öleceğimiz kesindi. Anacığımın sesini hâlâ hatırlıyorum:

— "Nasıl olsa öyle de öleceğiz, böyle de. Bir evin kapısını çalalım da, ne olursa olsun. Elbet onların içinde de bir insan vardır." dedi.

Karar verildi:

— "Bir kapıyı çalalım. Bizi içeri alırlarsa hiç yatmayız. Bir merdiven altında pinekleriz." dediler.

Bir başka ses de:

— "Onların yataklarında yatılmaz ki, Çingeneler dokuz kişi bir yatakta yatarlar. Hem de çok pislerdir. Zaten yatmayız. Bir kapıyı çalalım." dedi.

"Çingeneler dokuz kişi bir yatakta yatar." diye bir türkü vardı o zamanlar. Bu türkü nasıl yasak olmadı bilemiyorum. İşte o türkünün ürünüydü bu anlayış. Ayrıca adamların yeri yoktuysa ne yapsalardı? Ayıplayıp türkü yakacaklarına, bir kişiye düşen beş yataktan hiç olmazsa birini verselerdi, bu insanlar bu lekeyi de alınlarında taşımazlardı. Devlet boş boş duran arazilerden biraz yer verseydi...

Evde bulunan yazarın arkadaşı da çok heyecanlanmıştı.

— Sonra Hocam! O gece ne oldu?

— Anlatıyorum.

— Çok merak ettim de.

— Seni anlıyorum canım.

Sonra bir kapıya vuruldu. Hepimiz bekliyoruz. Acaba içeri alırlar mı diye.

Dakikalar sonra içerden ses geldi:

— Kimdir o?

— Biziz, biz. Tanrı misafiri... Yolda kaldık. Bizi içeri alabilir misiniz?

Yaşlı bir kadın sesiydi içeriden gelen ses.

— Durun bakalım gızancıklar!

Kadın elindeki gaz lambasıyla merdivenleri inerken, bizdeki korkular devam ediyordu. Kadın bir elinde gaz lambasıyla kapıyı açtı.

— Buyrun, gelin gelin... Vah vah... Hepten donmuşsunuz beh. Gelin, yukarı çıkın.

İki katlı ahşap bir evdi.

Kadın önce bizim için sobayı yaktı. Bir taraftan da söyleniyordu.

— Vah, vahh! Gızancıklarım... Donmuşsunuz...Size hemen yemek hazırlarım. İçcazınız ısınır.

Herkes birbirine bakıyordu. Çünkü herkes çok utanmıştı. Kadının evi barkı o kadar temizdi ki, adeta sabun kokuyordu. Bize üzüntüsünden de neredeyse ağlayacaktı. Evde de bir kızı varmış, kocası yokmuş.

Bir koşturması vardı, görsen şaşardın.

Yemeği yedik, sıra yatmaya geldi. Eski yorganları çıkardı. Yamalar vardı yorganda. Fakat çiçek gibi kokuyordu ve bembeyazdı hepsi. Tertemizdi. Sabaha kadar bir güzel uyku çektik.

Ertesi sabah da öyle güzel hizmet verdi ki, ben o candan ilgiyi hiç unutamadım. Yedik içtik, biz tekrar yola koyulduk. Arkamızdan seslenmeyi de hiç ihmal etmedi:

— Yolunuz düşerse iç çekinmeyin, gelin!

Kadına dualar ediyorduk. Söylediklerinden utananlar, utancını dile getiriyorlardı. Ancak kadınlardan biri herkesi şoke eden bir söz söyleyiverdi:

— Ne bu kadar övüyorsunuz? Alt tarafı Çingene değil mi? O bize öyle iyi göründü. Onların iyi olması mümkün değil. Yemeğini de iğrene iğrene yedim.

Zıkkım ye diyesi geliyor insanın.

İşte bu sözler taş gibi yüreğime oturdu. Bizi evinde misafir ederek donmaktan kurtaran o kadına öyle üzüldüm öyle üzüldüm ki, gözyaşlarımı tutamadım. Hâlâ o kadına karşı mahcubum. O duymasa da ben mahcubum.

Allah izin verir de Cennet'e gidersem, Rabbim'den o kadını da bana göstermesini dileyeceğim. Ben onun kim olduğunu, ismini cismini bilmiyorum ama Rabb'im biliyor!

Çingenelere yapılan haksızlığı ilk olarak işte bu olayla anlamaya başladım.

Sonraki yıllarımda devam etti. Mesela Ayakkabıcı öyküsü, biz Roman mahallesinde otururken gördüğüm olaydan doğmuştur.

Yirmi yaşımdan sonra İslâm'ı öğrenmeye başlarken Çingeneler hakkındaki konu hep içimde bir yaraydı.

İşte insanlara Çingenesiniz diye yapılan zulmü benim araştırarak bulmuş olmam bir tesadüf değildir. Zaten İslâm'da tesadüfün yeri de yoktur ya... Bazı şeyler çalışmakla elde edilir, bazıları ise Allah Şanı Yücenin lutfetmesiyle kısmet olur. Beni şimdi anladın mı?

— Çok güzel! Çok güzel de hocam, şimdi bazı küstahlar sizi çürütmek için Çingene bir ırktır diye sizi yalanlarlarsa ne olacak?

— Vallahi, bütün dünyaya meydan okurum. Çünkü Çingenelik ırk değil sıfattır. Irk olarak kabul eden eder. O beni ilgilendirmez. Ama bilimsel izahı bu. Ben "Çingene" kavramının her boyutunu ele almadım, ama beni ilgilendiren konuların cevabını araştırdım.

Roman ismi Çingeneye oranla daha güzel değil mi?

— "Biz, Hind kökenli Müslümanlarız! İçimizde bazıları Çingeneliği bırakmamıştır, ama Allah'a şükürler olsun biz bıraktık. Çingenelik yapmıyoruz!" diyeceğiz.

Bu iş tutar mı?

— Çalışan olursa tutar.

Bunlar tarihi gerçeklerdir. Hindistanlı birini görürsen, o bile sana belge olur. İkliminden dolayı onlar daha esmerdirler, ama birbirinize çok benzersiniz. Söylemiştim, iklim farkı renkleri, şekilleri değiştirir.

— Çok doğru. Bizim büyüklerimiz, Hind filmine gittiğimizde, onların lisanını anlarlardı. Demek köken oradan geliyor. Aman Allah'ım! Ömrümde böyle şok yaşamadım. Desenize Mehmet hepten pisi pisine gitmiş! Sema'da, ötekiler de... Demek Hocam, Çingene diye bir ırk yok ha!.. Çingeneyle nikah olmaz, ve ötekiler hepsi yalandı ha. Gerçi biliyordum da, bir kez daha rayına oturdu konu.

— Evet canım, yok. Olsa bile, Çingeneyle nikah olmaz, sözü külliyyen İslâma iftiradır.

— Siz benim kafamı allak-bullak ettiniz.

— Doğrusunu istersen benim kafamda öyle oldu. Günlerce kendime gelemedim. En basit bir misal şu, biraz düşün:

Sen dünyanın başka bir yerinde, Türk'e Türk'ten, Arap olana Arap'tan, İngiliz olana İngiliz'den başka bir ırk ismiyle hitabedildiğini duydun mu? En fazla, telaffuz farkı vardır. Fakat yurtlarından ayrılan Hindli insanların her ülkede ismi başkadır. İsim olsa, Çingene sözünü herkes anlar. Ben gittiğim ülkelerde hep sordum, kimse Çingeneyi duymamış. Hepsinde de gezginciler anlamına gelen sıfatlar onlara söylenmiş. Gittikleri her yerde, hırsızlıklarını devam ettirenlerin yüzünden, daima horlanmışlar. Boğazından bir lokma haram geçmemiş olanlar da daima hırsız muamelesi görmüş. Romanlar da, "Nasıl olsa dışlandık." diye boşvermişler ve günümüze kadar böyle gelmişler. Ama Allah'ın izniyle, bundan sonra böyle gitmeyecek!

— Peki bu durum düzelir mi?

— Tabii ki düzelir. Dedik ya, eşkiya imişler, Kur'an'a bağlanınca evliya olmuşlar. Romanlar veya yaşayan öteki ırkın mensupları neden evliya olmasınlar. Fakat bunun için hem Çingene ismini almış olan kardeşlerimiz, hem de ötekiler gayret etmeli.

Serpil:

— Nasıl, nasıl düzelir? Bu bana imkânsız gibi geliyor!

— Hayır, asla imkansız değil.

Serpil yine kalkmış geziniyordu:

— Bize düşen nedir burda? Beni şok ettiniz inanın.

— Şimdi bize düşen bir görev var. O da şu: Önce Çingeneler arasında çok iyi insanların olduğunu bilmemiz ve çalışmamız. Roman olan biri ister Çingeneyim desin ister Roman.

Lütfen dolaşma artık, başım dönüyor.

Ayrıca, ırkıyla ilgili kimse bir şey demese olur. Ayrıca kimse ırkını söylemeye de mecbur değil. Başka ırktan olanlar gittiği yerde ırkını söylemiyor.

Beni şok ettiniz, sözüne gelince canım.

Ben değil, gerçekler seni şok etti.

* * *

Serpil duyduklarına inanamamış ertesi gün yine gelmiş soruyordu.

— Sen şimdi ne diyorsun hocam, bundan sonra kimseye Çingene demeyecek misin?

— Çingenelik yapmayana tabii ki demeyeceğim. Çingenelik yapanlara diyeceğim. Çünkü bu sıfat onlarda yerleşmiş. Ama bir taraftan da Çingene kelimesinin "sıfat" olduğunu öğretmeye devam edeceğim. Asıl Çingenelerin de Allah'ın emirlerine teslim olması gerektiğini anlatacağım. Hem Türk hem de öteki ırkların Çingeneleri çok can yaktı, hırsız, gaspçı ve dolandırıcı her ırkın Çingenesi haram yiyerek öteki dünyaya gitmenin en büyük günah olduğunu, öteki dünyada Cehennem azabı çekerken, çaldıkları, gasp ettikleri paralardan hiç hayır göremeyeceklerini anlatacağım, anlatacağız. Gaspçılar, can yakanlar, onlar da aynı atadan gelen insanlar. İnsan ırkı olarak bizden aşağı değiller. Onları aşağılık yapan şey sadece yaptıkları kötü fiil. Onlar da bizim insanlarımız. Onlara Allah Şanı Yüce'nin ne dediği güzelce anlatılmalı. Eğer bir kısmı hâlâ çadırdaysa, çadır çadır gezerek onlara vaaz vermeliyiz. Devlet, çocuklarını okutmalı, yüksek meslek sahibi yapmalı. Yalnız vaaz yetmez.

Devlet, eğitirken de Allah'ın, kullarına olan mesajını çok güzel iletmeli. "Ali topu tut" demek yetmez. "Ali, dürüst insan ol, sakın çalma-çırpma işlerine girme. O işleri kötü insanlar yapar." demeli ve insanlığın özüne layık olan her güzelliği bildirmeli. "Öcü"den korkutur gibi, Allah'ın emirlerinden insanları korkutmamalı. Yani bu işler devlet-millet bütünlüğü ile hallolur. Fakat...

— Çok güzel söylüyorsun Hocam, çok doğru söylüyorsun da, ben yine de Çingenelerin kökeninin gerçekten Hind olduğuna delilleriyle görmek istiyorum.

— Sana okudum ya, bütün kaynaklar Çingenelerin Hindistan'dan geldiğini yazıyor. Avrupa kaynaklarına baktırdım, orada da öyle yazıyor. Başka nasıl bir belge istiyorsun?

Peter Alford Andrews, Çingeneler hakkında yaptığı çok geniş araştırmaları sonucu şu kararı vermiş. Diyor ki: "... bilimsel kanıtlar, Çingeneler'in Hind asıllı olduklarını ortaya koymaktadır." Zaten bu konuda yüzlerce kaynak da aynı şeyi söylüyor.

Serpil'in heyecanı yatışmak bilmiyordu. Özellikle Mehmet ve Sema gibilerin nasıl yandığını biliyor ve unutmuyordu.

O günlerde, yazar hanım ne kadar konuşursa konuşsun, Serpil durmadan bıkmadan dinleyebilirdi. Yazar Hanım da durmadan bıkmadan anlatıyordu.

— Hocam! İlk iş olarak İzmir'e gidip bu işi halledeceğim Allah'ın izniyle. Mehmet'in anne ve babasına anlatacağım ne olduğumuzu. Başka ne tesbit ettiniz Hocam?

— Bu göçmen kardeşlerimin en belirgin özellikleri, kendi kimliklerini korumalarıdır. Mesela, modayı takip edenler içinde şımarık tipler, başkalarının keyfi için sevdiği renklerden vazgeçtiği halde, Hindistan göçmenleri yani Romanlar modanın etkisinde kalmamışlar, sevdikleri renkleri sevmekten vaz geçmemişlerdir. Tabiatın asıl renklerinden olan kırmızı, mavi, beyaz, sarı gibi renkler hâlâ onların sevdiği renklerdir. Bence bu, onların belirgin ve istikrarlı kişiliklerinin olduğunun açık göstergesidir. Modaperest zavallılar, diyelim ki mor rengi sevmiyor ama mor, moda olmuş. Derhal ve hiç düşünmeden o renge bürünebiliyorlar. Ama bu kardeşlerimiz öyle değiller. Sevmediği renkleri, modacıların hatırı için seviyor pozisyonuna düşmüyorlar. Bu da bir ayrıntıdır, ancak bence çok önemlidir.

Sevinç dolu saatlerin ardından, Serpil arkadaşına gitmişti. Her önüne gelene anlatacaktı rüya gibi gerçeği.

* * *

Araştırmalarından güzel sonuçlar alan yazar, gerçeklerin verdiği mutluluk ile, araştırmalarını bitirdiği gece eline geçirdiği "Şiir Peteği" adlı kitapta, Basri Doğan'a ait şiiri okuduktan sonra huzurla derin uykuya daldı.

BU GECE

Bir bûse kondurdu mehtap yüzüme
Hayal âleminde gezdim bu gece
Ansızın bir cemre düştü özüme
İnce manaları sezdim bu gece

Karanlık sinsice boğar âlemi
Aydınlık özgür mü, yoksa köle mi?
Sonunda elime aldım kalemi
Gönül incileri dizdim bu gece

Ruhumu karartan binbir lekeyle
Sükuta gömüldüm her zaman böyle
Aynanın önüne geçip öfkeyle
Sadece kendime kızdım bu gece

İçimiz yanarken bu gaflet neden?
Korkuyu defnedip kaçtım kendimden
Önümü hep kesen çelik bendimden,
Uğraşıp sonunda sızdım bu gece

Serapla karışık bir gerçek gibi
Umudu büyüttüm bir mercek gibi
Gidenler geriye dönecek gibi.
Yılgınlığı söküp ezdim bu gece

En kötü günlerin de
bir gün biteceğini düşünmeyen,
kendisine kendisi vurmuş olur.

Kendine Düşman İnsan

Yine aynı konular üzerinde çalışmalar devam ediyor, "Çingene"nin ırk olmadığını duyan herkes büyük bir şaşkınlık yaşıyordu.

* * *

Yine böyle bir günde, telefon çaldı. Telefondaki şahıs, Hoca Hanımın çok sevdiği eğitimci yazar, Aysel Zeynep'ti. Akşama arkadaşının yanına geleceğini söyledi.

Gerçekten de gelmişti Aysel Hanım. Hoş beş faslından sonra, hoca hanım ona konuyu anlatmış, çok ilgiyle dinleyen Aysel Hanım, coşku dolu sesiyle duygularını dile getirmişti:

— Seni tebrik ediyorum arkadaşım. Gerçekten çok önemli bir konuya el atmışsın. Demek Çingene diye bir ırk yokmuş. Allah Allah, Ünüversite de okuduğum halde bunu duymamıştım. Bu habere çok sevindim. Araştırmaların daha devam ediyor mu?

— Evet devam ediyorum. Bir de Antropolojik bulguları öğrenmek istiyorum. Bir antropolog arıyorum.

Hoca Hanıma yardımcı olmak isteyen Aysel Hanım ertesi gün telefon ederek müjdeyi verdi:

— Müjde bacı! Allah'ın lütfu, ben Antropolog ararken, kimi bulsam iyi. Çingeneler konusunda tez hazırlayan bir asistan buldum. Bugün saat beşte onunla buluşacağız.

— Çok memnun oldum. Allah razı olsun bacı. Kim bu şahıs?

— İsmail Altınöz. Sağolsun, çok ilgilendi. Hazırladığı tezin de fotokopisini bize verecek.

— Allah razı olsun! Kimse böyle birşeyi kolay kolay yapmazdı.

Serpil'i bir korku kaplamıştı.

— Ya o "Çingene bir ırktır" derse, o zaman, bu kadar sevincin ardından bu bana çok ağır gelir. Ne olur gitmeyin hocam, artık kimseleri dinlemeyin. Bu sevincimizi bozacak birşeyler duymak istemiyorum.

Hoca Hanım Serpil'e baktıktan sonra cevap verdi:

— Sen benim araştırmalarımı basite alıyorsun galiba. O kadar çürük iş yapar da, sonra emin emin konuşabilir miydim?

Saat beşte randevu yerindeydiler. Aysel Hanım da çok heyecanlıydı. Dikkatini konuşulanlara vermişti.

Yazar Hanım İsmail Bey'e ilk sorusunu sordu:

— Önce bize zaman ayırdığınız için size çok teşekkür ediyorum. Allah razı olsun. "Çingene" konusunda araştırma yaptığınız için de ayrıca teşekkür ediyorum. Soruma gelince: Siz, tezinizi hazırlarken nelerle karşılaştınız? Çingene ırkı diye bir ırka rastladınız mı? Tez sahibi olarak, bir de araştırmacılardan dinlemek isteyenler var.

Aysel Hanımla Serpil adeta nefeslerini tutmuşlar, cevabı bekliyorlardı. İsmail Bey'in cevabı kısa ve kesindi:

— Hayır! Çingene diye bir ırk yok! Bunlar Hindistan'dan beş kıtaya yayıldıktan sonra, değişik isimler almışlardır. Size tezimi vereyim. İsterseniz tespitlerimi gözden geçirin.

Serpil de, Aysel Hanım da rahatlamışlar, derin bir nefes almışlardı.

Yazar tekrar sordu.

— Bakın bunu yazıyorum. Tekrar eder misiniz?

— Evet, tekrarlıyorum. Çingene ırk değil sıfattır.

* * *

Günler sonra yine konuyla ilgili soruları devam ediyordu:

— Hocam! Başka ilginç şeyler buldunuz mu?

Cevaplar da devam ediyordu.

— Evet. Hem de oldukça ilginç şeyler.

Mesela?

Mesela, bazıları "Çingenelerin başka Adem atası vardır." demişler. Yine üstünlük duyguları, bu da Çingenelerle aynı atadan gelmeyi kabullenmemişler demek oluyor. Bir ad uydurmuşlar. Aksi takdirde onlardan farkları olmadıkları anlaşılacaktı ya... Onun da kolayını bulmuşlar. İnsan Kur'an'a inanırda bunu nasıl söyler anlamıyorum.

Allah, şanı yüce, "Bütün insanları bir nefisten yarattım." diyor. Yaratma şekli nasıldı, onu biz bilemeyiz. Ayette ya da mütevatir hadislerde, yani peygamber sözlerinde Adem (as) çocuklarının birbirleriyle evlendikleri yazmıyormuş.

— Ya onların dediği doğruysa?

— Asla! Bu mümkün değil. Ayrıca böyle inananlar doğrudan doğruya küfre girerler. Çünkü Allah yeryüzündeki gelmiş geçmiş bütün insanların Hazret-i Adem ile Havva'dan geldiğini de İslâmın bütünü içinde beyan buyurur. Aksini söylemek Allah'ın ayetlerini inkar etmektir. Allah'ın (cc) bir ayetini inkarla, hepsini inkar etmek aynı anlama gelir. Çünkü Kur'an bir bütündür, ancak bütünü ile Kur'andır.

— Başka neler var bulduğunuz kaynaklarda?

Hoca Hanım tekrar koltuğuna oturup derin bir nefes aldıktan sonra, Serpil'in gözlerine baktı.

— Neler yok ki Serpil. Aklına ne gelirse, ne gelmezse hepsi var. Dilime alamıyorum, ama söylemek zorundayım. Bir yerde de şöyle bir ibareye rasladım. -Haşagüya "Allah yeryüzüne inmiş. Çingenenin şerrinden hemen yeryüzünü terk etmiş!" Bu ırka nasıl bu kadar hakaret edilebilir, nasıl böyle acımasız olunabilir? Bir türlü aklım almıyor! Öylesine vahşi inanışlar sergilenmiş ki, hepsini yazsam iki kitaplık konu. Hatta fazla bile.. Vah garip kardeşlerim vah! Bunca iftiralara nasıl dayanmışlar, bir türlü anlayamıyorum. Bütün dünya insanı "Çingeneler çalar-çırpar, bunlar düzelemezler." diye karar vermiş, bir daha onlarla ilgilenmemişler. Halbuki insan mayası her ırkta aynı değil midir? İnsanlığın unuttuğu günümüzde hiçbir zaman gerçeği bilmek istemeyenlerin uydurdukları bitmiyor. Ama inşaallah biz elimizden geleni yapacak, en azından kendi çevremizde "Çingeneler"e hakareti bitireceğiz.

* * *

Yazar hanım misafirlerle sohbet ederlerken, yazarın eski arkadaşı, roman, Kur'an kursu Hocası Asuman gelmiş, yazar hanıma soruyordu.

— Hocam! Bu gün bana bir kadın geldi. İlla başörtüsü farz değil, Kur'an'da başörtüsü yok, diyor. Kadın dışarıda, müsaidseniz, onu size getirebilir miyim? Ben anlattım ama bir de siz anlatın.

Hoca Hanım müsade etmiş, bahsi geçen kadın gelmiş ağlıyordu.

— Hocam! Öyle sapıklar varki, insanı etkiliyorlar. Allah için birşey yapmıyorum. Ölünce Rabbime gösterebileceğim bir imanım var onu da elimden alacaklar. Bir misafirimiz var. Örtü ayetinde baş geçmiyor, diyor. Benim aklımı karıştırıyor. Bana güzelce açıklar mısınız başörtüsünü?

— Hayhay kardeşim. Önce şunu söyleyeyim. Aklınızın karışmasından korkmayın. Akıl varki karışıyor. Akıl varsa korkma, iyi niyetliysen gerçeği bulursun.

İkinci olarak şunuda unutmayalım. Allah rasulünün nübüvvetliğini idrak etmez, onu sadece bir postacı gibi görür hadisi şerifleri inkar edersek ortada din kalmaz. Cihatmış, izzetli şerefli mücadeleymiş bunlar biter. Zaten İslam düşmanları neden hadis inkarcılığını yaymak istiyorlar? Hadisi şerifsiz İslam –ki hadisi şeriflerde farklı yoldan gelen vahyidirler– anlaşılmaz. Hadisi şerifler Kur'an'ın bir yerde tefsiridir. İslam düşmanları neden uyduruk Müslümanlara iftira etmiyor. Soyadından bir harf değiştirerek söylüyorum, Murat Nalay adında bir namussuz benim gizli bir İslam düşmanı ve misyoner olduğumu yazmış. Muhtemelen bu genç Ergenekoncu ve ya Ergonokoncuların ipiyle oynatılıyor. Ben, taviz veren Müslümanlara, müşriklerin düşman olduğunu, onun karizmasını yıkmak, şahsiyetiyle oynamak gibi eylemlere girdiğini görmedim. Yani, hadisi şerifin ne kadar önemli olduğunu düşmanlar biliyor, ama bizler hâlâ yeterince bilemiyoruz.

Yani, ayetleri önce peygamber açıklar. Onun açıklamalarının adına da Hadisi Şerif denir, bunu iyi bilmeliyiz. Şimdi ayetlere geçiyorum.

Önce şu gerçek bilinmeli, başörtüsüne, tesettüre delil olarak, Nur sûresi 31. ayeti delil gösterip, başka ayet veya hadisi şeriflere değinmeme hastalığından vazgeçmek gerekir. Nur Suresi 60. ayeti anlamadan, İslâm'da tesettür tam olarak anlaşılamaz. Asla! Ve asla anlaşılamaz.

Tesettür ayetleri, önce Ahzab 59 geldi. Sonra Nur 31, sonra Nur 60.

Bu ayetler çok iyi anlaşılmalı. Neymiş, baş yokmuş ayette. Çorap derken ayak, şapka, fes, sarık, peruk derken baş var mı? Kaşık, derken ağız, çanta, derken eşya var mı? Güneş derken, ışık veren olduğunu biliyoruz, zaten ışık verdiği için adı güneş. Ama ışık kelimesi güneşte geçmiyor. Hımar, örten demektir. Nerede bulunursa orayı örter. İçkiyle olan hımar da hangi beyne girerse, oradaki aklı örter. Hımar başa gelince baş örtüsü oluyor. Ama başı, kelimesi tıpkı ışık gibi, tarak derken saç gibi tahtında gizlidir baş.

Nur Suresi'nin 60. ayetini bazıları altın, zinet diyorlar. Kur'an kültüründe, kadınların örtünmesi gereken yaka kısımlarına zinet, denir. Bunu bilmeyenler, bir görseniz neler uydurmuşlar. Biz ayetin aslına bakalım.

Özetle ayet şunu diyor:

"Evlenme umudu kalmamış -La yercüne nikahenyaşlı kadınlar, dış örtülerini çıkarabilirler. Ancak çıkarmamaları kendileri açısından daha hayırlıdır."

Yani bu ayetten, yaşlılara tesettürünün bir kısmından feragat etme ruhsatı veriliyor. Demek oluyor ki, gençlere böyle bir ruhsat verilmemiştir.

Allah değil mi mülkün sahibi. Yaratan o, can sahibi, kıyamet gününün, her şeyin, herkesin sahibi o. Dilediğine dilediği emri verir.

Burada dış kıyafet kastediliyor. Peygamber sözlerine ve ailesine önem verenler buna iman eder. Eğer dış kıyafet diye bir örtü yoksa, kadınların giydiği elbiseler dış kıyafet oluyorsa, Allah yaşlılara, iç çamaşır ile sokağa çıkma izni mi veriyor? Haşâ. Bu da gösteriyor ki İslâm'da dış kıyafet vardır...Çok yaşlılar bu dış kıyafetlerini çıkarıp normal elbiseleriyle sokağa çıkabilir demektir. Gerçek iman olmayınca, insanlar neyi inkar edeceğini şaşırıyorlar.

Şu ayete dikkat edelim:

"Allah ve Rasulü bir işte hüküm verdiği zaman, artık inanmış bir erkek ve kadının, o işi kendi isteklerine göre seçme hakkı yoktur. Kim Allah ve Rasulüne isyan ederse, apaçık bir sapıklığa düşmüştür." *(Ahzab 36)*

Unutmayalım, önce Ahzab Suresi indi.

"Ey Peygamber! Hanımlarına, kızlarına ve mü'minlerin kadınlarına söyle, cilbablarını -dış elbise- giysinler..." *(Ahzab 59)*

Bu ayet geldiğinde, kadınlar çarşafla örtünüp yaka kısımlarını açıkta bıraktılar. Sonra Nur Suresi 31. ayet indi ve şöyle dedi:

"Mü'min kadınlara söyle gözlerini haramdan sakınsınlar, namuslarını korusunlar. Zinetlerini açmasınlar, kendiliğinden görünen müstesna. Başörtüleriyle yakalarını örtsünler..."

Bazıları, "Başörtüsü yok" diyor. Başörtüsü yoksa, yakaları neyin uçlarıyla kapatılıyor?

Benden şimdilik bu kadar. Tesettür hakkında geniş bilgi için Aysel Zeynep'in Kadının Tercihi isimli, Denge Yayınları'ndan çıkan kitabını okuyun. İnanın çok güzel bir kitap.

Soruyu soran misafir kadın gittikten sonra, Asuman, arkadaşının Çingene isimli roman çalışmasından dolayı, şükranlarını iletiyordu.

Yazar Hanım, çarşaflı Roman ve Kur'an hocası olan

arkadaşına anlatmıştı her şeyi. Arkadaşı gözleri dolu dolu minnettarlığını dile getiriyordu.

— Böyle bir kitap yazdığın için çok teşekkür ediyorum. Herkese yalvaracağım Hocam. Bizi hırsızlık suçlamalarından kurtarmak için onlar da çalışsınlar. Bu konuda ne biliyorlarsa, herkese anlatsınlar. Çoluk çocuğumuz bunalıma giriyor.

— Tabi anlat. Durmadan anlatsınlar. Kitaplar alıp hediye etsinler! Filmler çevrilsin!

— Çektiklerimiz son bulsun ne olur! Benim küçücük yavrum ağlayarak bana yalvarıyor, "Ne olur anne" diyor. "Ben Çingeneyim deme diyor. "Ben Çingene olmam, ben gacoyum." diyor. Küçük çocuk bile bize yapılan zulmün farkında. Gerçekten bitsin bu çile, şarkılarda kalmasın, hocam!..

— Çalışırsak biter. Yüreğimiz büyük, irademiz sağlam olursa biter.

Gam

Neden ağlıyor mavi, hüzünlü uzay
Denizin gözleri neden yaşlı, bir derdi mi var?
Neden gamlı gelir bülbülün sesi, neden?
Bizden daha gamlı birileri mi var?

Kendi ırkına saygı isteyenler,
başkasının ırkına hakaret etmemeli.
Duy bu sözü dünya. Hz. Muhammed (sav) söylüyor;

"Kendine Layık Görmediğini Din Kardeşine Layık Gören Bizden Değildir."

Serpil'in aklına yine Mehmet'le Sema geldi. Mutlaka İzmir'e gitmeli, bu müjdeyi Mehmet'in ailesine vererek o işi halletmeliydi. Öğrenmişti... Mehmet Sema'yı görünce ağladığına göre, çabuk tedavi olacaktı.

Büyük bir umutla İzmir otobüsüne bindi. "Otobüs bir an önce kalksın." diye sabırsızlanıyordu. Otobüs kalkınca kendi kendine şiir gibi konuştu:

Açılın yollar, ben geliyorum.
İzmir'e müjde götürüyorum!..

* * *

Serpil Sema'ya her şeyi anlatmıştı.

Sema çoktandır zaten öğrenmişti her şeyi, ama yine de kalbinde şüpheler vardı. Şimdi şüpheye yer vermeyecek şekilde öğrenmişti, Müslüman olduktan sonra hiçbir ırk ayrımı olmadan, herkesle nikahın olabileceğini. Sevinçle Mehmet'ine koştu. Mehmet'in anne babası artık

Sema'yı sevgiyle karşılıyor, nereye oturtacaklarını bilemiyordu. Sema Mehmet'e devamlı aynı sözü söylüyordu:

— Mehmet! Ne olur kendine gel. Evlenmemize İslâm'da izin varmış. Ne olur anla beni Mehmet'im. Bak, ben evlenmedim seni bekledim. Hadi kendine gelde evlenelim. Annen babanda artık izin veriyor.

Mehmet'te hiç ses yoktu. Sadece Sema'nın gözlerine derin derin bakıyordu yine.

Aylardır Mehmet'i doktora götürmeyen aileye ağlayarak yalvarıyordu.

— Ne olur, beni isterseniz gelin etmeyin, ama Mehmet'i doktora götürün. Sahtekar hocaların büyü var, sözüne aldanıp nasıl olur da bir daha doktora götürmezsiniz aklım almıyor, almıyor.

Allah, Kur'an'da Lokman-Doktor- Suresi indirmiş. Doktora önem vermese indirir miydi? Alllah'ınızı seviyorsanız, Peygamberinizi seviyorsanız Mehmet'i doktora götürün.

Mehmet'in üvey babasını yıllar sonra görmüştü Sema. Adam ağlayarak Sema'ya cevap veriyordu:

— Kızım, evet sahte hocalara aldandık, ama biraz da İstanbul'a götürmek çok masraflıymış. Bizde çalışan kimse yok kızım. Ama borç harç bulup yarın oğlumu doktora götüreceğim. Ben hocalara aldanmasaydım yavrumu bu güne bırakmazdım kızım. Cahillik kötü be kızım. Cahillik yüzünden oğlumuzdan olduk.

Sema, kolundaki bilezikleri çıkarıp acılı anneye uzattı.

— Bu bilezikleri alın. Mehmet düzelince ben ondan parasını alırım.

Mahcuptu anne. Önceleri almak istemese de, fakirlik, bazen gururun incineceği işler yaptırıyordu. İç dünyasında büyük bir çöküntü yaşayarak almıştı bilezikleri. Sema'nın yüzüne bakmadan...

Babası, ertesi günü Mehmet'i Bakırköy Akıl Hastanesine götüreceğini söylemişti nihayet. Sema hiç düşünmeden kararını vermişti bile.

— Annem ve ağabeyim izin verirse bende geleceğim.

Fakat Sema'nın ailesi buna izin vermemiş. Mehmet Ruh ve Sinir Hastalıkları Hastanesine yatırılmıştı. Sema, aradabir kendisinden haber alıyordu.

* * *

Aradan altı ay geçmiş, Sema bir telefon sesiyle uyanmıştı gece yarısı

— Buyrun.

— Sema'm, canım! Ben Mehmet canım. Sana sürpriz yapacaktım yarın, ama yarını bekleyemedim. Bugün taburcu oldum. Eve yeni girdim. Nasılsın bitanem? Meleğim nasılsın?

Sema'nın sevincinden dili tutulmuştu. Uğraştığı halde konuşamıyordu.

Mehmet tekrar sordu:

— Sema beni duymuyor musun?

Zoraki cevap verdi:

Gözlerinden yaşlar boşanan Sema, zoraki cevap verdi:

— Duyuyorum Mehmet, duyuyorum. Hoşgeldin. Nasılsın.

— İnan çok iyiyim. Annem yaptıklarını anlattı. Şimdi daha iyiyim. Artık her şeyi hatırlıyorum. Sana kavuşacakmışım ya. Artık ölsemde gam yemem. Hemen, hemen yarın akşam seni istemeye geliyoruz ailene haber ver.

* * *

Bir ay sonra Mehmetle Sema, sade bir düğünle evlenmiş, ikiside muradına ermişti.

* * *

Serpil'in hayatı çok değişmişti. Aradan geçen yıllar bir gerçeği daha ortaya koymuştu. Çocuklu vede dul kadın alan bekarların çoğu, heyecanları geçtikten sonra pişman oluyorlar, kimi bunu söylesede, söyleyemeyenler gizli bunalım geçiriyor yada çocuklarını anneden uzak tutmak istiyorlar hatta o çocukların varlığından bile utanıyorlardı.

Melih'te hangisi olmuştu bilinmiyordu ama sonuçta çocuklar sebebiyle Serpil'le Melih ayrılmışlardı.

Serpil eski heyecanını kaybetmiş miydi? Yoksa güvendiği dağlara kar mı yağmıştı. Ne olduğu bilinmez sebeplerle Serpil artık eski Serpil değildi. Umudunu kırmıştı insanlar. Bazen de Serpil başkalarının umudunu kırıyordu.

Maddi yöndende çok sıkışmıştı. Şeytan ondan umudu kesmiyordu. Maddi sıkıntı çektikce, şeytan sesini gündeme getiriyordu.

Kimselere açmadığı sıkıntılarıda vardı Serpil'in. Artık kimseye sevgisi ve güvenide kalmamıştı. Çok sevdiği yazar ablasını da eskisi gibi sevmiyordu artık hatta nefret ettiğini bile söylüyordu dostlarına. Evet Serpil bir zamanlar çok sevdiğini söylediği yazarla yollarını ayırmış, ondan nefret etmişti şeytanın yardımıyla.

Ablam dediği yazarda ona çözüm bulamıyordu. Çünkü insanlar ne kadar dindar olursa olsunlar, yine de Serpil'e şartlanmış olarak bakıyor, "Bu kadın asla gerçek Müslüman olamaz, hem kendini hem de insanları aldatıyor." diyorlardı.

Yazar ablası, onu savunurken aradan on yıl daha geçmişti. Bu on yıl içinde, Serpil hep hurafe kitaplar okuyor, abuk-sapık insanlarla görüşüyor, "Görüşme" diyenleri de dinlemiyordu. Serpil gittiği alimlerinden hep fetvalar alıyor, kimi de "Başını açıp şarkı söyleyebilirsin." diyorlardı. Ya da Serpil öyle algılıyordu. Nedense hep de Allah'ın isteklerine muhalif iş yapan "alimler" rastlıyordu Serpil'e.

Serpil'in kafası iyice karışmıştı.

Canını verecek kadar sevdiği Bediuz Zaman'ı bile artık farklı tanımlıyordu. Bir dönem, "Sen Allah'sın." diyen sapık birine rastlamış, ondan çabuk kurtulsada, öteki sapıkların çekim alanına girmişti.

Serpil artık kafa kurcalanması dönemindeydi. Kimseye inancıda pek kalmamıştı. Melih gibi ihlaslı bir insandan sonra güven duyguları parçalanmıştı.

Serpil hem dul hem de maddi yönden çok sıkıntıdaydı.

Televizyonda aç kaldığı için kaset doldurduğunu söylemişti. Ama nicelerine yardım -Suudi Arabistandaki Çimen Ailesi ve arkadaşları hariç- eden eller Serpil'de kurumuştu.

Birgün aldığı sevindirici telefonla umutlanmıştı. Telefondaki erkek, Allah rızası için ona yardım edeceğini, bir daire alacağını ve maişetini temin edeceğini söylemişti.

Allah rızası için yardım ne demekti. Hiç karşılık beklemeden yapılan yardım demekti. Sevinç'le konuşuyordu bu Allah rızasına talip kişiyle. O da Allah rızası anlayışını sergilemişti Serpil'e. "Sana bakarım. Daire alırım. Allah rızası için maişetini de temin ederim. Ama benim ikinci karım olursan." demişti utanmadan sıkılmadan. Ya da, Müslümanları lekelemek isteyen, bir dinsiz ve de dine düşman biri yapmıştı bunu.

Serpil beyninden vurulmuşa dönmüştü. Daha sonrada Allah rızası için yardımcı (!) olan erkeklerin sayısı hep artmıştı.

* * *

Zaman içinde Serpil değişime uğramış, başını açmıştı, tesettür ayetlerini de inkar eder hale gelmişti. Serpil'in fikir sorduğu insanların bazısı ayetin dediği gibi "Bilgileri vardı, ama hidayetleri yoktu." denilenlerdendi ve olanlar olmuştu ve Serpil sadece kötüleri görür olmuştu. Beyni hataları görmeye endekslenmişti adeta. Bazı sözlerin de tam tersini anlıyordu. Psikolojik durumu allak bullak olmuştu. Hem ailesinin, hem ayrıldığı eşinin hem bazı Müslümanların, hem de kendi hatalarının bileşiminde kötü günler yaşıyordu. Şeytan Müslümanların hatasını daha çok gösteriyordu ona. Bilmiyordu ki, Müslümanlardan uzaklaşan, gün gelir İslâm'dan da kopardı.

* * *

Yazar Hanım, Serpil'i ayet inkarına ne götürmüştü acaba? Tesettür farz değil diyen Serpil, hadis inkarcısı olabilir miydi? Uydurma hadisler yüzünden veya kasıtlı olarak Peygamber sözlerini inkar edenlerin tuzağına düşer miyidi Serpil. Epey ilgilenmişti yazar Hanım. Geçmişte Peygamber rahlesinden kalkıp, Peygambere karşı çıkanlar olur da bugün olmaz mıydı? İsteyen istediği yere gidebilirdi." Ben kendimi neden yıpratayım ki." deyip artık Serpil'in farklı fikirlerine üzülmemeyi öğrenmişti. Zaten İslâm ve mezhepler tarihinde okuduklarından sonra insanoğlundan her şeyi bekliyordu. Serpil İslâm'a aykırı yaşantısını, maddi sıkıntılarına bağlıyordu. Şeytanın herkese göre biçtiği bir mazeret kıyafeti vardı. Yazar hanım çok iyi biliyordu ki İslâm'a göre, parasız kalmak çile çekmek, dini yaşantıdan kopmayı gerektirmezdi. Kendi yazdığı şiiri okutuyordu ona, "Ben de çok çile çektim, ama Allah'ın izniyle sapmadım." mesajını vermek istiyordu.

Kendi Masalım

Bilir misin, benim de bir hayat hikayem var,
Masal, der geçersin, dinlesen sabaha kadar.
Belki de dudak bükersin, bunda ne var!
Sen sanıyorsun, sadece sende dert var.
Bir zamanlar çiçekliydi gönlüm, dikeni yoktu,
Renkler okşardı ruhumu, mavisi, beyazı, çoktu
Seyre dalardım çiçek bahçemi
Hayallerimde bile mutluydum,
Hayal benim değil mi?
Değilmiş meğer
Söküp aldılar gönül bağımdan tüm çiçeklerimi,
Hayallerimi ve tüm gerçeklerimi
Ve ben öldüm.
Dirildim sonra, gönlümün öteki dünyasında
Umutlarımı toplayıp yürüdüm azmimin arkasında
Ve ben kendime döndüm.

Yazar hanım Serpil için artık sadece hayır dua ediyor, elinden başka bir şey gelmiyordu.

* * *

Sema şahsiyetli dindar kalmayı başaranlardandı. Mehmet çok iyi bir eş olmuştu. Şimdi dört çocukları varmış. Allah bağışlasın. Hayırlısıyla büyütsünler.

* * *

Şüphe yok ki şeytanın serüveni devam ediyor. Onunla savaştayız. Serpil, Sema veya bizler mi şeytanı yeneceğiz, şeytan mı bizleri yenecek. Hepimizde olduğu gibi zaman gösterecek.

Allah insana Kur'an kılavuzunu göndermeden önce fıtrata dört ayrı kılavuz vermiş.

Bunların biri, temiz fıtrat ve vicdan, ikincisi duyular ve şuur, üçüncüsü akıldır. Dördüncüsü ise firasettir. Bundan sonrasını insan okuyarak, iyi bir kul da olursa gayretiyle elde eder.

Bunalım insanda olur
Kimi sonuçta çıkar bulutlara
Kimi mahsende boğulur
Bunalım bazen basamaktır
Ordan çıkılır tepelere
Sende çıkarsan eğer bir gün
Oradan bana el eyle.

* * *

Nice romanları yazılan kahramanlar sonradan çizgisini değiştirmiştir. Bırakın kahramanını, birçok önemli kitabın yazarı saçının kılını göstermezlerken, "İslâm'da baş örtüsü yok" diyecek hale gelmiş deli Pakize tipi, tepesine kondurduğu bez parçasıyla komik durumlara düşmüştür. Allah cümlemizi korusun. Bozulan inancı "Başını aç" diyor, yerleşik kültürdeki, yazarından daha imanlı daha tutarlı okuyucuyu düşününce anlıyor ki, okuyucu "Açma başını" diyor. İki arada kalmış zavallı yazar bocalıyor. Bilmiyor ki, artık Müslümanlar şuurlandı. Haşa, Hazreti Aişe'yi başı açık görseler yine de başörtülerinden taviz vermezler. Başını örtmeyen Müslüman kadınlar da başörtüsünü savunuyorlar. Dünya Müslümanları atık bilinçleniyor. İki imanı zayıf yazar veya okuyucusu başını açtı diye kimse yolundan dönmez. Dönmez çok şükür.

Müslümanın ölçüsü, ne yazardır ne romanın kahramanı, Müslümanın ölçüsü, Kur'an ve Sünnettir.

Unutmayalım,

İtibar son nefesedir!

Evet, Serpil başını açtı.

Birgün Serpil'in daha takva olarak İslâm'a, hadis-i şeriflerin ışığını da alarak dönmeyeceğini k im iddia edebilir. Ya da diğer yanlış inanışta olan insanların.

* * *

İnsanların hepsi çizgisinden çıksa, biz Allah'ın bize verdiği çizgiden çıkamayız, çıkmamalıyız.

Dileriz Allah'tan Çingene kitabının kahramanları, yazarı, doğru çizgideki okuyucusu, çizgisinden çıkmaz da cennette bu günleri beraber anarız.

— SON —